Ulrike Barow

Endstation Baltrum

InselKrimi

LEDA

Als das Telefon klingelte, stand Birgit Ahlers auf der Leiter und versuchte, die Kuppel der Badezimmerlampe abzunehmen. Ein paar Fliegen hatten auf der Suche nach Wärme die Gefahr hoffnungslos unterschätzt und ihre ausgetrockneten Kadaver warteten darauf, von der Hausfrau entsorgt zu werden.

»Mist, verdammter ... Je höher die Leiter, desto entfernter das Telefon!«, schimpfte sie laut. Von Henning war weit und breit nichts zu sehen, also blieb ihr nichts anderes übrig, als selbst ranzugehen. Es konnte ja eine Zimmeranfrage sein.

»Hotel *Sonnenstrand*, Baltrum, mein Name ist Ahlers, guten Tag.« In ihrem Volkshochschulseminar *Behandele den Gast als Freund* hatte Birgit zwar gelernt, man solle auch noch »Was kann ich für Sie tun?« hinterdreinschieben, aber das schien ihr etwas gewöhnungsbedürftig.

»Hallo, Birgit, hier ist Grete. Ich wollte eben fragen, ob du wohl heute Nachmittag zum Tee kommst, so gegen vier Uhr. Peter ist gerade angekommen, auf Tagesfahrt, mit seiner neuen Lebensgefährtin, so sacht man da wohl zu. Dann kannst du sie dir ja mal angucken.«

Birgit unterdrückte ein Seufzen. »Ja, mach ich, Tant' Grete. Bis dann.«

Nachbarin Grete, Insulanerin von altem Schlag, war ein schwieriger Mensch, pingelig und rechthaberisch. Aber Birgit kannte Tante Grete seit ihrer Kindheit, erledigte manchmal Einkäufe für sie und brachte ihr hin und wieder eine warme Mahlzeit rüber. Sie hatte sich in den vielen Jahren damit abgefunden, dass selten ein Hauch von Dankbarkeit über Gretes Lippen kam. Henning bezeichnete Grete oft als »altes Schrapnell«, aber auch er half, zum Beispiel, wenn wieder mal eine Sicherung in dem betagten Insulanerhaus ausgefallen war.

Gretes Sohn Peter war Lehrer auf dem Festland. Die erste Frau war ihm vor einiger Zeit abhandengekommen. Ihr Verhältnis zur Schwiegermutter war antarktismäßig gewesen, mit nicht einmal dem Ansatz einer schmelzenden Polkappe. So hatte auch Peter seine Mutter immer seltener besucht. Jetzt wollte er ihr also seine neue Flamme vorstellen. Ein neuer Anfang heute ...

Birgit stellte Leiter und Putzutensilien zur Seite. Bald würde auf der Insel der Trubel wieder losgehen. Nur noch vier Wochen bis Ostern, und erst nächste Woche stand ihr Margit, ihre rechte Hand und langjährige Hilfe, wieder zur Seite, als erste von vielen Saisonmitarbeitern. Ostern war früh in diesem Jahr, schon Ende März. Danach würde Baltrum bis zum Mai noch einmal in einen tiefen Winterschlaf fallen.

Unten schlug eine Tür. Vermutlich hatte die innere Uhr ihres Mannes *Mittagessen* signalisiert.

Außerhalb der Saison durfte Birgit ihn gelegentlich bekochen, im Sommer stand Henning selbst am Herd und zauberte seinen Gästen maritime Leckereien. Dabei war er einer der wenigen, die sich weigerten, mit dem Werbeschild *Heute frische Kutterscholle* die Inselgäste von der Straße ins Restaurant zu locken. Er sagte immer: »Wie soll die Scholle denn wohl sonst aus dem Wasser kommen als mit Kutter und Netz? Geangelt wird sie schließlich nicht, ist ja kein Schellfisch!« Das Schild *Heute leckerer Angelschellfisch* fand vor seinen Augen natürlich ebenfalls keine Gnade. Die Worte *frisch* und *lecker* auf solchen Schildern jagten ihm sowieso Angst ein. »Sollte etwa der Rest auf der Speisekarte ...?!«

»Hab die Post mitgebracht.« Henning legte seine dicke Winterjacke auf den Rezeptionstisch. »Mensch, Birgit, was ist das kalt draußen! Der Ostwind pfeift durch alle Ritzen. Sollte mich wundern, wenn das Abendschiff fahrplanmäßig fahren würde. Heute Morgen hat noch alles gut geklappt, aber da fuhren sie ja auch genau bei Hochwasser.«

»Wenn du so durchgefroren bist, kann wahrscheinlich nur eine große Portion aufgeschmorte Kartoffeln mit ordentlich Eisbein helfen?«

»Wie gut du mich kennst, mein Inselhase!« Henning grinste und rieb sich voller Vorfreude den Bauch.

Inselhase ...! Birgit ging mit dem Vorsatz in die Küche, als nächstes Seminarthema *Kosenamen und deren praktische Anwendung* vorzuschlagen.

Am Nachmittag ging sie zu Tante Grete hinüber. Grete Habkea Peters war bereits hoch in den Siebzigern und lebte seit dem Tod ihres Mannes allein in dem Häuschen, das genau wie sie von Alterserscheinungen nicht verschont geblieben war. Ihr Garten war ihr ganzer Stolz gewesen, solange sie ihn noch selbst hatte pflegen können. Seit zwei Jahren machte ihr die Gicht das Laufen schwer, sie ging nur noch selten vor die Tür. Der Garten verwilderte langsam, aber Grete weigerte sich standhaft, fremde Hilfe anzunehmen. »Die machen das ja doch nicht richtig, reißen mir nachher noch die ganzen Blumen raus, nee, dat will ik nich!« Wer »die« waren, wurde nie so recht klar, aber »die« wollten auf jeden Fall auch die Welt- sowie die Inselpolitik bestimmen, Tante Grete um ihr Gespartes bringen, ihre Gesundheit ruinieren und auch ihren Ruf zerstören. »Als Frau wird einem ja leicht was nachgesagt, dor mutt man heel vörsichtig sein.« Sie hatte wohl bislang übersehen, dass ihre biologische Uhr für ein Techtelmechtel mit dem schnuckeligen Surflehrer längst abgelaufen war.

Tant' Gretes Meckerei potenzierte sich, wenn ihre beste Freundin Frieda Albers mit von der Partie war. Frieda war noch etwas besser auf den Beinen, so fanden die konspirativen Sitzungen meist in Gretes Insulanerhaus statt. Über das große Grundstück hinweg bot sich für die beiden freier Ausblick über das Baltrumer Geschehen. Kein Nachbar blieb unbeobachtet, nichts unkommentiert.

Drohte ihnen doch mal der Gesprächsstoff auszugehen, fielen sie eben übereinander her, holten uralte Kamellen aus der Kiste und gifteten sich an. Allerdings waren sie zum Ende der Teezeit meistens wieder ein Herz und eine Seele.

Sollte mich nicht wundern, wenn Frieda auch zum Tee erscheint, dachte Birgit, als sie Gretes Haustür öffnete. Aber Frieda war bereits da. Birgit konnte ihre Stimme aus dem Gewirr, das aus dem Wohnzimmer drang, leicht heraushören, als sie in den Flur mit der dunklen Kommode und dem hölzernen Garderobenständer trat, der bei jedem Jackeaufhängen das Gleichgewicht zu verlieren drohte.

Birgit klopfte und schob die Wohnzimmertür auf. Ihr bot sich ein Bild wie aus einem Film der fünfziger Jahre. Auf dem Zweiersofa saßen Peter und seine Freundin, links davon thronte Tante Grete in ihrem verschlissenen Lieblingsohrensessel, und rechts wurde das Paar von Frieda flankiert, die gerade triumphierend zum Besten gab, dass sie ja ihr Lebtag glücklich verheiratet gewesen wäre. Birgit hörte Tante Grete gerade noch murmeln »Und warum hest du ihn dann mit dein Keiferei unter die Erde gebracht?«

»Moin miteinander!«, sagte sie laut.

Peter lächelte. »Hallo, Birgit, darf ich dir Sabine Heller vorstellen? Ich habe sie auf einem Lehrerseminar in St. Andreasberg kennen gelernt. Sabine, dass ist Birgit Ahlers, meine Uraltfreundin. Sie und ihr Mann Henning sind die Chefs vom Hotel *Sonnenstrand* nebenan.«

Sabine gab ihr die Hand. Sie war Birgit sofort sympathisch.

»Ach, Fräulein Sabine, wenn jetzt alle da sind, können Sie wohl eben Tee machen, steht schon alles in der Küche bereit.« Tante Grete schaute Sabine auffordernd an.

Was soll das denn jetzt für ein Spiel werden, dachte Birgit verblüfft. Der ultimative Hausfrauentest? »Komm, Sabine, ich gehe mit. Ich kenne mich hier aus.«

Die beiden verschwanden in der Küche und hörten aus dem Wohnzimmer lebhaftes Wortgewimmel. Peter wurde in die Zange genommen.

Auf der Anrichte standen das Geschirr mit der Ostfriesischen Rose, Kluntje, Teesahne und Tee bereit. Das Wasser dafür musste in einem altmodischen Flötenkessel auf dem auch nicht mehr ganz neuen Herd erhitzt werden. Sie nutzten die Zeit für ein erstes Beschnuppern.

»Peter und ich sind ja jetzt schon ein paar Monate zusammen, und so wollte ich endlich mal seine Mutter und sein früheres Zuhause auf Baltrum kennen lernen.« Sabine nahm die Teekanne, um Teeblätter einzufüllen. »Oh, Mann, ist die dreckig … ganz dunkelbraun von innen!« Fassungslos starrte sie hinein. »Weißt du, wo hier Scheuermilch oder so etwas steht?«

Birgit nahm ihr die Kanne aus der Hand. »Also, erste Einführung in altinsulare, sprich ostfriesische Lebensart: Teekanne niemals ausschrubben, sonst vergeht der Geschmack. Vor Einfüllen der Teeblätter mit heißem Wasser ausspülen, dann pro Tasse einen Löffel Tee und für die Kanne einen extra, drei bis fünf Minuten ziehen lassen, fertig.«

Sabine lächelte. »Da habe ich als Nichtostfriesin mit deiner Hilfe ja wohl gerade die schwierigste Klippe dieses gemütlichen Beisammenseins umschifft.«

Das hoffte Birgit auch, aber als sie mit dem Tablett voll Teegeschirr ins Wohnzimmer zurückkamen, saß Peter mit hochrotem Kopf auf dem Sofa. Er war als ruhiger Vertreter seiner Gattung eher dem Vater nachgeraten und hatte schon immer Schwierigkeiten mit dem bestimmenden Naturell seiner Mutter gehabt.

»Mutter, ob und wie viele Kinder wir in die Welt setzen, ist ganz allein unsere Sache. Du hast auch nicht deine Mutter gefragt, bevor du mit mir schwanger geworden bist, und dass ich keine Geschwister habe, liegt sicher nicht daran, dass es dir deine Familie verboten hat.«

Tante Grete war zusammengezuckt und schwieg. Sabine und Birgit verteilten die Teetassen auf dem Tisch. Birgit übernahm vorsichtshalber das Einschenken, denn auch dieses Ritual nach Ostfriesenart war Peters Freundin sicher noch nicht geläufig.

Langsam kam das Gespräch wieder in Gang. Die beiden

Festländer wurden im Laufe des Nachmittags mit Inselneuigkeiten versorgt. Peter blieb jedoch still und zurückhaltend. Auch Tante Grete war ruhiger als sonst.

Kurz vor sechs stellte Peter mit einem Blick auf die Uhr fest, dass es Zeit sei, aufzubrechen. »Das Schiff fährt um halb sieben.«

Birgit wollte sich auch auf den Weg machen, da sie noch zwei Vertreter mit Abendessen versorgen musste, die in ihrem Hotel übernachteten. Aber da kam ihr Mann hereingestapft.

»Das Schiff fährt heute nicht mehr«, meldete Henning. »Hat die Reederei gerade bekannt gegeben. Der Ostwind ist zu stark, das Eis ist viel dicker geworden auf dem Watt, da ist das Fahren in der Dunkelheit nicht möglich. Nächste Abfahrt ist morgen um zehn Uhr.«

Peter und Sabine gefror das Lächeln, mit dem sie Henning begrüßt hatten, auf dem Gesicht.

Tante Grete verlernte auch in diesem Moment das Sticheln nicht. »Tja, dann müssen wir wohl Peters altes Schlafzimmer und das kleine Gästezimmer fertig machen. Mach wohl 'n bisschen feucht sein da drin, is schon lange nich geheizt worden. Mich ist ja schließlich auch ewig keiner mehr besuchen gekommen.«

Tante Frieda nutzte die Gelegenheit, ein triumphierendes »Selbst schuld!« draufzusetzen.

»Die beiden können bei uns im Hotel schlafen«, entschied Birgit. »Die Zimmer sind sauber, die Betten bezogen. Henning, geh du schon mal rüber und mach in Zimmer sechs die Heizung an. Ich komme gleich mit den beiden nach. – So, das wäre geregelt, keine Widerrede. Um sieben Uhr gibt es Abendessen.«

Tante Frieda grinste, Peter und Sabine lächelten wieder. Nur Tante Grete sah aus, als hätte sie ein unerwartetes, kostbares Geschenk ebenso unerwartet wieder verloren.

Plötzlich tat Birgit die alte Frau leid. »Willst du auch mit rüberkommen, Tante Grete?«

»Nein, lat man, mien Beenen wollen auch nich mehr so richtig, und ik hab hier auch wohl noch ’nen Happen to eeten. Aber bis zu’n Abendbrot könnt de Kinners doch noch eben bei mi sitten bleiben. Frieda het seker to Huus noch wat to doon un Birgit mut ihre Gäste versörgen.« Womit Tante Grete exakt definiert hatte, wer bleiben und wer gehen durfte.

In der Hotelküche war Henning schon damit beschäftigt, Brot, Aufschnitt und Käse zu schneiden. Einen deftigen Heringssalat hatte er vorhin bereits zubereitet, und eine Gulaschsuppe köchelte auf dem Herd.

»War das ein Nachmittag!« Birgit ließ sich auf einen Küchenstuhl plumpsen und atmete tief aus. »Ich hoffe, Tante Grete benimmt sich den beiden gegenüber einigermaßen gesittet. Schließlich ist es ihr Sohn, und *nur* garstig kann man doch nicht durchs Leben gehen.«

Henning schaute sie an. »Ich weiß auch nicht, warum alte Menschen manchmal so verbittert werden. Natürlich steckt oft Krankheit dahinter, ein nicht erfüllter Lebenstraum oder finanzielle Not. Aber das Leben sollte sie eigentlich gelehrt haben, dass sich vieles mit ein bisschen Humor und Gelassenheit wesentlich leichter ertragen lässt. Gut, Tante Grete hat mit ihrer Gicht zu kämpfen, aber sie kann sich zum großen Teil noch selber versorgen, und Geldsorgen hat sie auch keine, soweit ich weiß. Ihr Mann hat ihr doch eine vernünftige Rente hinterlassen, sie wohnt im eigenen Häuschen, und anspruchsvoll ist sie auch nicht. Wer weiß, was in ihrem Kopf herumspukt.« Henning rührte gedankenverloren den Heringssalat um und schmeckte ihn noch einmal ab. »Probier mal.« Er schob Birgit einen Löffel voll in den Mund.

»Mhhh, lecker, da werden sich unsere Gäste wieder alle Finger nach lecken.«

»Ich decke mal eben schnell die Tische ein, die Herrschaften werden bestimmt gleich auf der Matte stehen.«

Einige wenige Gäste waren auch außerhalb der Saison meistens im Haus – Handwerker, die auf der Insel zu tun hatten und während der Woche blieben, Vertreter, die von Haus zu Haus gingen, und hin und wieder auch mal ein Gast, der Baltrum im Winter kennen lernen wollte. Mittagessen gab es für sie in der Gaststätte *Zum Seehund*, und wenn der *Seehund* Ruhetag hatte oder winterfrei machen wollte, erklärte sich meist ein anderer Gastronom bereit, sein Restaurant zu öffnen. Meistens …

So mancher, der sich im Winter unangemeldet auf die Insel gewagt hatte, völlig zu Recht in der Annahme, dass fast alle Häuser und damit auch alle Betten leer standen, hatte sich schon verwundert erklären lassen, warum dann trotzdem kaum ein Insulaner bereit war, sein Haus für Gäste zu öffnen. »Sie wissen ja, die Heizkosten …!«

Falls denn der arme Gast bei seinem Irrweg auf Zimmersuche überhaupt jemanden fand, der ihm irgendwelche Tatsachen erklärte. Oft konnten sich diese armen Menschen nur glücklich schätzen in dem Glauben, dass abends eine Fähre Richtung Neßmersiel ablegte. Allerdings war das bei der tidenabhängigen Fährverbindung nicht immer der Fall.

Zum Glück gab es aber einige Insulaner, die in der Winterzeit ihre Türen öffneten. Dazu gehörten Birgit und Henning Ahlers.

Birgit ging in den kleinen Raum, der für Frühstück und Abendessen genutzt wurde. Es dauerte nicht lange, da stand Hans Ottovordemgentschenfeld in der Tür, Wurstfabrikant in der dritten Generation und ein Meter fünfundsechzig geballte Lebensfreude. Er hieß wirklich so. Viele Ostwestfalen hießen so oder so ähnlich. Besonders in seiner Heimatstadt Verl.

Sein Werbeslogan lautete: *Es gibt die beste Wurst der Welt bei Ottovordemgentschenfeld!* Er belieferte die Insulaner mit Portionsware für das Frühstück und hatte nicht nur Wurst-, sondern auch Butter-, Marmeladen-, Honig- und Schwarzbrotportionen im Programm. Nebenbei lieferte er für fast alle insularen Feste die leckere Bratwurst, die als Spezialität seiner Firma galt.

Schon sein Vater war jedes Jahr im Winter aus dem kleinen Ort bei Gütersloh, dem Stammsitz seiner Wurstfabrik, auf die Insel gereist, hatte sich bei Birgits Eltern einquartiert und mit den Insulanern Geschäfte gemacht. Damals hatten die Vermieter noch Warenmengen für eine ganze Saison bestellt.

In den Sechzigern und Anfang der siebziger Jahre war das Festland wesentlicher umständlicher zu erreichen gewesen als jetzt. Die Fährverbindung nach Norddeich hatte eindreiviertel Stunden gedauert. So war an den meisten Tagen nur eine Fahrt möglich gewesen; wer damals an Land einkaufen wollte, musste eine Übernachtung einplanen. Die wenigsten Insulaner hatten zu dieser Zeit schon Führerschein und Auto, und so war die nächste Hürde das Fortkommen von Norddeich. Da war es kein Wunder, dass sich zu Beginn jeder Saison viele Vertreter auf den Weg nach Baltrum gemacht hatten, um den Insulanern alles anzubieten, was diese für sich und ihre Gäste brauchen würden.

Heutzutage lief das alles anders. Die Überfahrt war kurz, die Insulaner mobil und kaum noch einer legte große Vorräte an.

»Guten Abend, Birgit – ich sehe, mein wohlverdientes Abendessen nach solch einem kalten Tag steht schon auf dem Tisch. Hoffentlich kommen die anderen Gäste auch bald, damit wir nicht mehr so lange warten müssen.« Hans rieb sich die Hände. »Wie wär's mit einem lütten Aufwärmer, um die Zeit zu verkürzen?«

Ehe Birgit antworten konnte, ging die Tür wieder auf und Wilfried Stark, Vertreter für Bett- und Tischwäsche, Hand- und Badetücher, Vorleger und so weiter füllte mit seinen hundertunddreißig Kilo den Raum. Der Mitarbeiter der Firma *Wäsche Meier* kam ebenfalls seit vielen Jahren auf die Insel und kannte jeden Alteingesessenen.

»Na, hast du die Insel schon mit Bettvorlegern eingehüllt?«, begrüßte Hans seinen Kollegen.

»Wenn's man so wäre! Alle bitten mich herein, bieten mir Tee und Kuchen an, wollen die Neuigkeiten hören, die ich beim vorherigen Kunden erfahren habe, und dann ist der Bauch voll, aber das Auftragsbuch ziemlich leer. Es gibt halt so viele Möglichkeiten inzwischen, den Bedarf zu decken. Versandhäuser, Internet ... Aber wem sag ich das.« Stark wuchtete seine Leibesfülle an den Abendbrottisch. »Wir gehören mit unserer Ansicht, dass gute Qualität und fachkundige Beratung so manches Sonderangebot ersetzen können, wohl zu einer aussterbenden Spezies.«

»Genau so sieht es aus! Meine Bratwurst ist ein Spitzenprodukt, hat natürlich ihren Preis, und was sagen mir die Leute? ›Im Großmarkt in Aurich kostet die Bratwurst zwanzig Cent weniger das Stück. Schmeckt auch! Und für Gäste langt die allemal ...‹ Da kannst du doch nur hilflos mit den Schultern zucken. Ich muss mir wirklich überlegen, ob ich nächstes Jahr wiederkomme. Aber Spaß macht es ja auch, die alten Gesichter zu begrüßen.« Hans setzte sich zu Wilfried Stark an den Tisch. »So, Birgit, nun lassen Sie doch mal die Luft aus den Gläschen. Oh, heute noch zwei neue Gäste unter uns? Auch Kollegen?« Neugierig schaute er zum ebenfalls eingedeckten Nachbartisch.

»Nein, der Sohn von unserer Nachbarin übernachtet mit seiner Lebensgefährtin bei uns.« Birgit nahm die Corvitflasche aus dem Tiefkühlschrank und schenkte den Vertretern ein. »Prost, meine Herren, der geht aufs Haus. Zu einem Teller Gulaschsuppe wird auch keiner von Ihnen Nein sagen, oder?« Bevor sie in die Küche ging, zapfte sie noch schnell zwei Pils an, denn die Erfahrung hatte sie gelehrt, dass damit oft ein gemütlicher Abend begann.

Die alte Standuhr mit dem geschnitzten Segelschiff im Hotelfoyer schlug gerade sieben, als Sabine Heller und Peter Peters eintrafen.

Birgit kam gerade mit zwei Tellern dampfender Suppe aus der Küche. »Ich bringe das hier nur kurz weg, dann zeige ich euch das Zimmer. Ihr könnt natürlich auch zwei Einzelzimmer haben.« Sie grinste über das ganze Gesicht.

Peter grinste zurück. »Bei dieser Kälte ist gegenseitiges Wärmen umweltfreundlicher und preisgünstiger. Gib uns man das Doppelzimmer.«

Birgit trug die Suppe in den Gastraum.

»Das ist ja echt nett, dass die uns hier so freundlich aufnehmen«, hörte sie Sabine sagen.

»Birgit und ich kennen uns schon seit der Kindheit«, erklärte Peter. »Außerdem ist dies nun mal ein meteorologischer Notfall, da hilft man eben aus.«

Birgit servierte den beiden Vertretern ihre Suppe. Dann zeigte sie Sabine und Peter das Zimmer sechs. »Aber erst könnt ihr gleich wieder mit runterkommen«, sagte sie. »Das Abendessen steht schon auf dem Tisch. – Na, wie ist es euch denn in der letzten Stunde ergangen? Hat Tante Grete sich einigermaßen benommen?«

»Davon kann überhaupt keine Rede sein«, sagte Peter, während sie die Treppe wieder hinuntergingen. »Sie wollte uns partout von der Bösartigkeit der gesamten Menschheit überzeugen. Ihre Fallbeispiele nahmen kein Ende und machten auch vor uns nicht halt. Meine Mutter weiß von Sabine nur, dass sie Ende dreißig, unverheiratet und berufstätig ist, aber schon ist sie sicher, dass Sabine keine Kinder gebären kann – und das, wo uns der Staat heute angeblich alles hinterherwerfen würde. Darüber schien sie besonders sauer zu sein. Sie hätte vor fünfundvierzig Jahren schließlich nichts gekriegt und mich trotzdem bekommen, sagt sie, trotz aller finanzieller Not. Vater hätte doch nichts nach Hause gebracht und sie den Buckel krumm gehabt vom Bettenmachen und Putzen bei anderen Leuten.«

»Vielleicht mag sie mich einfach nicht leiden«, wandte Sabine ein.

»Das glaube ich nicht«, sagte Birgit. »Ich denke, sie hätte jede andere Frau an deiner Stelle genauso behandelt. Mütter befinden sich immer im Liebeskonkurrenzkampf mit den Gattinnen, Lebensgefährtinnen und Freundinnen ihrer Söhne.«

»Ich glaube nicht, dass es daran liegt«, widersprach Peter. »Und allein mit dem Alter kann das bei ihr auch nichts zu tun haben. Ich bin echt verblüfft, wie sich ein Mensch in kurzer Zeit so verändern kann. Als ich Weihnachten hier war, war sie genau wie immer – zwar rechthaberisch und zickig, aber doch nicht so ohne Kompromiss negativ wie heute! Als ob sie irgendwie den Glauben an die Menschheit verloren hätte.« Peter schüttelte leicht den Kopf. »Es kann sein, dass ich nachher noch mal kurz bei ihr reinschaue.«

»Was wollt ihr trinken?«, fragte Birgit, als sie die Tür zum Gastraum öffnete.

»Ach, so ein Bierchen kann wohl nicht schaden«, erwiderte Peter.

Die beiden waren von der Atmosphäre, die der Raum ausstrahlte, sichtlich gefangen genommen. Einige alte Stükke aus vergangenen Zeiten, die auf dem Regal hinter der Theke standen, verbreiteten Seefahrerromantik, und an den Wänden hingen Aquarelle des Inselmalers Arend Schröder.

Hans Ottovordemgentschenfeld, der Unternehmer und Würstchenfabrikant, und Wilfried Stark, der Handelsvertreter in Wäsche, schauten von ihrem reich gedeckten Tisch auf und begrüßten die beiden Neuankömmlinge. Hans zeigte mit einer einladenden Geste auf den Nachbartisch, ganz so, als ob er der Hausherr wäre. »So wird man auch als Insulaner hin und wieder von Wetter überrascht, nicht wahr? Birgit hat uns schon berichtet. Aber glauben Sie mir, wenn Sie erst einmal voll des köstlichen Abendessens sind, werden Sie dem Ostwind nicht mehr böse sein. – Wie wär's mit einem kleinen Schnäpschen zur Begrüßung?«

Birgit holte noch zwei Teller Suppe und nahm dann ihren

Platz hinter der Theke ein. Normalerweise übernahm Henning die abendliche Bewirtung der Gäste mit Getränken. Aber in dieser Woche war sein Feuerwehrdienst von Dienstag auf den heutigen Freitag verschoben worden, weil ein Kreisausbilder vom Festland über neue Entwicklungen bei Strahlrohren referierte. Hinterher würden die Feuerwehrleute sicher noch gemütlich beisammensitzen.

Henning hatte seinen Mitgliedsantrag bei der Baltrumer Feuerwehr vor vielen Jahren in derselben Nacht unterschrieben, in der die gut ausgebildeten und ausgerüsteten Männer das Hotel *Sonnenstrand* vor einer Katastrophe bewahrt hatten. Ein Gast hatte im Bett geraucht und war dabei eingeschlafen. Damals war es noch nicht üblich gewesen, in jedem Zimmer einen Rauchmelder zu installieren. So war der Schwelbrand nur zufällig von einem spät nach Hause kommenden Gast entdeckt und die Feuerwehr gerade noch rechtzeitig alarmiert worden, um unter schwerem Atemschutz den bereits ohnmächtigen Brandverursacher aus seinem Zimmer zu retten, während ein zweiter Trupp den Schwelbrand löschte. Henning war seither einer der Eifrigsten in der Wehr und oft auf Lehrgängen in der Landesfeuerwehrschule in Loy, um sein Wissen zu vervollständigen. Inzwischen war er Gruppenführer und rückte bei jedem Einsatz mit aus, wenn er nicht gerade mit Hochdruck in der Küche seinen Mann stehen musste.

Leider sahen viele Insulaner zwar die Notwendigkeit einer funktionierenden Feuerwehr, aber nicht unbedingt die einer eigenen Mitgliedschaft ein, so dass stetiger Personalmangel das Löschwesen auf der Insel verkomplizierte. Verirrte sich aber eine Frau in diese Männerdomäne, musste sie sich von Gegnern beiderlei Geschlechts niederschmetternde Kommentare anhören. »Die will sich 'nen Kerl angeln«, gehörte da zu den harmloseren Aussagen.

*

Birgits Gäste blieben nach dem Essen gesättigt und zufrieden zusammen sitzen. Die Vertreter erzählten, was ihnen im Laufe des Tages mit ihrer Kundschaft widerfahren war, Sabine hatte sich eine Zigarette angesteckt, und Peter wirkte zum ersten Mal heute etwas entspannt.

»Was machen wir denn bloß, wenn das Schiff morgen auch nicht fährt?« Hans schaute träumerisch Richtung Theke, hinter der sich Birgit mit dem Anzapfen neuer Biere beschäftigte. »Das glauben uns unsere Frauen ja nie, dass unser Aufenthalt hier dann wirklich unfreiwillig wäre. Schließlich schwärme ich zu Hause in Verl jedes Mal von der guten Küche und unserer netten Wirtin.«

»Das wird wohl alles gut gehen morgen«, sagte Birgit. »Sie können froh sein, dass das Watt noch nicht vollständig zugefroren ist, denn das kann schnell passieren bei dieser Kälte. Auch wenn die Besatzung der *Baltrum III* alles versucht, um nach Neßmersiel durchzukommen, können ihnen die Eisschollen in der Fahrrinne schnell einen Strich durch die Rechnung machen. Genießen Sie Ihren letzten Abend hier, und morgen geht es wieder heim zu Muttern.«

Sie sah, wie Peter auf die Uhr schaute. »Willst du noch rüber zu Tante Grete, Peter? Sie ist bestimmt noch wach. Sabine und ich werden uns schon gut miteinander unterhalten – oder willst du mitgehen, Sabine?«

Sabine schüttelte den Kopf, und Peter lachte. »Sabine hat eine geballte Ladung Grete Peters für heute gereicht. Nee, ich gehe allein. Bis gleich!«

Die beiden Herren sahen seinen Abgang mit Freude und übertrumpften sich gegenseitig in dem Versuch, Sabine das Inselleben näherzubringen. Oder zumindest das, was sie für das Inselleben hielten. Schnell waren sie beim vertrauten Du angelangt. Wilfried Stark, der inzwischen das vierte Bier und den dritten Korn verkostet hatte, versuchte Sabine davon zu überzeugen, dass Bettwäsche von *Wäsche Meier* die beste sei, die der Markt zu bieten hätte, und Hans Ottovordemgentschenfeld versprach, Sabine ein Paket mit seinen überaus leckeren Würstchen zukommen zu lassen, sobald er wieder zu Hause im Ostwestfälischen wäre.

»Moin, mit'nanner!« Die Tür zum Gastraum hatte sich geöffnet, und Wendt Redenius brachte einen Schwall kalter Luft mit herein. Er redete immer in einer Phonstärke, als kämpfe er mit Wind und Wellen, aber vermutlich war er es als Lehrer einfach gewohnt, laut und akzentuiert zu sprechen. »Ist Henning da, Birgit? Ich wollte nur eben fragen, ob er mir morgen seine Bohrmaschine ausleihen kann. Ein paar der großen Schüler haben sich bereit erklärt, auf dem Schulhof den Basketballständer zu reparieren, der Bauhof der Gemeinde kommt nicht dazu. – Ach, wenn ich schon mal hier bin, kann ich auch gleich ein Bier trinken. Brauch ja nicht mehr mit dem Auto zu fahren, ha, ha!«

Dieser Uraltwitz entschuldigte auf dem autofreien Eiland so manches Saufgelage.

Er grüßte zu den beiden Vertretern in Wäsche und Wurst rüber, setzte sich an die Theke und wandte sich dann neugierig Sabine zu.

»Das ist Sabine Heller, Lebensgefährtin von Tante Gretes Peter«, erklärte Birgit, »und das ist Wendt Redenius, Schulleiter der Baltrumer Schule. – Henning ist beim Feuerwehrdienst«, sagte sie. »Aber er wird sicher nichts dagegen haben, dass ihr morgen die Bohrmaschine holt. Ich weiß natürlich, dass Lehrer meist zwei linke Hände haben, aber du hast ja fixe Jungs und Mädels aus der zehnten Klasse dabei. Die machen das schon.«

Unter dem Gelächter der anderen Gäste nahm Wendt Redenius einen großen Schluck aus seinem Bierglas. »Immer diese Vorurteile … Meine Frau sagt auch immer, ich könnte keinen Nagel in ein Pfund Butter hauen. Dabei habe ich so viele andere Vorzüge. Was wäre das Leben ohne Kultur, Literatur, Geschichte und Kunst. Da kenne ich mich aus!«

Hans lachte lauthals. »Einen Zaun bekommen Sie damit

aber nicht repariert, lieber Herr Oberlehrer, damit können Sie höchstens das Loch besingen, aber ob das hilft?«

»Herr Ottovordemgentschenfeld ...« Redenius war der Einzige, der diesen Namen auf Baltrum fehlerfrei aussprechen und aufschreiben konnte, »... nur weil wir uns schon so viele Jahre kennen, und weil ich zum Schulfest Ihre Würstchen wieder zum Sonderpreis kaufen möchte, lasse ich Ihnen diesen Einwand durchgehen. Frau Heller, darf ich fragen, was Sie beruflich machen, ob von Ihrer Seite Unterstützung zu erwarten ist?«

»Sie dürfen. Ich bin auch Lehrerin«, sagte Sabine. »Allerdings für Sport und Physik. Und nachmittags arbeite ich in einer Tischler-AG mit meinen Schülern alte Möbel auf. Zwei linke Hände wären da wohl nicht das passende Rüstzeug.«

Birgit schaute ab und zu auf die Uhr, während sie sich mit ihren Gästen unterhielt. Es dauerte eine ganze Weile, bis Peter zurückkehrte. Er wirkte abgespannt und fahrig, als er sich neben Sabine setzte, und schien unsicher, ob er der unbeschwerten Stimmung, die ihm entgegenschlug, gewachsen war.

Redenius achtete gar nicht darauf. »Mensch, Peter, altes Haus, du hast uns deine neue Freundin viel zu lange vorenthalten. Hast wohl Angst gehabt, dass wir sie dir ausspannen? Birgit, mach Peter mal ein Bier. Wie geht's dir denn, hab dich ja ewig nicht gesehen.«

Die Tür zum Gastraum öffnete sich erneut. Carsten Spohle trat mit einem kurzen »Moin« ein und setzte sich an das äußerte Ende der Theke. Spohle war Mitarbeiter der Gemeindeverwaltung. Seine Familie lebte am Festland, seine Frau von ihm getrennt. So war die Theke seine Familie. Jeden Abend war er bei einem der insularen Wirte zu Gast, hörte und sah viel, verschloss aber alles ohne Kommentar in seinem Inneren und machte sich seine Gedanken. Im Laufe des Abends wurde er für die anderen Gäste fast unsichtbar. Die Wirte tauschten sein leeres Bierglas wortlos in ein neues volles, bis er mit einem kurzen Winken seines Bierdeckels zu verstehen gab, dass er den Heimweg antreten wollte.

Peter wandte sich seinem alten Schul- und Studienfreund Redenius zu. »Ich wollte Sabine zu Hause vorstellen, aber meine Mutter war heute so garstig und mäkelig ...« Er schüttelte den Kopf. »Ich hab das Gefühl, dass sie irgendetwas bedrückt, aber als ich sie eben fragte, meinte sie nur: ›Lass man gut sein, min Jung, dat is schon alnns so richtig, as dat is.‹ Dauerte trotzdem nicht lange, bis wieder ein böser Seitenhieb von ihr kam: ›Annere Kinner kümmern sück um ihre Mütter, aber du bist da ja zu beschäftigt zu, musst dich um anner Lü Kinner kümmern‹.« Peter schüttelte den Kopf. »Was soll ich denn machen, Wendt? Für mehr als sechs Lehrer ist auf Baltrum doch kein Platz und für mich mit meinen Hauptfächern Latein und Griechisch schon gar nicht. Und das Leben am Festland ist meiner Mutter viel zu laut und fremd geworden. Als ich Weihnachten bei ihr war, sagte sie noch: ›Niemand kriegt mich ut min Hus herut, es sei denn mit de Pooten toerst.‹ Gott sei Dank gibt es hier eine nette Gemeindeschwester, einen kompetenten Pflegedienst und Nachbarn, die sich rührend kümmern.« Er blickte Birgit an. »Das ist nicht selbstverständlich, und ich finde es schön, dass die Hilfe untereinander hier so gut funktioniert. Wenn Mutter dafür auch nur einen Funken Einsicht zeigen könnte, wäre ich schon sehr zufrieden. Immerhin hat sie gesagt, wir sollen morgen, bevor das Schiff fährt, kurz noch bei ihr vorbeikommen. Vielleicht ist sie nach dem Nachtschlaf ja besser gelaunt.«

»Das hoffe ich für euch«, sagte Birgit. »Es wäre schade, wenn euer Besuch in Unfrieden enden würde.« Sie versorgte gerade die beiden Vertreter mit Bier und Korn, als ihr auffiel, dass Peters Pulli auf der linken Seite einen großen braunen Fleck aufwies. »Peter, hast du schon gesehen ...?«

»Ja, ist Sabine auch schon aufgefallen ...« Er wischte ärgerlich mit der Hand darüber. »Ich hab eben bei Mutter noch Tee gemacht und die Hälfte verschüttet, einen Teil davon auf meinen Lieblingspulli. – So, mach uns man noch ein Feierabendbier, und dann könnte ich mich wohl mit der Matratze vertraut machen.«

»Sie können gerne gehen, Herr Peters, aber Ihre liebe Sabine lassen Sie uns man noch ein bisschen hier«, bestimmte Wilfried Stark. »Schließlich müssen wir morgen wieder an den heimischen Herd, da tut ein wenig Abwechslung vorher, in allen Ehren natürlich, sehr gut. Und der Herr Schullehrer hat sicher auch nichts dagegen, dienstliche Erfahrung auszutauschen, nicht wahr, Herr Redenius?«

»So gern ich bleiben würde«, sagte Redenius, »ich muss morgen fit sein für die Basketballtoraktion, und wer morgen das Schiff um zehn Uhr bekommen will, kann auch nicht so sehr lange ausschlafen. Und dann gibt es da außerdem ja noch so eine klitzekleine Formel über den Abbau von Alkohol und die Fahrtüchtigkeit.« Diesen kleinen Hieb konnte sich der Schulleiter beim Anblick der beiden inzwischen gut angenebelten Vertreter für Wäsche und Wurst offenbar nicht verkneifen.

»Akademiker können richtige Spielverderber sein«, maulte Hans, schob aber Birgit seinen Bierdeckel zum Abrechnen rüber. Wilfried Stark schloss sich ihm an, und auch Carsten Spohle bedeutete mit einem leichten Kopfnicken, dass er den Abend als beendet betrachtete. Da zu dieser Jahreszeit kein weiterer Wirt seine Türen geöffnet hatte, würde er wohl den kurzen Fahrradweg zu seinem kleinen Appartement in der *Alten Schule* antreten.

»Frühstück gibt es ab acht Uhr«, rief Birgit ihren Gästen nach, brachte die Theke auf Hochglanz und machte es sich dann in ihrem Wohnzimmer im Anbau des Hotels bequem. Sie wollte auf Henning warten und noch eine Runde mit ihm reden, aber nur, wenn er nicht zu spät kam. Schließlich musste sie morgen früh um halb sieben wieder raus, Frühstücksvorbereitungen für ihre Gäste treffen.

Ihre Gedanken kehrten zum Nachmittag bei Tante Grete zurück. Auch sie hatte das Gefühl, dass die alte Frau ungnädiger als sonst gewesen war. Sie musste dringend mal mit Tante Frieda darüber sprechen. Vielleicht machten der Nachbarin ja nur die zunehmenden Altersbeschwerden zu schaffen. Da würde auf Peter noch ganz schön was zukommen, wenn Tante Grete ein Pflegefall werden sollte.

Birgit schaute auf ihre Uhr. Schon halb zwölf. Die Unterrichtsinhalte in der Freiwilligen Feuerwehr wurden wieder einmal sehr ausführlich und eindringlich behandelt. Birgit beschloss, den Partnerplausch auf den nächsten Tag zu verschieben.

*

Birgit war am Morgen gerade dabei, den Frühstückskäse für die Gäste zu schneiden, als sie vom Flur vor der Hotelküche lautes Rufen hörte.

»Birgit, wo bist du? Komm schnell, Mutter ist … Sie liegt … Oh mein Gott …« Die Küchentür öffnete sich und Peter stand kreidebleich, mit wirren Haaren und blutbeflecktem Anorak vor ihr.

»Mensch Peter, geht es auch etwas genauer? Jetzt beruhig dich erst mal. Was ist denn los?«

»Du musst sofort mit rüberkommen, ich weiß auch nicht, in der Küche …«

Birgit drückte den völlig verwirrten Mann auf einen Stuhl, wählte die Nummer des Rettungsdienstes und bat die Leitstelle Aurich, über Funk die Ärztin zu benachrichtigen. Das war der kürzeste Weg, sie zu erreichen; morgens um halb acht war sie gewiss noch nicht in ihrer Praxis.

Birgit rannte zu Zimmer sechs hinauf und klopfte energisch an die Tür. »Sabine, komm bitte sofort runter und kümmere dich um Peter. Er sitzt in der Küche. Mit Tante Grete ist etwas passiert.« Dann lief sie Henning wecken. Der lag noch mit Sondergenehmigung der Hausherrin in der Waagerechten.

Aber nun nützte es nichts, er musste für das Frühstück der anderen Gäste sorgen.

Wieder in der Küche, sah sie Peter immer noch apathisch am Küchentisch sitzen. »Peter, ich gehe jetzt rüber zu deiner Mutter, Sabine kommt gleich.« Birgit zog ihre Jacke über und machte sich auf den Weg ins Nachbarhaus. Sabine hat mir gar nicht geantwortet, ging es ihr durch den Kopf. Na, ja, sie wird mich gehört haben.

Die Tür des kleinen Insulanerhauses stand sperrangelweit offen. Birgit betrat vorsichtig den Flur, der ihr nach der Helligkeit draußen düster vorkam. Vorsichtig arbeitete sie sich Schritt für Schritt in Richtung Küche vor. In ihrer Aufregung vergaß sie völlig, dass sie stattdessen einfach den Lichtschalter hätte bedienen können, was Tante Grete aus Sparsamkeit nur selten tat.

Als sie die Tür zur Küche aufstieß, sah sie auf dem Fußboden die leblose Gestalt ihrer Nachbarin liegen. Der bis auf den Oberarm hochgeschobene Morgenrock gab den Blick auf Tante Gretes welken Arm frei. Deutlich zeichneten sich dunkelblaue Adern unter ihrer Haut ab. Der Rest des Körpers war nur notdürftig in das zerschlissene rosa Frottee gehüllt. Es bildete einen erstaunlichen Kontrast zu der Blutlache, die sich unter Tante Grete ausgebreitet hatte. Einer ihrer Hausschuhe war unter den Küchentisch gerutscht, der andere hing noch quer an ihrem Fuß. Sie lag auf dem Bauch, die Augen geschlossen, als ob sie schliefe. Die linke Hand hatte sie zur Faust geballt. Birgit beugte sich zu ihr hinunter und fühlte den Puls. Nichts. Unsicher, ob es an ihrer mangelnden Praxis lag oder ob es nichts zu fühlen gab, versuchte sie es ein zweites Mal. Wieder nichts.

Aus der Ferne hörte sie das Martinshorn des Krankenwagens. Als ob sie samstagmorgens vor acht auf Baltrums Straßen Menschentrauben auseinanderjagen müssten, dachte sie, war aber zugleich erleichtert. Birgit suchte nach einer Decke, wurde im Wohnzimmer fündig – Kamelhaar mit ausgefransten Troddeln – und brachte sie in die Küche. Dann ging sie hinaus, um der Ärztin den Weg zu zeigen.

Frau Dr. Ellen Neubert kletterte aus dem Krankenwagen und zog ihre Arzttasche hinterher. »Hallo, Birgit, was ist passiert?«

»Komm rein, Ellen. Tante Grete liegt in der Küche, ich finde keinen Puls, und sie reagiert auch nicht. Warte, ich mache erst einmal das Licht an im Flur für den besseren Überblick.« Birgit trat zur Seite.

Klaus Witte, der Fahrer des KTWs, drängte sich zusammen mit Dr. Neubert und ihrem Rettungsassistenten Maik Bernhardt, im täglichen Leben Gemeindemitarbeiter, in den kleinen Flur.

Dr. Neubert legte ihre Jacke nach zwei vergeblichen Aufhängversuchen an der wackeligen Garderobe auf den Fußboden, zog ihre Einmalhandschuhe über und kniete sich neben die alte Frau. Sie versuchte, den Puls zu ertasten und atmete erleichtert auf, als sie den Finger auf die Halsschlagader legte. »Schwach und ungleichmäßig, aber dennoch wahrnehmbar.« Mit Maiks Hilfe brachte sie Tante Grete in die Rückenlage. Die alte Dame atmete, aber sie war bewusstlos. Alles Ansprechen, sogar heftiges Kneifen nützte nichts, Tante Grete rührte sich nicht.

Das erste Mal seit langem, dass ich meine Nachbarin wort- und widerstandslos erlebe, dachte Birgit, aber es tat ihr sofort leid. »Wie lange sie hier wohl schon liegt?«

Die Ärztin konnte oder wollte sich nicht festlegen. »Kann man schlecht beurteilen, aber eine ganze Weile wird es schon sein.«

An der Haustür wurden Schritte laut und bald steckte Peter den Kopf durch die Küchentür, gefolgt von Sabine. »Was ist mit meiner Mutter? Frau Doktor – was ist passiert?« Er trug immer noch seine Jacke mit den dunklen Flecken und lehnte leicht zittrig im Türrahmen. Sabine hatte eine Hand auf seine Schulter gelegt, wie um ihm Halt zu verschaffen.

Dr. Neubert, die gerade Blutzucker und Blutdruck maß,

drehte sich nur kurz um. »Ich kann noch nichts Genaues sagen, Herr Peters. Wie Sie sehen, hatte Ihre Mutter starkes Nasenbluten, das hat jetzt etwas nachgelassen, aber sie ist nicht ansprechbar. Birgit, hol doch bitte mal ein feuchtes Tuch, damit wir Frau Peters säubern können. Brüche hat sie nicht, aber wir machen noch ein Notfall-EKG. Maik, bereite bitte alles vor.« Dr. Ellen Neubert richtete sich auf. »Wer hat Frau Peters eigentlich gefunden?«

Birgit erklärte es ihr. Die Ärztin nickte und kniete sich wieder neben ihre Patientin. »Was sagt das EKG?«, fragte sie ihren Assistenten.

»So weit okay!«

»Gut, dann bekommt sie jetzt eine Infusion und zur Unterstützung Sauerstoff. Wann fährt das Schiff heute?«

»Soll um zehn Uhr fahren, aber mit dem Ostwind weiß man das ja auch nicht so genau.« Maik Bernhardt blickte auf die Uhr.

»Dann bestell Christoph 26, wir müssen sie nach Sanderbusch fliegen. Bringt die Trage mit, wenn ihr zum Fahrzeug geht. Herr Peters, ich denke, ihre Mutter hat ein schweres Schädel-Hirn-Trauma, eventuell einen Bluterguss im Kopf. In der Klinik in Sanderbusch gibt es eine gute neurochirurgische Abteilung, da wird sie bestens aufgehoben sein.«

»Kann ich mitfliegen?« Peter schaute die Ärztin bittend an.

»Fahrt man lieber mit dem Schiff und dann mit dem Auto nach Sanderbusch«, schaltete Birgit sich beruhigend ein. »Dann seid ihr doch viel flexibler. Geht erst mal rüber ins Hotel und lasst euch von Henning was zu essen geben, ihr habt heute Morgen noch nichts im Magen.«

»Ich kann jetzt nichts essen!«, jammerte Peter, aber Birgit schnitt ihm resolut das Wort ab.

»Erstens existierst du nicht alleine auf der Welt, Sabine ist auch noch da, zweitens ist deine Mutter in besten Händen und du störst nur bei der Erstversorgung, und drittens habe ich recht.«

Peter gab sich geschlagen und ließ sich von Sabine zurück zum Hotel begleiten.

Birgit versuchte, Tante Grete mit einem feuchten Lappen das Blut abzuwaschen, ehe Maik mit der Trage zurückkam. Sie sah, dass die Finger der linken Hand ein Stück Papier umschlossen, nahm es der alten Frau ab und steckte es in die Tasche ihres weißen Kochkittels, bevor Tante Grete vorsichtig auf die Trage gelegt und in den Krankenwagen gebracht wurde.

Eine Tasche war schnell gepackt, ein paar Nachthemden, Handtücher, genug für die ersten zwei Tage. Der Hubschrauber würde in fünfzehn Minuten eintreffen, und der Krankenwagen fuhr langsam in Richtung Flugplatz davon. Diesmal ohne Martinshorn.

»Wahrscheinlich haben die Angst, dass Tante Grete vorzeitig aufwacht«, dachte Birgit gnadenlos und machte sich auf in Richtung Hotel.

*

»Da hat Tante Grete ja noch einmal Glück gehabt«, resümierte Henning, als Birgit ihm die ganze Geschichte erzählt hatte. Sie saßen in der Küche und tranken eine Tasse Kaffee.

Es klopfte, und Sabine trat ein. »Ich wollte mich nur von euch verabschieden und danke sagen.«

»Da nich für.« Birgit gab ihr die Hand. »Kommt gut nach Sanderbusch, und ruft uns mal an, wie es so ist. – Sag mal, als ich heute Morgen an eure Zimmertür gewummert habe, kam von drinnen keine Antwort. Warst du gar nicht da?«

Fast schien es Birgit, als läge ein leichtes Zögern in Sabines Stimme. »Ich habe wohl unter der Dusche gestanden und dich nicht gehört.«

Peter war inzwischen ebenfalls herunterkommen. Er hatte versucht, die Flecken aus seiner Jacke zu waschen, mit dem Ergebnis, dass sie zwar etwas schwächer, aber nun umso großflächiger zu sehen waren. »Schade, dass der Aufenthalt hier so enden musste. Gott sei Dank habe ich noch nach ihr gesehen heute früh.«

»Wieso eigentlich?«, fragte Birgit.

»Bitte …?«

»Wieso warst du dir sicher, dass deine Mutter um vor halb acht schon munter wäre?«

Peter schaute Birgit aufmerksam an. »Als ich das Hotel verließ, wollte ich ja gar nicht zu ihr, sondern einen kurzen Gang machen Richtung Hafen und Watt. Auf dem Weg überholte mich Wendt Redenius mit dem Fahrrad, stieg ab, und wir redeten kurz. Dann sind wir gemeinsam weitergelaufen. Er zur Schule, um die Basketballaktion vorzubereiten, ich an unserem Haus vorbei. Dabei hatte ich das Gefühl, dass die Haustür nur angelehnt war, also hab ich nachgeschaut.« Peter schüttelte nachdenklich den Kopf. »Tatsächlich war die Tür offen, jetzt, wo ich drüber nachdenke. Aber Mutter war ihr ganzes Leben lang gewohnt, früh aufzustehen, sie hatte wohl schon vor die Tür geguckt, was das Wetter macht. – So, nun müssen wir aber los, das Schiff wartet nicht.«

Die beiden verabschiedeten sich und verschwanden Richtung Hafen.

»Was ist eigentlich mit den Herren Ottovordemgentschenfeld und Stark?«, fragte Birgit ihren Mann.

»Die Herrscher über Wurst und Wäsche habe ich heute liebevollerweise zweimal geweckt. Sie haben aber ausgiebig gefrühstückt, obwohl sie noch mit der Verarbeitung des Restalkohols beschäftigt waren. Ich denke, sie werden gleich ihren Kopf zur Tür hereinstecken und sich verabschieden. Ihre Musterkoffer haben sie schon auf die große Wippe geladen, die steht abreisebereit vor der Tür.«

Birgit hörte schon die Stimmen der beiden Männer auf dem Flur. »Wo stecken unsere allerliebsten Vermieter?« – »Leider müssen sich unsere Wege trennen, und wir wieder die Fahrt ans feste Land antreten. Seien Sie herzlich bedankt!« Beide schüttelten den Wirtsleuten die Hände.

»Im nächsten Jahr kommen wir wieder«, sagte Wilfried Stark, und Hans Ottovordemgentschenfeld zwinkerte Birgit zu: »... so unsere Ehefrauen es erlauben und Sie uns wieder aufnehmen.«

»Meine Herren, Sie sind immer willkommen«, sagte Henning. »Wir werden Ihre Betten bezogen lassen, bis wir wissen, dass Sie gut in Neßmersiel angekommen sind. Es wäre nicht das erste Mal, dass die Gäste alle wiederkommen ...« Birgit und Henning Ahlers winkten den beiden nach.

Beide dachten an eine Silvesterabreise vor einigen Jahren. Das Haus war voll gewesen und alle Gäste hatten mit der ersten Fähre am 2. Januar abfahren wollen. Die *Baltrum III* hatte es bis zur Hafeneinfahrt von Neßmersiel geschafft, aber dort verhinderten dann Eisgang und niedriger Wasserstand die Weiterfahrt. Das Schiff hatte nach Baltrum umkehren und alle Gäste wieder ihre Zimmer belegen müssen. Die meisten Vermieter hatten jedoch die Gästebetten bereits abgezogen, und die Wäsche steckte in der Waschmaschine. Da hieß es dann: noch einmal beziehen.

»So, sturmfreie Bude an diesem Wochenende!« Henning nahm seine Frau in den Arm. »Montag kommen die Handwerker von der Heizungsfirma. Die bleiben wieder bis Freitag. Dann übernachtet noch der Bauführer von Baufirma Rahlman ein paar Tage bei uns. Die Ferienwohnung, die die Firma für ihre Mitarbeiter gemietet hat, ist voll belegt. Der Mann hat auch nur ein kurzes Wochenende, ich habe gerade gesehen, dass er ebenfalls auf dem Weg zum Schiff ist. Seine Mitarbeiter sind vorsichtshalber schon gestern Morgen gefahren. Aber er hatte wohl noch zu tun mit dem Neubau. Jetzt gibt es erst einmal ein Käffchen, und dann überlegen wir, was wir mit dem Rest des Tages anfangen.«

Sie gingen zurück in die mollig warme Küche. Ihre Zweisamkeit dauerte jedoch nicht lange. Wendt Redenius klopfte an die Küchentür.

»Hallo, lasst euch nicht stören. Birgit, hast du Henning gefragt, ob ich die Bohrmaschine haben kann?«

Birgit schüttelte den Kopf. »Daran hab ich gar nicht mehr gedacht. Stell dir vor, Tante Grete ist ins Krankenhaus nach Sanderbusch geflogen worden.« Sie erzählte ihm die ganze Geschichte, während Henning die Bohrmaschine aus dem Keller holte.

»Den Peter habe ich heute ja schon getroffen«, sagte Wendt. »Ich glaube, da sagte er auch, dass er seine Mutter besuchen wollte. Das muss ein schöner Schreck für ihn gewesen sein. – So, nun muss ich aber auch los, meine Schüler warten sicher schon auf mich.« Er nahm die Bohrmaschine in Empfang und schwang sich draußen wieder auf sein Fahrrad.

»Ich muss Tante Frieda erzählen, was passiert ist«, sagte Birgit zu Henning. »Das sind wir ihr schuldig. Schließlich ist sie Tant' Gretes beste Freundin. Da brechen auch für sie schlechte Zeiten an. Keiner mehr da, mit dem sie voller Eintracht so herrlich rumstreiten und Gehässigkeiten austauschen kann. Pass auf, ich laufe schnell zu ihr, und du überlegst dir in dieser Zeit, was zum Abendessen auf den Tisch kommen soll. Das ist doch eine faire Arbeitseinteilung, mein Koch.« Sie grinste, zog ihren Kittel aus und verschwand.

Natürlich lief sie nicht, sondern schnappte sich ihr Fahrrad. Ein Insulaner zu Fuß war bei Wegen mit einer Länge von mehr als fünf Metern schlichtweg nicht denkbar.

Auf halber Strecke kam ihr Eke Sanders entgegen, die Regisseurin der Baltrumer Theatergruppe. »Hallo, Birgit – denkst du daran, dass wir jetzt verstärkt proben müssen? Ich habe außer der normalen Wochenprobe am Mittwoch noch eine am Montag eingeschoben. Acht Uhr in der Turnhalle!«

»Dann sieh doch bitte eben zu, dass in der Halle auch die Heizung an ist«, konnte Birgit ihr gerade noch zurufen, bevor die blonde Mittdreißigerin mit Schwung Richtung Ostdorf abbog. »Ich habe keine Lust, wieder zwei Stunden in der Kälte zu sitzen!«

Viele Jahre hatte sie als jugendliche Liebhaberin auf der Bühne gestanden, aber allmählich gemerkt, dass die ihr zugeteilten jugendlichen Liebhaber besser ins Charakterfach wechseln sollten. So hatte sie sich in diesem Jahr der Theatergruppe lieber als Souffleuse zur Verfügung gestellt.

Ich hoffe, Tante Frieda nimmt sich die ganze Geschichte nicht so fürchterlich zu Herzen, dachte sie, sonst können wir für die beiden ein Doppelzimmer im Krankenhaus buchen. Frieda Albers war eine Insulanerin von altem Schrot und Korn. Sozusagen uralter Inseladel mit einem Stammbaum, der bis Napoleons Kontinentalsperre zurückreichte. Sie konnte Geschichten und Geschichte erzählen, dass es eine Freude war. Wenn man Zeit hatte.

Sonst musste sie in ihrer Erzählfreude gebremst werden. Dann war sie beleidigt. Aber nur so lange, bis ihr die nächste Geschichte einfiel und sie wieder alle in ihren Bann gezogen hatte. Vor einiger Zeit war sogar ein Professor vom Festland gekommen, der ein Wörterbuch der ostfriesischen Sprache herausgeben wollte. Er hatte versucht, die Besonderheiten des Baltrumer Plattdeutschen anhand von Tante Friedas Geschichten herauszufiltern. Es war ein höchst vergnüglicher Nachmittag geworden. Noch heute schwärmte Tante Frieda von dem »staatschen Professor«. Am allermeisten begeisterte es sie, dass der Professor nicht mit Tante Grete zusammengesessen hatte, da diese Festlandsplatt sprach.

Birgit stellte ihr Fahrrad an dem weißen Zaun vor Tante Friedas Haus ab. Sie klingelte, denn Tante Friedas war eins der wenigen Häuser auf Baltrum, die abgeschlossen wurden. Traditionell standen die Häuser auf der Insel eigentlich offen. Als Devise galt: Wenn der Besuch merkt, dass keiner zu Hause ist, geht er eben wieder weg.

Tante Frieda öffnete die Haustür und warf einen überraschten Blick auf Birgit. »Das ist ja ein seltener Besuch. Komm rein, hab gerade Teewasser angesetzt. Geh man schon vor.«

Die alte Frau verschwand in der Küche und Birgit machte es sich im Wohnzimmer bequem. Ein wunderschönes altes Friesensofa dominierte den Raum, dessen Wände mit Bildern alter Segler geschmückt waren. Auf einer Fensterbank kündeten zwei Porzellanhunde von bewegten Seefahrerzeiten in der Familie Albers. Birgit wusste, dass mindestens drei der Vorfahren als Kapitäne auf großen Handelsseglern gedient hatten. Ihre Mitbringsel aus aller Welt schmückten die antike Vitrine, die eine Wohnzimmerwand einnahm.

»Nun erzähl mal, was dich hierher getrieben hat. Langeweile wird es sicher nicht sein, oder?« Tante Frieda brachte den Tee herein und holte das alte Geschirr mit dem schmalen Goldrand aus der Vitrine. »Schenk du man eben ein.« Sie beugte sich in froher Erwartung vor.

»Ich muss dir leider erzählen, dass Tante Grete heute Morgen nach Sanderbusch geflogen worden ist«, sagte Birgit. »Peter hat sie blutend und ohne Bewusstsein in der Küche gefunden.«

Sie erzählte die ganze Geschichte, ohne auch nur ein einziges Mal unterbrochen zu werden. Tante Frieda saß mit blassem Gesicht auf dem Sofa und schwieg. Wenn er nicht so traurig gewesen wäre, hätte Birgit diesen Moment der Stille gern in die Baltrumer Historie aufgenommen.

Tante Frieda trank einen Schluck Tee, stellte die Tasse wieder ab, schüttelte verwundert ihren Kopf und sagte plötzlich laut und deutlich in die Stille: »Sie ist ermordet worden!«

Birgit zuckte zusammen. »Tante Frieda, sie ist doch gar nicht tot. Schwer verletzt, ja, aber doch nur, weil sie wahrscheinlich in der Küche ausgerutscht und gefallen ist.«

»Dann ist sie eben beinahe ermordet worden. Das ist genauso schlimm!« Inzwischen hatte das Gesicht von Tante Frieda einen kräftigen Rotton angenommen. Zorn blitzte aus ihren Augen, und ihre Hände zitterten.

»Wie kommst du denn auf solch eine absurde Idee? Auf Baltrum wird keiner ermordet. Schon gar nicht alte Damen. Nun beruhige dich erst einmal. Es war ein Unfall, wie er immer passieren kann. Sie hat dabei noch viel Glück gehabt.« Birgit schenkte eine frische Tasse Tee ein.

»Und wenn ich dir das sage, dann kannst du mir das ruhig glauben. Ich spüre das in meinen Knochen, und da war noch immer Verlass auf. Das hat auch nichts mit Spökenkiekerei zu tun, aber wenn einem die beste Freundin so einfach wegstirbt ...«

»Tante Frieda, sie lebt! Zum Donner noch einmal, wann begreifst du das endlich?!« Birgits Stimme hatte sich um mindestens eine Oktave erhöht und war um mehrere Dezibel lauter geworden. Sogleich tat es ihr leid, aus der Haut gefahren zu sein. »Es wird ihr bestimmt bald wieder besser gehen«, sagte sie tröstend. »Wenn ich etwas Neues aus dem Krankenhaus erfahre, geb ich dir sofort Bescheid.«

Sie versuchte, das Gespräch in andere Bahnen zu lenken, gab aber bald auf, da die alte Frau völlig geistesabwesend schien und kaum auf ihre Worte reagierte. »Ich gehe dann jetzt mal. Wenn du Hilfe brauchst, jemanden zum Reden oder so, ruf an. Unsere Telefonnummer hast du ja. Ich schaue heute Nachmittag noch mal rein, wenn du möchtest.«

Tante Frieda nickte. »Das ist in Ordnung. Danke, dass du vorbeigekommen bist. Bis später.«

Sie brachte Birgit vor die Tür. »Und ich habe doch recht!«, murmelte sie, als sie die Haustür zuschloss.

*

So tüddelig hatte ich Tante Frieda gar nicht eingeschätzt, dachte Birgit, als sie sich auf ihr Rad schwang und auf den Heimweg machte.

Hoffentlich ging die alte Dame mit ihrer abenteuerlichen Version dieser Geschichte nicht über die ganze Insel. So ein Gerücht war schneller rum, als man Luft holen konnte. Birgit beeilte sich, nach Hause zu kommen, um die Sache nicht unterwegs noch ein Dutzend Mal erzählen zu müssen, jedes Mal, wenn ihr ein Insulaner über den Weg lief.

Sie überlegte, ob das Schiff wohl den Hafen von Neßmersiel sicher erreicht hatte. Birgit wünschte Peter und Sabine, dass sie schnell ins Krankenhaus fahren konnten. Er ließ sich zwar nicht oft auf Baltrum blicken, aber so aufgewühlt wie Peter heute Morgen gewesen war, musste die Bindung an seine Mutter doch noch sehr eng sein. Wieso hatte er wohl nicht gleich von dort, von seinem Zuhause aus, den Rettungsdienst gerufen? Er muss schon sehr durch den Wind gewesen sein, dachte Birgit. Denn das wäre natürlich die schnellste Art und Weise gewesen, Hilfe zu holen.

Sie stellte ihr Fahrrad in den Schuppen und rief nach Henning. »Mein Held der Töpfe, würdest du bitte herbeieilen und mich ganz fest in den Arm nehmen? Nicht, dass meine romantische Ader ausgebrochen wäre, und Valentinstag ist auch vorbei, den du übrigens schmählich ignoriert hast, aber ich brauche das jetzt.«

Henning kam ihrer Aufforderung unverzüglich nach, wohl wissend, dass es unklug gewesen wäre, den Wunsch seiner Frau zu ignorieren. Gut, er hatte frische Farbe an Hemd und Händen, aber wat mutt, dat mutt.

Nachdem das Begrüßungsritual abgeschlossen war, setzten sich die beiden an den Küchentisch und Birgit erzählte ihrem Mann von Tante Friedas Ausbruch. »Das musst du dir mal vorstellen! Mord – wer sollte denn bloß einen Grund dazu haben?«

»Könnte es sein, dass Tante Grete ihrer Freundin irgendetwas erzählt hat, was wir nicht wissen?«, wandte Henning ein.

Birgit schüttelte den Kopf. »Bestimmt teilen die beiden ein paar kleine Geheimnisse, aber ich kann mir selbst ansatzweise keinen Umstand vorstellen, der zu einem Mordanschlag führen könnte. Beide haben Jahrzehnte ohne große Höhen und Tiefen auf dieser Insel verbracht. Wo sollte ausgerechnet jetzt der Grund dafür liegen, Tante Grete aus dem Wege zu räumen? Vergiss es, das sind die Fantasien einer alten Frau, die unerwartet ihre beste Freundin im Krankenhaus wiederfindet.«

Birgit schaute auf die Uhr. Halb zwölf. Jetzt konnte sie

sicher sein, dass das Schiff in Neßmersiel angelegt hatte und seine kostbare Fracht sich schon auf die dort bereitstehenden Autos verteilt hatte. Sie raffte sich auf und begann im ersten Stock die Gästezimmer zu säubern. In den Zimmern der beiden Vertreter roch es säuerlich nach Bier und Korn. Vom Zigarettenrauch ganz zu schweigen. Sie riss die Fenster sperrangelweit auf und atmete tief durch. Der frische Ostwind fand seinen Weg auch in die letzte Ritze. Trotzdem setzte sie das Gardinenwaschen als Oberstes auf die Arbeitsliste für die nächste Woche.

Bewaffnet mit Eimer, Putzlappen und Reiniger machte sie sich an die Säuberung der Dusche. Ein ewiges Ritual, perfekt einstudiert und jahrzehntelang wiederholt. Manchmal zügig, ohne große Vorkommnisse, manchmal zeit- und nervenzehrend, wenn der verlassene Raum aussah wie nach einem Bombeneinschlag. Zentimeterweise Sand auf den Fliesen verteilt, in den Handtüchern schwarze Streifen, wo sich jemand den Teer von den Füßen geschrubbt hatte, der sich manchmal in Klumpen am Strand fand. Zahnpasta an den Wänden, und die Toilette ... Schwamm drüber, dachte sie, im wahrsten Sinne des Wortes.

Die Hotelzimmer wurden täglich gesäubert, aber solche Szenarien entwickelten sich innerhalb von vierundzwanzig Stunden immer wieder. Einige von Birgits Freundinnen, die Ferienwohnungen bewirtschafteten, konnten an langen Winterabenden zu diesem Thema die tollsten Geschichten beitragen. Eine hatte nach der Abreise der Gäste eine vom heimlich mitgebrachten Papagei völlig verwüstete Wohnung vorgefunden.

»Das geht auch ohne Papagei«, würden einige von Birgits Freundinnen jetzt einwerfen.

Aber im Großen und Ganzen lief die Vermieterei problemlos, die Gäste waren nett. Besonders bei gutem Wetter. Viele hatten sich über Jahre und Generationen hinweg zu Stammgästen entwickelt. Birgit freute sich jetzt schon auf die beginnende Saison, die Gesichter, die sie seit langem kannte, die Jugendlichen, die als Kleinkinder auf Baltrum das Laufen gelernt hatten und nun zum ersten Mal dem Freund oder der Freundin die Urlaubsinsel der Kindheit zeigen wollten. Die Großeltern, die früher mit ihren Kindern gekommen waren und jetzt mit ihren Enkeln den Strand und das Kinderspielhaus unsicher machen würden. Und die neuen Gäste, die sich in den ersten Tagen vorsichtig umschauten, alles erkundeten, um sich dann dem Inselleben hinzugeben. Die sich am Ende der Urlaubstage entscheiden würden: Einmal und immer wieder oder niemals mehr.

Inzwischen war sie in Zimmer sechs angelangt, dem fast nicht anzusehen war, dass jemand darin übernachtet hatte. Peter und Sabine waren sicherlich inzwischen schon fast in Sanderbusch angekommen. Vielleicht hören wir heute noch von den beiden, dachte Birgit, als sie die Spannbettlaken von der Matratze zog.

Auf dem Nachttisch lag ein schmales Buch, das gewiss nicht aus der Hotelbücherei stammte: *Vererben, aber richtig. Ein Ratgeber für den Fall der Fälle.* Das hatten die beiden wohl vergessen. Birgit steckte das Buch in die Tasche, um es bei ihrem Besuch im Krankenhaus mitzunehmen, vielleicht würde sie dort auf Peter treffen. Dann bezog sie die Betten und beendete ihre Putzrunde.

*

Am Nachmittag machte sich Henning auf zur Feuerwehr. Fahrzeuge bewegen stand auf dem Programm. Da die Autos auf der kleinen Insel nicht viele Kilometer auf den Tacho bekamen und die Motoren sich immer über Umdrehungen freuten, fuhren die Feuerwehrleute jeden Samstag im Winter eine Stunde lang vom Hafen zum Turnerbund und vom Turnerbund zum Hafen. Hinterher wurden die Fahrzeuge gewartet.

Heute trafen um fünfzehn Uhr an der Fahrzeughalle neben

der Turnhalle außer Henning noch der Gemeindebrandmeister Axel Meinders ein und Maik Bernhardt, der nicht nur den Krankenwagen fuhr, sondern auch Mitglied der Freiwilligen Feuerwehr war.

»Mensch, Maik, das war ja ein Schreck in der Morgenstunde mit Tante Grete«, begrüßte Henning seinen Kollegen.

»Ja nun, das kann immer mal passieren. Auch als junger Mensch rutschst du aus und schon liegst du auf der Nase.« Maik Bernhardt war sehr zurückhaltend mit Kommentaren zu seinen Einsätzen, für ihn fiel irgendwie auch das unter die ärztliche Schweigepflicht. Aber da in diesem Fall auch Hennings Frau am Ort des Geschehens gewesen war, verriet er ja nichts Neues.

Axel Meinders ließ sich die ganze Geschichte in aller Ausführlichkeit von beiden Seiten erzählen. Das insulare Wissen musste schließlich ständig aktualisiert werden.

»Jetzt aber los, rauf auf die Fahrzeuge und ab durch die Mitte. Ihr wisst ja, hin und her und her und hin.« Er schwang sich hinter das Steuer des Tanklöschfahrzeuges und fuhr es aus der Halle Richtung Hafen.

*

Birgit Ahlers hatte sich ein Stündchen aufs Sofa gelegt nach diesem aufregenden Vormittag und machte sich nun bereit, Tante Frieda einen weiteren Besuch abzustatten.

Sie klärte die Frage »Lange Unterhose drunter bei dieser Kälte?« wegen Tante Friedas überheizter Wohnung mit einem zaudernden Nein. Wie hatte Henning erst neulich bemerkt, als Birgit etwas fröstelnd auf dem Sofa saß: »Im Alter friert man eben leichter als in jungen Jahren, wenn an der knackig festen Außenhaut noch alles abprallt!« Danach hatte er sich sehr gewundert, was seine auch nicht mehr ganz junge Haut an Schlägen ertragen konnte.

Birgit wechselte schnell die Wäsche in der Maschine. Gerade als sie das Hotel verlassen wollte, klingelte das

Telefon. Peter war dran und berichtete, dass seine Mutter gut im Krankenhaus angekommen, aber immer noch ohne Bewusstsein sei. Die medizinischen Untersuchungen würden jetzt anlaufen.

»Ich bin gerade auf dem Weg zu Frieda«, erklärte Birgit. »Sie hat sich heute Morgen sehr aufgeregt, und ich will kurz nach ihr schauen.« Dass Frieda von Mord gesprochen hatte, erwähnte sie nicht, Peter hatte genug Aufregung. Außerdem vergaß sie völlig, ihn zu fragen, ob er der Besitzer des Büchleins war, das sie in seinem Zimmer gefunden hatte.

Wie grau die Natur erscheint zu dieser Jahreszeit, dachte sie während der kurzen Fahrradfahrt.

Alles war wie ausgestorben, kein Mensch auf der Straße. Nur das Brummen der Feuerwehrfahrzeuge hörte man aus der Ferne.

Tante Frieda öffnete, kaum dass Birgit die Klingel bedient hatte, als hätte sie hinter der Tür gewartet. »Komm rein, kann ich dir etwas anbieten?«

Birgit winkte ab. »Danke, nein. Wie geht es dir?«

»Na ja, nicht so gut ... Grete und ich sind fast im gleichen Alter und wie sagt man immer so schön: Die Einschläge kommen näher.«

»Peter hat gerade angerufen. Sie ist noch nicht wieder wach, aber sie wird gut versorgt. Wir müssen halt abwarten.« Birgit versuchte eine Spur Optimismus, den sie eigentlich selbst kaum empfand, auf Tante Frieda zu übertragen.

Frieda schüttelte den Kopf. »Irgendetwas stimmt da nicht. Grete hat zwar nie was gesagt, aber sie war so seltsam in letzter Zeit, fast als hätte sie Angst. Glaub man nicht, dass ich sie nicht zigmal gefragt hätte. Wo wir doch durch jahrzehntelanges Streiten in tiefer Freundschaft verbunden waren.« Tante Frieda lächelte ein wenig.

In Birgit erwachte die Neugier. »Und du hast nicht die geringste Ahnung, warum?« Nicht, dass sie den Unfall von heute Morgen nun auch für einen Anschlag gehalten hätte.

Aber jetzt machte sie sich doch Gedanken darüber, ob Tante Grete womöglich ein belastendes Geheimnis mit sich herumgetragen hatte.

»Nein. Einmal hat sie das Thema Erben angesprochen, aber das ist in unserem Alter ja nicht außergewöhnlich. Sie fragte mich, ob ich mich da auskenne. Ich konnte ihr nicht groß weiterhelfen. Ich habe keine Nachkommen und keine enge Verwandtschaft mehr, mein Erbe kriegt der Heimatverein. Ich habe nur gesagt, bei dir ist das doch einfach, du hast nur einen Sohn, den Peter, da muss nichts aufgeteilt werden. Daraufhin atmete sie tief durch und sagte, ich hätte wohl recht. Und genau das ist mir aufgefallen.« Friedas Hände lagen fest verknotet auf ihrem Rock, und sie lächelte nicht, als sie fortfuhr: »Dass Grete mir freiwillig recht gibt, ohne Wenn und Aber, kampflos, und mit diesem Seufzer ... Das war sonst gar nicht ihre Art.«

Birgit fiel das Buch ein, das sie auf Peters Zimmer gefunden hatte. Gestern Nachmittag hatte er das Thema nicht erwähnt – vielleicht ja abends, als er noch einmal zu seiner Mutter zurückgegangen war. Ob er ihr hauptsächlich wegen ihrer Hinterlassenschaft diesen Besuch abgestattet hatte? Viel war das alte Haus nicht wert, aber das große Grundstück in allerbester Lage hatte schon seinen Preis.

Birgit konnte sich allerdings nicht vorstellen, dass Peter ein Mensch war, der schon vor dem Ableben seiner Mutter über solche Dinge sprach oder womöglich gar etwas einforderte. Aber kannte sie ihn wirklich so genau? Sie hatte Peter bei seinen seltenen Baltrumbesuchen in den letzten Jahren nur sporadisch zu Gesicht bekommen.

»Ich werde Grete bald besuchen«, sagte sie tröstend und stand auf. »Falls ich vorher etwas von ihr höre, lasse ich es dich wissen. Unter Umständen fällt dir ja auch noch etwas ein, was Licht in die Sache mit Gretes Gemütszustand bringt.« Sie zog ihre Jacke an, doch ehe sie hinausging, bat sie: »Aber bitte erzähle nicht überall herum, sie sei einem Anschlag zum

Opfer gefallen. Stell dir vor, sie kommt wieder und muss dann allen erklären, dass es ein Unfall war. Das würde dann sowieso keiner mehr glauben, du weißt ja: Die gruseligen Geschichten tragen mehr zur Unterhaltung bei als die ganz normalen, besonders auf Baltrum im Winter.«

Birgit verabschiedete sich von Tante Frieda und stieg wieder auf ihr Fahrrad.

Im Hotel angekommen, nahm sie sich die letzte Maschine Wäsche vor. Weiß, sechzig Grad. Halt, mein Kittel, dachte sie, als sie die Trommel gerade schließen wollte, und lief in die Küche. Der lag noch genau so auf der Eckbank, wie sie ihn morgens abgelegt hatte. »Wenn man nicht alles selber wegräumt ...«, knurrte sie und fragte sich unwillkürlich, wie es gewesen wäre, wenn sie selbst statt der Nachbarin ins Krankenhaus gekommen wäre. Läge der Kittel bei ihrer Rückkehr wohl immer noch auf der Eckbank am Fenster?

»Sicherlich! Nur wer sich auf sich selbst verlässt, ist nicht verlassen«, grummelte sie vor sich hin. Bis sie selber über sich lachen musste – wohl wissend, dass sie mit Henning nicht den schlechtesten Fang gemacht hatte.

Sie leerte die Kitteltaschen. Neben zwei benutzten Taschentüchern, einer Wäscheklammer und dem Schlüssel von Zimmer acht (ex Ottovordemgentschenfeld) fiel ihr dabei auch der Zettel wieder in die Hand, den Tante Gretes Finger so fest umschlossen gehalten hatten. Darauf waren ein Datum und eine Uhrzeit vermerkt: Dienstag, 28.2., 12.15 Uhr.

Verwundert schüttelte sie den Kopf. Allmählich kamen ihr die Umstände etwas verwirrend vor, doch waren sie das wirklich? Vielleicht hatten Tante Friedas eindringliche Worte Birgit mehr beeindruckt, als sie eingestehen wollte.

Nein, sie würde sich nicht in absurde und überflüssige Gedankengänge verstricken.

Birgit warf die Kaffeemaschine an und holte Kuchen zum Auftauen aus dem Gefrierschrank. Gleich würde Henning eintrudeln, und sie konnten es sich gemütlich machen.

Wenig später verriet das Schlagen der Hoteltür, dass sie nicht mehr alleine war. Es war jedoch nicht Henning, sondern Wendt Redenius, der – mit der Bohrmaschine unter dem Arm – strahlend in der Küche stand.

»Oh, ich rieche Kaffee und sehe Kuchen. Liebste Birgit, dass du dich so freust, nur weil ich die Bohrmaschine heile wiederbringe, das hätte ich nicht gedacht. Aber ich will dich nicht enttäuschen, ja, gerne, ich nehme ein Stückchen und den Kaffee mit viel Milch bitte.«

Birgit machte gute Miene zum Spiel und versorgte ihren Gast. »Hast du schon was von Tante Grete gehört?«, fragte er kauend.

Sie seufzte. Diese Frage würde sie sicherlich in den nächsten Tagen noch häufig zu hören bekommen. Birgit erzählte ihm das Wenige, was sie wusste.

»Das hätte Peter sich auch nicht träumen lassen, als ich ihn heute Morgen auf dem Weg zu seiner Mutter traf«, sagte Wendt.

»Na, wie ist denn eure Bastelaktion gelaufen? Alle Finger noch dran?« Henning hatte sich unbemerkt in die Küche geschlichen und begrüßte den Besuch, der sich gerade über das dritte Stück Kirschkuchen hermachte. »Ja, man sieht's. Muss wohl hungrig machen, andere arbeiten zu lassen!«

»Der Basketballständer steht fest in gutem Inselsand, der Korb unkaputtbar daran befestigt«, murmelte der Schulleiter mit vollem Mund. »Du hast den ersten Wurf frei bei unserem Benefizspiel *Kleine gegen Große* am nächsten Freitag. Wir wollen für neue Turnmatten sammeln, und ich glaube, dass die Schüler dabei ganz gute Gewinnchancen haben.«

»Danke für die Ehre, lieber Wendt. Wenn ich mir meine Kondition anschaue, glaube ich dir ... Natürlich bestehe ich darauf, dass du in meiner Mannschaft spielst, du weißt doch, geteilte Blamage ist halbe Blamage!« Henning griff ebenfalls nach einem Stück Kuchen. »Und Birgit macht den Cheerleader, oder den Bandenschreihals, wie es auf Hochdeutsch heißt, mit Puscheln an den Armen und einem kurzen Tüllröckchen an. Das wird der Renner der Vorsaison!«

*

Nach einem Abendessen, das keine Wünsche offen ließ, machten Birgit und Henning es sich im Wohnzimmer gemütlich. Die Außenlichter des Hotels waren gelöscht, damit keiner auf den Gedanken kommen konnte, im *Sonnenstrand* noch auf ein schnelles Bier einkehren zu wollen. Heute Abend hatte das *Sturmeck* geöffnet. Das brachte kulturell gesehen etwas Abwechslung in das insulare Winterleben.

Natürlich drehte sich das Gespräch der beiden immer wieder um Tante Gretes tragischen Unfall.

»Tante Frieda ist fest der Meinung, dass da etwas nicht mit rechten Dingen zugeht«, sagte Birgit. »Sie hat wohl ein ungutes Gefühl gehabt, als Tante Grete mal das Thema Erben ansprach. Dabei fällt mir ein: In Peters und Sabines Zimmer habe ich ein Büchlein mit dem Titel *Erben aber richtig* gefunden. Die vorherigen Gäste haben das sicher nicht liegen gelassen, sonst hätte ich das bei der Endreinigung gefunden. Ich muss ihn unbedingt anrufen und ihm davon erzählen, vielleicht rückt er ja mit einer plausiblen Erklärung heraus.« Birgit schob sich genießerisch ein Stück Schokolade in den Mund, wodurch ihr Sprachfluss fürs Erste unterbrochen war. Aber nicht lange.

»Weißt du, was mir noch aufgefallen ist? Peter sagte an dem Morgen, er sei auf dem Weg zum Hafen gewesen, als er Wendt getroffen hat. Auf dem Rückweg hätte er dann gesehen, dass die Haustür seiner Mutter nur angelehnt gewesen sei, und deshalb habe er bei ihr reingeschaut. Wendt erzählt aber, dass Peter gesagt habe, er sei auf dem Weg zu seiner Mutter. Einer von den beiden hat da doch etwas in den falschen Hals gekriegt, um es mal salopp zu sagen. Ich wüsste nur zu gern, wer.« Wieder verschwand ein Stück Schokolade in Birgits Mund. »Und nun das Allerseltsamste.

Ich habe in Tante Gretes Hand einen Zettel gefunden, als sie bewusstlos in der Küche lag. Das hatte ich ganz vergessen, bis ich den Kittel in die Wäsche geben wollte. Schau mal, hier ist er. *Dienstag, 28.2. 12,15 Uhr* steht da drauf.«

Henning besah sich neugierig den Zettel. »Möchte wissen, was das zu bedeuten hat.« Er dachte eine Weile nach. »Ach, weißt du was, ich glaube, das sind alles Hirngespinste. Ein Unfall, eine etwas verwirrte alte Dame, eine widersprüchliche Aussage, ein vergessenes Buch und ein ganz normaler Zettel, das macht noch lange nicht Mord und Totschlag aus. Lass uns mal eine Nacht darüber schlafen. Oder zumindest schon mal ins Bett gehen …« Er grinste wie ein Pennäler, der von Vaters bestem Whisky genascht hatte. »Dann sieht die Welt sicher wieder ganz anders aus.«

Birgit grinste zurück. »Widerspruchslos schließe ich mich meinem Vorredner an!«

Sie löschten die Lichter.

*

»Früüühstück ist fertig!«, schallte es am Sonntagmorgen durchs Hotel. Als Birgit im Bademantel und mit strubbeligen Haaren in der Küche erschien, stand Henning am Herd, den frisch geduschten Körper umhüllt von einer Schürze mit der Aufschrift *Ich bin der Boss, wenn meine Frau nicht da ist.* In der Pfanne brutzelten zwei Spiegeleier. Auf dem Tisch standen frisch aufgebackene Brötchen, Käse, Wurst und zwei Sorten Konfitüre, Ananas für Henning und Kirsche für Birgit. Sie mochte nur rote, keine gelbe Marmelade. Kaffeeduft erfüllte den Raum.

Umso ungemütlicher sah es draußen aus. Vor dem Fenster schaukelten einige kahle Äste angetrieben vom immer noch scharfen Ostwind schutzlos vor einem grauen Himmel. Von Frühling noch keine Spur. Selbst die Vögel, die die Insel im Herbst nicht verlassen hatten, tschilpten höchstens einen verfrorenen Protest in die unwirtliche Umgebung.

Manchmal, wenn die Sonne schien, der Himmel stahlblau strahlte und der Wind schwieg, gab es nichts Schöneres, als am Strand entlang zum Osterhook zu wandern. Es gab Birgit das Gefühl, ganz allein auf der Welt, aber nicht einsam zu sein, vereint mit der Welt, trotzdem frei. Nichts war in so einem Moment wichtiger als der Anflug einer Möwe, frei gespülte Sandklaffmuscheln und der Strandhafer, der mit seinem nadelspitzen Blatt, gebogen und geführt vom Wind, einen symmetrischen geschlossenen Kreis in den Sand zeichnete.

Auf dem Rückweg durch die Dünen überkam Birgit dann immer das gleiche Staunen – jedes Mal hatten sich die Sandhügel, die Wege, der Bewuchs verändert. Dichtes Buschwerk, wo ehemals nur Sandkuhlen waren, und umgekehrt. Ausgetretene verbotene Pfade, die immer breiter wurden oder langsam wieder zugrünten. Und die Insulaner – andere Spaziergänger waren zu diesem Zeitpunkt kaum da – stellten fest, dass sie viel zu selten die Schönheit dieser Insel für sich beanspruchten.

Henning schaute auf seine Armbanduhr. »Sind eigentlich die Zimmer für unsere Gäste fertig?« Er warf einen Blick auf den Fahrplan. »Abends fährt kein Schiff mehr, da müssen wir gleich schon mit ihnen rechnen.«

»Ein Doppelzimmer für die Handwerker und ein Einzel für den Polier von Rahlmann sind bereit«, sagte Birgit. »Heizung habe ich angedreht. Sollten unangemeldete Gäste kommen, ist das auch kein Problem. – Gehst du heute gar nicht zum Boßeln? Deine Mannschaft wartet doch bestimmt schon auf dich.«

»Nein, ich will gleich noch die Wippen zum Hafen fahren, ich weiß nicht, ob die ihre eigenen mitbringen. Dann werde ich erst mal die Gefrierschränke putzen, die habe ich gestern abgetaut. Muss ja alles eben gemacht werden, bevor die neue Ware eintrifft.« Hennings Gesicht drückte zwar nicht die geringste Lust aus, aber das Wissen um die Notwendigkeit.

»Abends haben wir auch wieder Thekendienst«, sagte Birgit. »Mal schauen, ob sich noch der eine oder andere Insulaner hierher verirrt. Dann würde es sich wenigstens lohnen.«

»Carsten Spohle kommt bestimmt«, sagte Henning.

Birgit seufzte. »Sicherlich, aber der trägt nicht gerade zur Stimmungsaufbesserung bei.«

»Vielleicht haben die Handwerker Neues vom Festland zu berichten. Kochen brauchen wir doch nicht, oder?«

»Nein, die Herrschaften gehen heute in den *Seehund*. Morgen müssen wir dann wieder ran.«

Nach dem Frühstück verschwand Henning in den hinteren Vorratsräumen, wo sich die Gefrierzellen befanden. Birgit räumte die Küche auf und machte sich bereit, die Gäste in Empfang zu nehmen.

Die beiden Heizungsmonteure kannte sie gut. Mit der Heizungsfirma Kleen hatten Birgit und Henning seit vielen Jahren eine Übereinkunft: Alle Mitarbeiter, die auf Baltrum zu tun hatten, wohnten im Hotel *Sonnenstrand*, dafür gab es die Unterkunft zu günstigen Konditionen. Normalerweise kamen die Handwerker erst montags mit der ersten Fähre, aber im Moment war offensichtlich so viel zu tun, dass sie sich für eine frühere Ankunft entschieden hatten.

Mitarbeiter von der Baufirma Rahlmann wohnten normalerweise nicht bei Birgit, sondern in einer für den ganzen Winter angemieteten Ferienwohnung, das kam günstiger. Die Männer kochten nach Feierabend selbst. Dass der Polier in dieser Woche in ihrem Hause nächtigte, war eher die Ausnahme. »Wie hieß der denn noch? Ach, ja, Martin Janssen.« Birgit schaute in den Zimmerplan, nachdem sie den Bademantel mit Pulli und Hose vertauscht hatte. Sie kannte den Mann nur von ein paar flüchtigen Begegnungen auf der Straße. Man grüßte sich, wie das so üblich war, mehr hatte sie bisher nicht mit ihm zu tun gehabt. Auch abends zum Bier war er noch nie bei ihnen gewesen. Sie überlegte: »Der ist jetzt wohl so sechs Wochen auf der Insel, oder sieben, seitdem der Neubau im Ostdorf hochgezogen wird. Na, er wird sich hoffentlich bei uns wohlfühlen.«

Birgit öffnete die Hoteltür und schaute nach ihren Gästen aus. Der Wind hatte in der Terrassenecke einen Haufen Laub zusammengetragen. Sie holte einen Besen, musste aber ziemlich schnell feststellen, dass sie wohl den Kürzeren ziehen würde. Noch war der Wind Chef im Revier. Birgit fragte sich, wieso überhaupt um diese Jahreszeit so viele Blätter zusammenkamen, an den Bäumen hingen schon seit Monaten keine mehr.

Als sie sich bei ihrem ungleichen Kampf mit der Natur umdrehte, sah sie Martin Janssen, dicht gefolgt von den beiden Herren der Firma Kleen, mit voll beladenen Wippen um die Ecke biegen. Die Gesichter waren in den Kapuzen der dicken Winterjacken so versteckt, dass man sie kaum erkannte. Die wissen, wie man sich im Winter auf einer Nordseeinsel zu kleiden hat, dachte Birgit. Das hatte sie auch schon ganz anders erlebt. Dünne Lederjäckchen ohne Kapuze und Kragen waren die Standardbekleidung vieler Vertreter. Rein aus dem Auto, rauf aufs Schiff, und jedes Mal das gleiche Erstaunen in den vor Kälte tränenden Augen, dass es im Winter auf einer Insel kalt und windig war.

»Willkommen, meine Herren.« Sie begrüßte die drei Festländer mit Handschlag. »Ich sehe, Sie haben Ihre eigenen Handkarren mitgebracht. Kommen Sie man gleich rein, die Zimmer sind bereit.« Die Männer luden ihr Gepäck ab und folgten Birgit zu den Gästezimmern.

»Machen Sie es sich gemütlich, wenn Ihnen etwas fehlt, melden Sie sich bitte. Die Herren von der Firma Kleen kennen sich ja schon bestens aus hier. Heute Abend ist auch die Gaststube geöffnet – wenn Sie dann noch etwas trinken wollen, wir sind allzeit bereit.«

Die drei dankten und begannen sich in ihren Zimmern einzurichten.

Birgit ging wieder hinunter und fand Henning im Gefrierhaus. »Du brauchst die Wippen nicht mehr zum Hafen zu bringen, die Gäste sind schon da und haben ihre eigenen mitgebracht.«

»Siehst du, es hat wieder einmal geklappt«, sagte Henning mit schuldbewusstem Gesicht. Natürlich hatte er in seinem Putzeifer vergessen, vorher die Handwagen an den Anleger zu fahren. »Man muss nur lange genug warten, dann erledigen sich die meisten Dinge von selbst ...«

Am frühen Nachmittag fanden sich die beiden Hoteliers in der Küche ein, um es sich bei einem Tässchen Kaffee gemütlich zu machen.

»Ob ich Peter wohl mal anrufen soll?«, überlegte Birgit. »Kann ja sein, dass es schon etwas Neues gibt in Sachen Tante Grete. Nach dem Buch wollte ich ihn auch noch fragen.«

»Versuch dein Glück«, erwiderte Henning, »vielleicht bringt der Anruf etwas Licht ins Dunkel. Ich würde aber etwas warten, wahrscheinlich sind die beiden jetzt gerade im Krankenhaus.«

»Da magst du wohl recht haben.« Birgit drehte den Zettel mit der ominösen Aufschrift zwischen ihren Fingern hin und her.

In diesem Moment klingelte das Telefon. Henning hob ab. »Hallo, Peter. Bevor du alles doppelt erzählst, gebe ich dir mal Birgit an die Strippe, die hat sowieso ein paar weitere Fragen.« Er hielt ihr den Hörer hin.

Birgit ließ Peter erst einmal in Ruhe erzählen. Tante Grete war immer noch ohne Bewusstsein, die Ärzte gaben keine Prognose über den Aufwachzeitpunkt ab.

Als sie Peter nach dem kleinen Büchlein aus dem Gästezimmer fragte, druckste er herum. »Tja, das war eine ganz komische Sache. Als ich abends bei ihr war, sagte sie plötzlich: ›Du, Peter, ich habe hier ein Buch übers Erben, das musst du dir unbedingt durchlesen, nimm es mit, das ist wichtig.‹ Ich habe erst gesagt: ›Du bist doch noch gesund und munter, es reicht doch wohl, wenn wir uns später mal darüber unterhalten.‹ Aber da wurde sie richtig böse. Sie sprang auf und schrie mich an, ich soll das einstecken, und wollte mir das Buch in die Hand drücken, obwohl ich noch die Teetasse hielt, und dabei hat sie mir den Inhalt über den Pullover geschüttet, den Fleck hast du ja gestern gesehen. Das Buch habe ich dann bei der Abfahrt völlig vergessen. Ich kann mir aber auch beim besten Willen nicht vorstellen, was daran so wichtig sein soll.«

Birgit erzählte ihm von dem Zettel in Tante Gretes Hand.

»Keine Ahnung, was das bedeuten soll«, sagte er. »Mir gegenüber hat sie mit keinem Wort erwähnt, dass sie einen Termin hat.«

»Ich wollte wohl am Dienstag ans Festland fahren – wenn deine Mutter noch irgendetwas braucht, lass es mich wissen«, bot Birgit an. »Dann bringe ich die Sachen mit. Einen Schlüssel habe ich ja für euer Haus.«

»Prima. Sie braucht dringend noch Unterwäsche zum Wechseln. Dann brauche ich nichts Neues zu kaufen. Auf die Insel komme ich ja erst mal wohl doch nicht.«

Birgit verabschiedete sich von ihm und erzählte Henning in Kurzform, was sie erfahren hatte.

»Offensichtlich macht sich Peter keine großen Gedanken, dass irgendetwas nicht mit rechten Dingen zugehen könnte«, sagte Henning.

»Oder er weiß etwas, was wir nicht wissen.« Birgit war beunruhigter, als sie zugeben wollte.

*

Um sieben Uhr abends öffnete Birgit die Gaststube, und es dauerte nicht lange, bis der erste Kunde seine Nase durch die Tür steckte. Carsten Spohle hängte wie üblich seine Jacke wortlos an die Garderobe, setzte sich an den äußeren Rand der Theke und tat mit einem »Moin« seine Anwesenheit kund.

Bin doch mal gespannt, ob ich dem nicht ein paar Worte entlocken kann, dachte Birgit amüsiert und fragte nach seinem Befinden, wie man es als aufmerksamer Kneipier so machte. »Danke, geht wohl«, war die erschöpfende Antwort.

Verzweifelt suchte sie nach einer neuen Frage. »Waren Sie heute Morgen auch zum Boßeln?«

»Nee!«

Sie gab es auf und wandte sich dem Polieren ihrer Gläser zu. Natürlich waren die eigentlich alle sauber, aber es vertrieb die Zeit. Man konnte den Gast ja nicht gut alleine da sitzen lassen und im Wohnzimmer Zeitung lesen.

Nach einer guten halben Stunde trat Martin Janssen in den Raum, der Polier der Firma Rahlmann. »Gibt es hier noch ein Bier zum Sonntagabend?«

»Immer rein in die gute Stube, Herr Janssen, dafür sind wir hier.« Birgit nahm ein Glas aus dem Regal hinter der Theke. »Morgen müssen Sie auch wieder an die Arbeit? Ist nicht gerade das reine Vergnügen, bei dieser Kälte auf den Bau.«

»Nützt ja nichts, auf Baltrum wird eben hauptsächlich in der Winterzeit gebaut.« Martin Janssen nahm ebenfalls einen Platz an der Theke ein. »In Bayern, wo ich seit langem lebe, ist das genau umgekehrt. Da werden im Sommer die Häuser hochgezogen, und wenn im Winter der dicke Schnee liegt, ist Ruhepause.«

»Sie kommen aus Bayern, mit solch einem norddeutschen Namen?«, wunderte sich Birgit.

»Nein, aus Norden, aber dieser Lebensabschnitt ist lange vorbei. Meine Heimat ist Bayern, und das ist auch gut so.«

Birgit schaute irritiert hoch, denn für einen Moment hatte sich das Gesicht des Handwerkers wie mit einer Maske aus Hass und Verzweiflung überzogen. Das Bierglas, das er gerade an den Mund setzte, zitterte leicht in seiner Hand.

Gleich darauf war der Spuk aber schon wieder vorbei. Janssen erklärte, jetzt wieder die Ruhe selbst: »Mein Chef hat mich quasi für den Winter an seinen Freund und Kollegen Rahlmann ausgeliehen. Dem war der Polier ausgefallen, und er dachte, er würde mir eine Freude machen, wenn ich mal wieder einige Zeit in meiner alten Heimat verbringen könnte. Na, ja, hab ich auch erst gedacht, war aber falsch gedacht. Egal, bald geht's wieder los nach Bad Reichenhall.«

»Haben Sie denn keine Verwandten hier, die sie besuchen können?«, fragte Birgit zaghaft.

»Ha, Verwandte ...« Wieder überzog sich das Gesicht des Mannes mit einer leichten Röte. »Ein schönes Wort, wenn man welche hat ... Nee, das Einzige, was zählt, sind Freunde, auf die man sich verlassen kann, und das Geld, das man verdient. Das können Sie mir glauben.«

»Da mögen Sie wohl recht haben«, erwiderte Birgit. Bei der geistigen Durchsicht ihrer Verwandtschaft fielen ihr auch nicht viele ein, deren Gesellschaft sie dringend gesucht hätte. Aber man traf sich auf Familienfeiern und, sofern es sich um Baltrumer handelte, ständig beim Einkaufen oder auf der Straße. Ihre Familie lebte schließlich schon seit drei Generationen auf der Insel. Zwar heirateten die meisten Insulaner Partner, die vom Festland kamen, viele blieben dann aber auf der Insel und die Familien vergrößerten sich immer mehr. Ihr Vater hatte drei Geschwister gehabt. So konnte Birgit, wann immer sie das Haus verließ, auf eine erkleckliche Anzahl von Cousins und Cousinen und deren Kinder treffen.

Henning hatte sie auf der Hotelfachschule kennen und lieben gelernt. Er behauptete zwar gerne, dass er sie nur wegen des Hotels geheiratet hätte, aber wenn sie dann konterte, dass sie ihn nur genommen hätte, weil er gelernter Koch war, verstummte er meist.

Langsam trudelten weitere Gäste ein und besetzten die Tische, unter anderem auch Eke Sanders und ihr Mann.

»Hallo, Eke!« Henning war hereingekommen und begrüßte fröhlich seine Gäste. »Was macht die Kunst, bist du gar nicht am Textlernen?«

»Ich bin Regisseurin, ich lasse lernen!« Eke drehte kokett ihren Oberkörper Richtung Theke. »Und wenn die Mannschaft ins Stocken gerät, ist ja immer noch deine Frau da als Vorsagerin, da mache ich mir gar keine Gedanken. Ich habe ein paar Extraproben eingeschoben, so werden wir es bis Ostern wohl schaffen, die Schauspieler premierenfit zu bekommen.«

Henning nickte. »Was möchtet ihr trinken, Campari Orange, wie üblich?«

»Ja, gerne, aber sag mal, wie geht es eigentlich Frau Peters, habt ihr schon was gehört? Das ist ja eine grausliche Geschichte. Stellt euch mal vor, der Sohn hätte sie morgens nicht gefunden. Sie hätte tot sein können!« Den letzten Satz haute Eke heraus, als sei's ihr letzter Auftritt bei den Festspielen in Bayreuth.

Der Handwerker an der Theke zuckte zusammen, verschluckte sich und verließ laut hustend den Gastraum.

»Was ist denn mit dem los?«, fragte Eke in einem erheblich gemäßigteren Tonfall. »Er konnte wohl das Lied vom Tod nicht mit dem gemütlichen Feierabendbier kombinieren. Dabei hat er die alte Dame sicherlich gar nicht gekannt.«

Die vier unterhielten sich noch eine ganze Weile, Carsten Spohle trank und hörte zu. Auch Martin Janssen gesellte sich wieder zu ihnen, ohne sich jedoch groß am Gespräch zu beteiligen. Birgit erzählte in kurzen Zügen, was sie erlebt hatte, ohne ihre Zweifel und ihre Unruhe zu erwähnen.

»Dienstag werde ich nach Sanderbusch fahren, ich hoffe, dass Tante Grete bis dahin aufgewacht ist. Noch sieht es nicht danach aus. Ich werde ein paar persönliche Dinge aus ihrer Wohnung holen, um die Peter mich gebeten hat, so braucht er nicht extra selber herzukommen.«

»Ich möchte zahlen.« Martin Janssen legte einen Geldschein auf den Tresen, ließ sich das Wechselgeld wiedergeben und verschwand.

»Das ist der Stimmungsmacher jeder Party«, tönte Lars Sanders in den Raum, völlig ignorierend, dass Carsten Spohle ebenfalls noch anwesend war, wenn auch noch lautloser als der Handwerker.

Es wurden ein paar Biere und Campari bestellt, bevor die Gäste fast geschlossen aufbrachen. »Morgen die Probe nicht vergessen«, rief Eke Sanders über die Schulter zurück, als sie dem Ausgang zustrebte.

Birgit und Henning erledigten die Restarbeiten vor dem Feierabend.

»Ich gehe noch eben kurz vor die Tür«, entschied Birgit und verließ den Gastraum. Sie wollte gerade ihre Hand auf den Griff der Hoteltür legen, als die sich öffnete und Martin Janssen hereinkam. Er brachte einen Schwall kalter Nachtluft mit.

»Wo kommen Sie denn her?«, fragte Birgit erschrocken. »Nicht, dass es mich etwas anginge …«, entschuldigte sie sich hastig.

Der Polier schien nicht weniger überrascht. »Musste noch etwas frische Luft schnappen«, sagte er im Vorbeigehen. »Konnte nicht schlafen.«

Birgit war die Lust auf weitere mitternächtliche Treffen vergangen. Als der Polier in seinem Zimmer verschwunden war, beschloss sie, ihrem Mann zu folgen und schlafen zu gehen. Morgen hieß es beizeiten aufstehen, Frühstück zubereiten für die Gäste. Die Handwerker fingen schon früh mit ihrer Arbeit an und mussten natürlich vorher gestärkt werden.

*

Birgit schob ihr verschlafenes Gesicht Richtung Fenster und stellte fest: alles weiß! Noch war es draußen dunkel, aber sie hoffte auf einen sonnigen Tag, denn dann waren die Dünen und der Strand, eigentlich die ganze Insel, im Schnee besonders schön anzusehen.

Henning war schon im Bad, wie sie an den gurgelnden Geräuschen erkannte, mit denen er gleichzeitig das Zähneputzen und Pavarotti in den Griff zu bekommen versuchte. Jeden Morgen ein vergeblicher Versuch, nur die Interpreten änderten sich ständig.

Gleich nach dem Frühstück wollte Birgit in Tante Gretes

Haus die Sachen für das Krankenhaus raussuchen, aber erst hieß es Wurst und Käse schneiden, Brötchen aufbacken und Kaffee kochen. Ein anständiges Rührei gehörte ebenfalls zur Handwerkergrundausstattung.

Sie deckte die Tische in der Gaststube, und als der Kaffeeduft durchs Haus zog, erschienen auch schon die beiden Mitarbeiter der Heizungsfirma Kleen.

»Man gut, dass wir meistens in warmen Heizungsräumen zu tun haben.« Der ältere der beiden, Hanno Mennenga, rieb sich lächelnd die Hände. »Wenn in den Häusern nicht gerade die Heizung ausgefallen oder in einem Neubau noch gar nicht angeschlossen ist. Dann haben wir auch mit der Kälte zu kämpfen, genau wie die Maurer und Dachdecker.«

»Man muss ja froh sein, dass man überhaupt Arbeit hat.« Freerk Harms setzte sich mit Vorfreude an den Tisch. »Wir Installateure haben am Festland zwar auch im Winter was zu tun, aber die Bauhandwerker stehen dann meistens ohne Job da und freuen sich, wenn es auf den Inseln Arbeit gibt.«

»Wo seid ihr denn in dieser Woche beschäftigt?«, fragte Birgit vorsichtshalber. Es geschah immer wieder, dass Insulaner sie im Notfall anriefen, weil sie wussten, dass die beiden Heizungsleute bei ihr nächtigten.

»Ab heute sind wir auf dem Neubau von Rahlmann im Ostdorf«, antwortete Mennenga. »Heizung einbauen. Vorbereitende Maßnahmen treffen. Morgen kommen dann mit dem Inselversorger die Heizkörper. Dann geht es richtig rund.«

»Dann kann euch Martin Janssen, der Polier, ja gleich einweisen. Ihr kennt euch bestimmt schon, seid ja zusammen angekommen. Er müsste auch jeden Moment zum Frühstück kommen«, stellte Birgit mit einem Blick auf ihre Uhr fest. »Eigentlich hätte er längst da sein müssen. Es ist schon kurz nach sieben. – Ich habe eure Thermoskannen und die Butterbrotpakete hier aufs Tischchen gestellt. Also nicht vergessen, damit ihr mir nicht vom Fleisch fallt bis zum Abendessen!«

Von draußen kam ein durchdringendes Geräusch. »Schneeschieber auf Terrasse!«, stellte Birgit sofort fest, obwohl dieses polternde Schaben nicht häufig zu hören war. »Henning schießt wieder mit Kanonen auf Spatzen. Ein einfacher Piasava-Besen hätte es sicher auch getan. Wir sind schließlich nicht in Bayern.«

Bei diesem Stichwort fiel ihr der Polier wieder ein. Ein Ostfriese in Bayern ... Sicher auch nicht einfach mit dem Eingewöhnen dort unten. Warum hatte er nur so kurz angebunden auf ihre schlichte Frage reagiert? Er musste wohl Böses erlebt haben in seiner alten Heimat.

Es war müßig, darüber nachzudenken. Sie hatte schon viele Schicksale an ihrer Theke zu ertragen gehabt. Je höher der Alkoholspiegel, desto tiefer die Einblicke, die mancher Leidgeprüfte ihr gewährte. Und je länger der Abend andauerte, desto mehr rückten die Erzählenden ihr verletztes, verkanntes und natürlich völlig unschuldiges Ego in den Mittelpunkt ihrer Lebensbeichte.

Am nächsten Morgen zeugten meist nur noch die roten Augen von der durchzechten Nacht. Von Lebenskrise beim Frühstück keine Spur, höchstens jene, die von einem ausgewachsenen Kater verursacht wurde. Aber den baute man dann mit einem langen Gang durch die Dünen wieder ab.

Inzwischen hatte sich Martin Janssen zu den anderen in den Frühstücksraum gesellt. »Ich hätte gerne Tee, wenn es möglich ist«, bat er die Wirtin.

»Es wäre schon traurig, wenn es in einem Hotel wie dem unseren keinen Tee geben würde«, lächelte Birgit. »Bin gleich wieder da, langen Sie schon mal zu. Das Rührei bringe ich dann auch mit.«

Bevor sie in der Küche verschwand, hörte sie noch, wie Hanno Mennenga sich Martin Janssen zuwandte: »Wir haben wohl den gleichen Weg zur Baustelle. Sind die anderen Handwerker denn schon da?«

»Nein, die kommen mit der Mittagsfähre, aber ich bin vor Ort, dann können wir schon alles besprechen.«

Dann beschäftigten sich die drei Männer schweigend mit ihrem Frühstück.

Sie befand sich in den letzten Zügen der Rühreiherstellung, als Henning sich draußen mit kräftigen Tritten den Schnee von den Stiefeln klopfte. Er kam in die Küche und schenkte sich eine wärmende Tasse Kaffee ein.

»Ich bring eben die Sachen in den Frühstücksraum, dann geselle ich mich zu dir.« Birgit stellte Tee und einen Teller voll dampfenden Rühreis mit Speck auf ein Tablett und brachte es in die Gaststube. Als sie wieder in die Küche kam, war Henning bereits bei seiner zweiten Tasse, und auch sie schenkte sich eine ein. »Na, wie war deine Erfahrung mit der körperlichen Ertüchtigung im weißen Element?«

»Ungewohnt«, knurrte er. »Da merkt man erst, wie wenig man im Winter körperlich gefordert ist. Ich sollte wirklich das Sportangebot vom KSV annehmen. Da war doch so ein Kursus: *Fit ü 50*! Das könnte gut etwas für meine eingerosteten Knochen sein. Natürlich gibt es auch noch eine andere, wesentlich aufregendere Möglichkeit, alte Knochen fit zu halten, aber davon wollen wir jetzt einmal absehen. Das werden wir zu gegebener Stunde wieder zur Sprache bringen.« Er schaute seiner Frau in die Augen und fing dann schallend an zu lachen. »Keine Sorge, mein Schatz, ich werde dieses Thema nicht weiter ausführen.«

»Wie kommst du darauf, dass mir das Thema Sorge bereiten würde? Nur zu!« Birgit rollte wild mit den Augen. »Spürst du nicht auch den besonderen erotischen Kick hier zwischen Tellern und Schöpflöffeln, mein wilder Tiger?« Sie wuschelte ihm durch die von der Anstrengung feuchte und nicht mehr sehr üppige Haarpracht. »Warte, bis die Gäste weg sind, dann werde ich dir zeigen, was man mit Sprühsahne und Tortengarnitur sonst noch so alles anfangen kann!«

Henning bekam zwar vor Lachen kaum Luft, aber die Versuchung, neue Küchentechniken auszuprobieren, war groß. Mehr als eine kleine Knutscherei mit seiner Frau war allerdings nicht drin, denn noch konnte jederzeit einer der Gäste in der Hotelküche auftauchen. Aber aufgeschoben war nicht aufgehoben, und so kehrte Henning relativ vergnügt zu den ernsten Dingen des Alltags zurück – Fahrrad reparieren, Geruchverschluss in Zimmer 16 abdichten, Batterien in den Brandmeldern auswechseln, und ..., und ..., und.

Zwischendurch steckte er den Kopf noch einmal in die Küche. »Bist du heute eigentlich schon zu Fuß unterwegs gewesen, Birgit?«

»Nein, wieso?«

»Weil ich alter Indianer Spuren im Schnee gesehen habe, die vom Hotel weg- und wieder herführten«, erklärte Henning. »Aber vielleicht war das einer der Handwerker beim Frischluftschnuppern.«

»Im Dunkeln, morgens um sechs?«

»Wer weiß, was die für Angewohnheiten haben, sind ja auch nur Menschen.« Er verschwand, um sein Tagespensum abzuarbeiten.

Birgit schaute aus dem Fenster und sah, dass die beiden Heizungsbauer ihre im Schuppen deponierten Räder hervorholten. »Herr Janssen kann sich gerne auch ein Fahrrad mitnehmen«, rief sie ihnen zu. »Der Weg zum Ostdorf ist so doch viel schneller zu bewältigen.«

»Der hat sein Rad bei der Ferienwohnung seiner Kollegen stehen und will es dort gleich abholen«, erwiderte Freerk Harms.

»Alles klar! Bis heute Abend.« Birgit begann die Frühstückstische abzuräumen und in der Küche wieder für Ordnung zu sorgen. Abends würde sich Henning um das Essen kümmern. Für heute war Labskaus vorgesehen, natürlich selbst gemacht. Am liebsten nahm Henning dafür nach altem Rezept gepökeltes Rind- und Schweinefleisch, das er mit der Gabel faserte. Manchmal begnügte er sich auch mit Corned Beef, wenn die Zeit fehlte. Aber niemals tat er Rote Bete ans

Labskaus. Das machten manche, »wegen der Farbe«. Henning nie – rote Bete gab's als Beilage, und die Farbe musste vom Fleisch ins Labskaus kommen. Dazu gab es Kartoffeln, Gurken, Zwiebeln und Hering, alles klein geschnitten, etwas gestampft, keinesfalls durch den Fleischwolf gedreht. »Ich koche keine rosa Matschepampe, sondern Labskaus mit Biss und Geschmack!«, war sein Credo.

Er wusste natürlich, dass manche seiner Kollegen niemals Hering ins Labskaus geschnitten hätten. »Der Hering gehört nur als Beilage dazu, genau wie es in alten Seemanns- und Shantybüchern geschrieben steht«, hatte ihm neulich sein Kollege aus Norddeich noch erzählt. Henning fand aber, dass das Labskaus auf seine Art gekocht einfach pikanter war. Wer wollte, bekam auch noch ein Spiegelei obendrauf.

Birgit lief jetzt schon das Wasser im Munde zusammen. Sie hoffte nur, dass der Wahlbayer in ihrer Mitte auch noch für das Seemannsessen zu begeistern war.

Nachdem sie alles aufgeklart hatte, wollte sie schnell zu Tante Gretes Haus, um die Utensilien für ihre Fahrt am nächsten Tag zu holen, entschied sich aber doch, erst die Zimmer zu säubern. Das würde keine großen Umstände machen, die Herren hatte ja erst eine Nacht darin geschlafen.

Schnell hatte sie das Doppelzimmer gesaugt, die Betten gemacht und die Armaturen im Badezimmer poliert und brauchte bloß noch zu lüften. Janssens Einzelzimmer sah fast nicht bewohnt aus. Das Bett war gemacht, nichts stand herum, geraucht hatte er auch nicht. »Ist er überhaupt noch da?«, fragte sich Birgit belustigt. Doch seine Reisetasche stand neben dem Fernsehschrank, also befand sich ihr Besitzer sicher auf der Insel und sorgte dafür, dass der Neubau sachgemäß hochgezogen wurde.

Sie schloss die Zimmer wieder ab und ging in ihre Wohnung. Als sie ihre dicken Stiefel aus dem Schrank holte, klingelte das Telefon.

»Hotel *Sonnenstrand*, Baltrum, Ahlers, guten Tag«, nuschelte sie, während sie mit dem halben Oberkörper im Schrank verschwunden war, um den linken Schuh zu finden.

»Hier spricht Frieda, hast du was von Grete gehört?«

Birgit war fündig geworden, gab aber den Versuch auf, gleichzeitig zu telefonieren und sich die Schuhe anzuziehen. »Nein, Tante Frieda, aber ich will eben rübergehen und noch etwas Unterwäsche für sie holen, ich fahre morgen zu ihr. Wenn ich zurück bin, sage ich dir Bescheid, wie es um sie steht. Ist dir noch irgendetwas eingefallen, was deine Freundin und ihren Unfall betrifft?«

»Und ich sage dir, es war kein Unfall, Birgit. Jemand wollte ihr ans Leder, weiß der Himmel warum.«

Birgit schluckte, verschwieg aber, dass sie diese Meinung inzwischen teilte, obwohl es keinen konkreten Hinweis gab, der ihr Gefühl unterstützen konnte.

»Birgit, bist du noch am Apparat, ich verstehe dich nicht!«

»Ich habe auch gar nichts gesagt, Tante Frieda. Mach's gut. Bis morgen.«

»Halt, ich muss dir doch was sagen. Grete hat mich letzte Woche gefragt, ob ich ihr nicht einen Rechtsanwalt empfehlen könne. Ich habe sie gefragt, warum, aber sie hat nur gesagt: ›Wer weiß, wozu man mal einen braucht.‹ Na, ja, dann fragt man eben nicht noch einmal, wenn sie nichts sagen will, ich meine ja man nur, auch wenn man die beste Freun…«

»Tante Frieda!!« Warum hatte sie immer das Gefühl, die alte Dame anschreien zu müssen? »Hast du ihr den Namen eines Anwaltes genannt? Hat sie einen angerufen?« Sie dachte an das Zettelchen, das Grete in der Hand gehalten hatte.

»Ich kannte nur den alten Caspers in Norden, aber der ist schon seit fünf Jahren tot. Ich habe gesagt, sie soll denn mal ins Telefonbuch schauen, oder in die gelben Seiten. Natürlich wusste sie nicht, was das ist, und ich habe ihr das erklärt. Sie hat das Heft mit rübergenommen, aber ob sie dann wirklich telefoniert hat, das habe ich ganz vergessen zu fragen.«

Birgits Silberstreif am Horizont löste sich in Wohlgefallen

auf. »Danke, Tante Frieda, ich melde mich so bald wie möglich.« So, nun aber Schuhe und Jacke an und ab zu Tante Gretes Haus. Birgit steckte beide Haustürschlüssel ein.

Noch immer lag eine feine Pulverschneeschicht über der Landschaft und das Thermometer zeigte gerade minus ein Grad an. Nur wenige Insulaner kamen ihr entgegen, alle fest gegen die Kälte eingepackt. Manchmal erkannte Birgit die Gesichter unter den Kapuzen erst im letzten Augenblick.

Schnell brachte sie die paar Meter bis zu Tante Gretes altem Insulanerhaus hinter sich. Als sie das Grundstück betrat, fielen ihr Fußspuren auf, die von der Straße zur Eingangstür führten und wieder zurück auf die Straße, sie waren deutlich in dem frischen Schnee zu erkennen. »Das ist seltsam«, murmelte Birgit. »Es weiß doch inzwischen jeder hier auf der Insel, dass sie im Krankenhaus ist. Und der Briefträger kann es auch nicht sein, es ist nämlich noch gar keine Post da.«

Sie nahm den Schlüssel, den sie schon seit Jahren in Verwahrung hatte, aus der Tasche und öffnete die Haustür. Feuchte, muffige Kälte schlug ihr entgegen. Ihre Jacke würde sie nicht ausziehen, so viel war sicher. Und die Heizung würde sie ein wenig aufdrehen und auch anlassen, damit das Haus nicht ganz auskühlte.

Als sie an der Küche vorbeikam, überfiel sie die Erinnerung daran, wie Tante Grete auf dem Fußboden gelegen hatte, und Mitleid überkam sie. Hoffentlich wurde die alte Dame wieder ganz gesund.

Dann könnte Tante Grete auch erzählen, wie sich alles zugetragen hatte.

Birgit öffnete die Schlafzimmertür, und ihr wurde erneut bewusst, wie einfach diese Frau lebte. Die schmutziggelbe, stockfleckige Decke hätte dringend einen neuen Anstrich gebraucht. Die Tapete mit den großen, ockerbraunen Quadraten stammte gewiss noch aus den Siebzigern. An der Wand hing, ziemlich unpassend und etwas schief, ein *Röhrender Hirsch*, der sich jedoch Gott sei Dank nicht wesentlich vom

Tapetenmuster abhob. Auf dem Bett lagen Kopfkissen und Zudecke, bezogen mit zerschlissener Biberbettwäsche voller Noppen, darüber eine hellblaue Nylontagesdecke.

Die Schränke allerdings waren gute deutsche Wertarbeit – alt, aber nicht kaputt zu kriegen. »Die sind bestimmt von Appelkamp aus Dornum!« Birgits Eltern hatten ähnliche in den Hotelzimmern stehen gehabt.

Sie öffnete die Schranktür und suchte aus den Wäschestapeln einige Unterhosen und Unterhemden, drei Nachthemden und mehrere Paar Socken heraus. Ein rosa Nachtjäckchen mit kleinen grünen Blümchen fand auch noch seinen Weg in die Reisetasche, die Birgit auf dem Schrank gefunden hatte. Sie zog den Reißverschluss zu.

Auf dem Flur blieb sie stehen. »Wenn ich schon einmal hier bin, kann ich auch gleich ...« Sie bog ab ins Wohnzimmer und sah sich um. Von der nachmittäglichen Zusammenkunft mit Peter und Sabine war nichts mehr zu sehen. Tante Grete hatte alles fein säuberlich wieder aufgeräumt. Der Sessel, den Tante Frieda zu Inquisitionszwecken neben dem Sofa mit den jungen Leuten postiert hatte, stand jetzt wieder an seinem angestammten Platz. Das Teegeschirr war ordentlich im Glasschrank ausgestellt, und die Häkeldeckchen wichen keinen Millimeter von ihrer vorgegebenen Richtung ab. Birgit erwartete fast, dass Tante Grete sie, in ihrem Sessel sitzend, begrüßen würde.

Die Gelben Seiten, die Tante Frieda ihrer Freundin mitgegeben hatte, lagen neben dem Telefon, und oben heraus schaute ein kleiner Streifen Papier. Birgit setzte sich hin und schlug das Buch an der markierten Stelle auf. Rechtsanwälte jeder Fachrichtung waren dort verzeichnet, Seite um Seite. Das ist wie eine Nadel im Heuhaufen, dachte sie, besann sich aber, dass es wohl am sinnvollsten war, nach einem Anwalt für Erbrecht Ausschau zu halten. Auch davon gab es allerdings in jeder ostfriesischen Stadt mindestens einen. Am naheliegendsten war natürlich der aus Norden, Rechtsanwaltskanzlei Schönfeld, Würzberg, Meyer und Cie. Und tatsächlich sah sie unter der Telefonnummer einen feinen Bleistiftstrich.

Jetzt brauchte sie nur noch dort anzurufen und zu fragen, ob ein Termin für morgen vereinbart gewesen sei, dann wäre sie der Befriedigung ihrer Neugier schon ein großes Stück näher gekommen.

Langsam beschlichen sie allerdings Zweifel. Durfte sie das denn überhaupt? War es nicht einzig und allein Peters Sache, sich um die Umstände dieses Unfalls zu kümmern? Gab es überhaupt Umstände, um die man sich kümmern musste? Peter schien nicht dieser Ansicht zu sein. Oder hatte er etwas zu verbergen?

Birgit wusste selbst nicht mehr, was sie tun sollte, und beschloss, Henning um Rat zu fragen. Er hatte mit seiner nüchternen Art, Dinge zu betrachten, oftmals recht, während bei ihr die Pferde bei manchen Ideen schon mal durchzugehen drohten.

Sie würde nach Hause gehen und die Sache noch einmal genau überdenken, vorher wollte sie aber noch Tante Gretes Küche kurz durchlüften. Birgit schob die Gardine zur Seite.

Ihr blieb fast das Herz stehen. Ein Gesicht presste sich von draußen gegen die Scheibe, umrahmt von einer dicken Kapuze. Der Atem der Person beschlug die Scheibe von außen, so konnte sie nicht auf Anhieb erkennen, wer der Neugierige war. Einen Augenblick starrten sich beide bewegungslos an, dann riss Birgit mit einem Schwung das Fenster auf. »Verdammt noch mal, wie können Sie mir so einen Schrecken einjagen? Wer sind Sie überhaupt, was wollen Sie hier am Fenster?« Sie atmete tief durch, als sie den Polier der Baufirma Rahlmann erkannte, Martin Janssen. In diesem Moment war es ihr völlig gleichgültig, dass der Mann auch Gast in ihrem Hause war. Der Schreck saß einfach zu tief.

Aber auch an Janssen war die unverhoffte Begegnung nicht spurlos vorübergegangen, er brachte zunächst kein Wort heraus. Sein Mund ging auf und zu wie bei einem Fisch auf dem Trockenen. Die Hände tief in seinen Anoraktaschen verborgen und mit heruntergezogenen Schultern schaukelte er von einem Bein auf das andere. »Ich ... ich wollte nur mal gucken, ob alles in Ordnung ist, mit dem Haus, jetzt wo die alte Frau im Krankenhaus ist ...«

»Kannten Sie Frau Peters denn? Sie sind doch erst ein paar Wochen auf Baltrum beschäftigt«, wunderte sich Birgit.

»Ja, ich fuhr hier mal vorbei, da war gerade ein Stück von ihrem Zaun umgefallen. Da habe ich ihr geholfen, und sie sagte, ich könnte mich mal ein bisschen um ihr Haus kümmern, als sie hörte, dass ich auf dem Bau arbeite«, erklärte er. »Jetzt muss ich aber wieder zur Arbeit, ist ja alles in Ordnung ... Bis heute Abend.« Er schwang sich auf sein Fahrrad und verschwand Richtung Ostdorf.

Birgit schloss das Fenster, ihr war bei dem Gespräch sowohl innerlich als auch äußerlich lausig kalt geworden. Martin Janssen als Hausmeister bei Tante Grete? Bisher hatte Henning immer alles repariert, was in deren Haus kaputt gegangen war. Grete Peters mochte keine Fremden im Haus, und Fremde für eine Arbeit entlohnen noch weniger. Und warum sollte dieser Mann umsonst für sie arbeiten?

Warum wusste Tante Frieda nichts von ihm? Sicher hätte Tante Grete ihrer Freundin doch davon erzählt.

Nun musste sie wirklich erst einmal dringend nach Hause, um mit Henning zu sprechen. Birgit schob die Gardine vor das Fenster, kontrollierte die Heizung und verschloss dann sorgfältig hinter sich die Haustür. Hier hatte kein Ungebetener etwas zu suchen.

*

»Also, Henning, hör zu, du glaubst nicht, was mir eben passiert ist.« Birgit rauschte in die Küche, nur um festzustellen, dass Henning gar nicht da war. »Na, dann nicht.« Sie drehte sich auf dem Absatz um, griff sich Portemonnaie und Einkaufstasche, holte ihr Fahrrad und machte sich auf den Weg Richtung *Inselmarkt*.

Auch andere Insulaner waren mit dem Frühjahrsputz beschäftigt. Im Restaurant *Bei Charly* wurde die lange Fensterreihe auf Hochglanz gebracht, und vor einem Haus lagen alte Bettgestelle, Matratzen – sogar noch ein paar dreiteilige – und kaputte Stühle. Eine Pferdewagenladung voll, die bestimmt in den nächsten Tagen vom Fuhrunternehmen Lüppen zur Müllumschlagstation gefahren wurde. Bei *Stadtlander* auf dem Hof türmten sich Schaufeln und Spaten in Zehnerbündeln – grüne, blaue, rote, große, kleine, auf dem Weg in den Vorratskeller. Sie dienten im Sommer der Beschäftigungstherapie für Männer, die sich im Urlaub plötzlich als Väter wiederfanden. Die bauten gern Strandburgen, und dann hieß es: Mein Haus ist meine Burg! Wehe, eines der Kinder wagte es, sei es aus Versehen oder aus Übermut, mit einem Tritt seiner kleinen Füße des Tages mühevolle Arbeit zu zerstören! Dann war die entspannte Urlaubsstimmung für Stunden dahin. Es sei denn, der Sandburgenarchitekt zog es vor, seinen Kummer im *Strandcafé* zu ertränken, in einer Reihe mit seinen Leidensgenossen. In diesem Falle konnte die restliche Familie von Glück sprechen und unbeschwert das Strandleben genießen.

Birgit stellte ihr Fahrrad vor dem *Inselmarkt* ab und ging hinein. Schnell füllte sich der rote Korb mit Lebensmitteln, und sie ärgerte sich, dass sie keinen Wagen von draußen mitgenommen hatte.

»Soll ich den Korb schon einmal zur Kasse bringen und einen neuen leeren bringen?«, hörte sie hinter sich die Stimme von Melanie Bader, der Herrscherin über Wurst und Käse.

»Nein, danke, ist nicht nötig«, erwiderte Birgit. »Gib mir man noch zehn Scheiben mittelalten Gouda, dann hätte ich auch genug.« Sie stellte ihren Korb vor der Käsetheke ab.

»Hast du etwas von Tante Grete gehört?«, fragte Melanie, während sie die Wurst auf die Waage legte.

»Es gibt keine wesentliche Änderung. Morgen werde ich rüberfahren. Mal sehen, ob sich bis dahin was getan hat.«

»Ich habe in der letzten Woche einen Korb mit Lebensmitteln bei ihr vorbeigebracht, da ging es ihr noch prächtig. Sie gab mir das Geld dafür genau abgezählt in die Hand. Trinkgeld gibt's nicht, sagte sie, das verdirbt den Charakter.« Die Verkäuferin packte den Käse ein und reichte ihn über die Theke.

»Dann ist dir an ihr auch nichts Ungewöhnliches aufgefallen, dass sie anders war als sonst?«, erkundigte sich Birgit.

»Nein, überhaupt nicht. Sie hat mir noch hinterhergerufen, dass ich mein Fahrrad nicht wieder an den Zaun lehnen soll, weil der sonst kaputt ginge, also, sie war wie immer. Allerdings muss ich auch eingestehen, dass sie mich auf eine Tasse Tee eingeladen hat. In ihre gute Stube. Eigentlich musste ich ja wieder zurück in den *Inselmarkt*, aber es war sowieso kurz vor fünf und ich mochte auch nicht nein sagen. So habe ich mich zu ihr gesetzt und wir haben uns über alles Mögliche unterhalten. Ich glaube, sie hat sich wirklich darüber gefreut, dass ich dageblieben bin. Tatsächlich kam dann aber noch mehr Besuch. Ich glaube, das war ein Handwerker von der Baustelle im Ostdorf. Der steckte seine Nase durch die Wohnzimmertür. Tante Grete hat einen richtigen Schreck bekommen. Ist ja auch kein Wunder, rechnet man ja nicht mit. Der war aber sofort wieder verschwunden. Murmelte etwas von ›in die Küche gelegt‹. Tante Grete hat ganz reserviert geguckt und sagte dann nur: ›Der macht manchmal was für mich.‹ Ich hab da nichts weiter drauf gesagt, ging mich ja auch nichts an. Hab nur noch meinen Tee ausgetrunken und bin auch los.«

Melanie Bader merkte nicht, welche Unruhe sie in Birgit geweckt hatte. Martin Janssen – da tauchte er schon wieder auf! Wenn denn der Besucher der gleiche war, der sie vor einer Stunde fast zu Tode erschreckt hatte.

»Danke, Melanie«, sagte sie. »Bis demnächst. Hoffen wir mal, dass in Kürze wieder etwas mehr zu tun ist.«

»Zum Wochenende kommt Margit, dann könnt ihr beiden ja mal wieder um die Häuser ziehen.« Birgit und Melanie lachten, denn beide wussten, dass das Um-die-Häuser- Ziehen mangels geöffneter Lokalitäten sicher noch bis Ostern warten musste. Aber das Eintreffen der Saisonkräfte vermittelte immer einen Hauch von Frühling.

Birgit ging zur Kasse. Eigentlich fand sie diesen Laden für den Winterbetrieb viel zu groß, zumal der Frischemarkt auch noch geöffnet hatte. Die hätten sich stattdessen im Winter eigentlich auch abwechseln können mit den Öffnungszeiten, dachte Birgit, für die paar Insulaner. Die meisten kauften ihre Waren sowieso an Land.

Birgit beeilte sich auf dem Heimweg. Henning würde sich gewiss schon wundern, wo sie geblieben war.

Aber sie hatte sich getäuscht. Im Hotel war Henning noch immer nicht. Birgit packte ihre Tasche aus und stellte fest, dass jetzt endgültig der Zeitpunkt gekommen war, sich darüber Gedanken zu machen, welche Putzarbeit sie zuerst in Angriff nehmen sollte. Sie entschied sich für das Bügelzimmer. Dort sammelte sich immer viel Staub durch die große Menge Wäsche, die dort bearbeitet wurde. Und es gab erstaunlich viele Winkel und Ecken, die sich im Sommer hartnäckig jedem Putzversuch entzogen. Aber erst einmal brauchte sie eine Tasse Tee. Das würde die Motivation nachhaltig steigern. Hoffte sie.

Kaum stand der Tee auf dem Tisch, schallte die Stimme ihres vermissten Gatten durch den Flur. »Wunderst du dich denn gar nicht, wo ich gewesen bin?«, rief er in die Küche.

»Doch, schon, aber du wirst es mir bestimmt gleich sagen.«

»Die Kurverwaltung will einen Werbestand auf dem Brokkumer Herbstmarkt aufbauen, und jetzt suchen sie ein paar Insulaner, die dort mitarbeiten wollen. Da sollen tatsächlich über hunderttausend Menschen hinkommen. Klingt echt interessant.« Henning bediente sich mit Kluntje, Tee und Sahne.

»Und, willst du mitfahren? Sabbelfreudig bist du ja. Und die

Arbeit im Hotel schaffe ich für ein Herbstwochenende auch allein. Der Koch ist dann ja noch da. Wo liegt das eigentlich?«

»Brockum ist ein kleines Dorf in der Nähe vom Dümmer See, aber an diesem Wochenende geht dort die Post ab, wurde eben erzählt. Viehverkauf, Kirmes, Verkaufsstände, alles im Dorf und drum herum. Ich glaube, ich überlege mir das mal. Dann kann ich auch unser Hotel noch ein wenig ins rechte Licht rücken!« Henning lächelte. »Na gut, man ist ja neutral, wenn man als Baltrumer Bürger dort Werbung macht... Ich werde also für alle gleichermaßen die Trommel rühren. Was hast du denn jetzt vor?«

»Ich werde meine morschen Knochen in die Bügelkammer bewegen und dort sauber machen. – Erst muss ich dir aber noch etwas ganz Seltsames erzählen. Stell dir vor, als ich vorhin in Tante Gretes Haus war, hat Martin Janssen sein Gesicht an die Scheibe gepresst, offensichtlich, um einen Blick nach innen zu erhaschen. Ich habe den Schreck meines Lebens bekommen. Als ich ihn fragte, was das soll, erklärte er mir, er sei der neue Hausmeister von Grete. Kannst du dir das vorstellen? Sonst hast du doch immer alles bei ihr gemacht. Und übrigens waren auch frische Fußspuren im Schnee auf Gretes Grundstück. Zur Haustür hin und wieder zurück.«

Henning blickte sie erstaunt an. »Das wird ja immer mysteriöser. Wir müssen unbedingt mit Peter darüber sprechen.«

»Ich fahre ja morgen rüber, ich denke, ich treffe ihn. Ach, übrigens, Melanie Bader hat den Janssen auch bei Grete gesehen in der letzten Woche. Der scheint sich da wirklich breit gemacht zu haben.«

»Aber ob da ein Zusammenhang mit dem Unfall besteht, ist mehr als fraglich. Wir werden jedenfalls die Augen offen halten.« Henning stand auf, um das Teegeschirr abzuräumen.

Birgit griff nach den Putzutensilien, die noch von ihrer Lampenreinigungsaktion in der Küche standen, füllte den Wassereimer und ging ins Bügelzimmer.

Es versetzte sie immer wieder in Erstaunen, was sich bei

solchen Arbeiten alles wiederfand. Selbst die linke ihrer Lieblingsskisocken war nicht dem berühmten Waschmaschinenfraß zum Opfer gefallen, sondern lag im Wäscheschrank hinter den Handtüchern. Wie war die da nur hingeraten?

»Henning, ich brauche Hilfe bei der Mangel. Kannst du die zur Seite schieben, sie ist mir einfach zu schwer«, rief sie durchs Haus, und tatsächlich kam Henning angeflitzt. Gemeinsam wuchteten sie das schwere Teil in eine Ecke.

»Vielen Dank, jetzt kann ich weiterputzen. Oh, Mensch, Henning«, Birgit schlug sich vor die Stirn, »ich habe völlig vergessen, dir noch eine Geschichte zu erzählen. Als ich im Haus von Grete war, nein, ich muss vorher anfangen: Tante Frieda hat angerufen und sagte mir, dass Grete sie nach einem Rechtsanwalt gefragt hätte. Sie hat ihr gesagt, dass Grete in den Gelben Seiten nachsehen solle. Die habe ich im Haus gefunden, eine Seite mit einem Zettel markiert, und die Nummer eines Anwalts für Erbschaftsrecht aus Norden war unterstrichen. Ich muss da unbedingt anrufen.«

»Du kannst es versuchen, aber ich kann mir nicht vorstellen, dass eine seriöse Kanzlei dir Auskunft über die Termine ihrer Mandanten gibt. Schon gar nicht über die Gründe eines Besuches. Eventuell bekommt Peter Auskunft, wenn er mitteilt, dass seine Mutter den Termin wegen Krankheit nicht einhalten kann. Aber es ist doch noch lange nicht bewiesen, dass Grete überhaupt ein Gespräch mit einem Anwalt gesucht hat.«

»Nein, aber der Verdacht liegt nahe. Ich werde Peter gegenüber nicht alles, was mich stutzig macht, offenlegen, sondern ihm nur von dem Zettel in dem Telefonbuch erzählen. Mal sehen, wie er dann reagiert.« Sie griff nach Schrubber und Feudel und rückte dem Fußbodenschmutz zu Leibe.

Henning ging in die Küche, um zu kontrollieren, ob auch wirklich alle Zutaten für sein Labskaus im Hause waren.

*

Der Nachmittag war ruhig verlaufen. Birgit hatte geputzt, Henning zwei Fahrräder repariert, und zwischendurch hatte es für die beiden auch eine Tasse Kaffee gegeben.

Jetzt bereitete Birgit sich auf die Theaterprobe am Abend vor. Henning stand in der Küche, um seinen Gästen, Birgit und natürlich sich selbst ein schmackhaftes Abendessen zuzubereiten. Ganz leckere, milde holländische Doppelmatjes hatte er bekommen. Die wollte er zu dem Seemannsgericht reichen. Birgit wusste, er musste sich schwer zurückhalten, damit diese Delikatesse nicht schon vorher seinem Probiertrieb zum Opfer fiel.

Um kurz vor sieben kamen die beiden Heizungsbauer nach Hause und gingen auf ihr Zimmer, um sich frisch zu machen. Der Polier, der Birgit morgens in größte Schrecken versetzt hatte, war weit und breit noch nicht zu sehen.

»Nicht, dass ich sonderlich erpicht darauf wäre«, murmelte Birgit. »Es reicht, wenn er kommt, während ich bei der Theaterprobe bin.« Zugleich wusste sie, dass sie ihrem Gast nicht die ganzen nächsten Tage würde aus dem Weg gehen können.

Sie zog ihre Arbeitsklamotten aus und einen dicken Winterpulli über. Immer wieder kam es vor, dass es in der Turnhalle während der Theaterproben nicht warm genug war. Diejenigen, die auf der Bühne agierten, störte das nicht so, aber der armen Souffleuse, die den ganzen Abend nur herumsaß und auf die Aussetzer der anderen wartete, um dann hilfreich einzuspringen, kroch die Kälte an den Beinen hoch.

Im Winter blieb die Turnhalle tagsüber dem Sport vorbehalten. Morgens waren die Schulkinder in der Halle, nachmittags die gleichen Kinder, diesmal aber in den AGs des Kultur- und Sportvereins. Stühle wurden erst wieder zu Ostern in die Halle gestellt, dann wurde daraus über Nacht ein *Haus des Gastes*. Praktisch gesehen war es zwar immer noch eine Turnhalle mit Stühlen drin, aber die Auftritte festländischer und heimischer Künstler ließen die schlichte Umgebung vergessen. Meistens jedenfalls.

Für den Erfolg der Baltrumer Theatergruppe bei ihrem Auftritt im Sommer sorgten die vielen Proben. Zwei neue Stücke wurden in den Wintermonaten einstudiert, eines vom Vorjahr übernommen. In diesem Winter standen die Proben zu einem Stück von Alan Ayckbourn an, einem sehr rührigen englischen Boulevardstückschreiber, der an vielen Bühnen derzeit Hochkonjunktur hatte.

Birgit kramte eine lange Unterhose aus dem Schrank und packte sich warm ein, bevor sie zum Abendessen in die Küche ging. Henning brachte gerade den beiden Handwerkern die dampfende Schüssel mit Labskaus, und Birgit deutete die Gesprächsfetzen, die aus dem Gastzimmer zu ihr herüberdrangen, als wohlwollende Zustimmung. Henning gab ihr recht, als er wieder in der Küche war. »Hanno Mennenga hat gesagt: Besser hätte meine Mutter das auch nicht gekonnt! Und das will was heißen, bei so ’nem alten Ostfriesen.«

Die beiden ließen es sich schmecken. Mittlerweile kam Birgit die Hitze aus allen Poren. »Es wäre sinnvoller gewesen, mich erst nach dem Abendessen umzuziehen«, stellte sie mit rotem Kopf fest.

»Es spricht nichts dagegen, wenn du einige überflüssige Kleidungsstücke hier und jetzt ablegst. Nur zu deinem Wohlbefinden natürlich«, erklärte Henning mit ernstem Gesicht.

Birgit schüttelte den Kopf. »Denkst du eigentlich nie an was anderes?!«

»Doch, manchmal ans Kochen und an die Feuerwehr. Aber nur manchmal!« Genüsslich ließ er ein Stück des guten Matjes in seinem Mund verschwinden.

»Was gibt es eigentlich morgen für uns und unsere Gäste? Nicht, dass ich neugierig oder noch hungrig wäre, es interessiert mich einfach nur. Ich bin ja erst am Festland, aber zum Abendessen natürlich wieder da«, erinnerte Birgit.

»Morgen gibt es Snirtjebraa mit Rotkohl und Kartoffeln.

Das Fleisch kommt ganz frisch von unserem Biohof, das Schwein wurde heute geschlachtet. Das wird ein Festessen, da freue ich mich jetzt schon drauf, obwohl ich so satt bin.« Hennings Augen leuchteten.

Die beiden unterhielten sich noch eine ganze Weile, bevor Henning seinen Dienst am Tresen antrat und Birgit sich auf den Weg zur Theaterprobe machte.

*

»Nein, nein, nicht das Stichwort, ich will das erste Wort des Satzes hören, das bin ich so gewöhnt!« Ulf, der jugendliche Liebhaber dieses Stückes, versuchte der Souffleuse von der Bühne herab klarzumachen, wie sie mit seinem Unvermögen umgehen sollte, den Text zu behalten.

»Ja, lieber Ulf, du willst das erste Wort hören, der andere das Stichwort, bei dem nächsten muss ich raten, ob er seinen Text vergessen hat oder nur eine Kunstpause macht, es ist wahrhaftig nicht leicht, es unseren Bühnenstars recht zu machen. Aber lass man, bis zum letzten Jahr war ich selber einer, mit den gleichen Macken. Da habe ich auch selten Nachsicht mit der armen Vorsagerin gehabt. So, das erste Wort deines Satzes heißt drei. Ich hoffe, dass dir das nun weiterhilft.« Birgits Stimme zeigte noch immer eine leichte Verstimmung, die aber verflog, als sich Ulf mit einem Lachen vor ihr verbeugte.

»Danke, wird nicht wieder vorkommen, liebste Birgit, ab sofort werde ich an deinen Lippen hängen und mich mit dem zufriedengeben, was du mir verbal vor die Füße wirfst.«

»Wenn wir dann weitermachen könnten, wäre ich sehr froh, meine Lieben«, ließ sich Eke Sanders vernehmen. »Wir müssen hinterher noch über die Bühnengestaltung reden und weitere Probentermine absprechen. Also, weiter im Text, wenn ich das mal so sagen darf. Ulf, bei deinem nächsten Satz solltest du langsam auf die linke Seite wechseln, da von dort deine Liebste die Bühne betritt und zugleich in deine Arme sinken wird.«

Birgit schaute auf die Uhr. Schon zehn. Das würde wieder ein langer Abend werden. Ob Martin Janssen wohl noch zum Abendessen erschienen war? Henning würde es ihr erzählen. Wenn er nicht schon schlafen gegangen war.

»Kurze Pause«, rief Eke und gesellte sich zu Birgit.

Birgit erwartete die obligatorische Frage nach Tante Gretes Befinden, aber sie hatte sich geirrt.

»Birgit, ich habe gehört, dass der Sohn von Frau Peters sich um die Lehrerstelle bewirbt, die im August frei wird? Hat er davon etwas erzählt?«

»Nein, davon weiß ich nichts. Seine Fächerkombination passt auch gar nicht an die hiesige Schule«, erklärte Birgit. »Als er abends bei uns saß, klang es jedenfalls so, als ob er an Land bleiben wolle.«

»Dann wird das wohl eine zufällige Namensgleichheit sein, es gibt sicher noch mehr Peters in Ostfriesland. Du weißt ja, ich bin in der Elternvertretung, und als wir mit dem Schulrat über die vakante Lehrerstelle sprachen, sagte er, ein Herr Peters hätte sich beworben. Darf ich eigentlich auch nicht drüber reden, es fiel mir nur jetzt so ein, als die Sache mit Tante Grete passierte. Hatte gar nicht mehr daran gedacht, dass ihr Sohn auch Lehrer ist.«

»Morgen fahre ich nach Sanderbusch, dann frag ich ihn mal. So, nun lass uns weitermachen, ich will nach Hause.«

Eke rief ihre Schäfchen zusammen und ließ den letzten Akt proben.

Als schließlich auch alles andere besprochen war, machten sich die Mitglieder der Theatergruppe auf den Heimweg. Manchmal kamen noch ein paar von ihnen mit ins Hotel auf ein Abschlussbier, aber heute Abend begleitete nur Eke Birgit ein Stück des Weges, bevor sie zu ihrem eigenen Haus abbog.

Birgit trat in die Pedale. Sie war müde und wollte sofort ins Bett. Der morgige Tag würde anstrengend genug werden. Hoffentlich fuhr die Fähre pünktlich.

Henning hatte das Außenlicht bereits ausgemacht, nur die

Notbeleuchtung zeigte ihr den Weg in die Wohnung. Als sie an der Treppe zu den Gästezimmern vorbeikam, meinte sie oben ein Geräusch zu hören, aber das störte sie jetzt auch nicht mehr. Birgit wollte nur noch in die Waagerechte.

Noch erfüllte sich ihr Traum vom Schlafen aber nicht, denn Henning war wach und wollte ihr unbedingt von einigen Begebenheiten während seines Thekendienstes erzählen. Sie kuschelte sich an ihn und hörte zu.

»Also, der Abend fing schon mal so an, dass nur die beiden Heizungsbauer zum Essen erschienen. Die haben allerdings richtig reingehauen und das ganze Mahl mit ein oder zwei Bierchen runtergespült. Und da kommt um halb neun der Herr Polier und fragt, ob es noch was zu essen gibt! Da ich ein freundlicher Gastgeber bin, habe ich ihm natürlich etwas gemacht. Aber er selbst ist ja nicht gerade der freundlichste. Als ich ihn fragte, ob er dieses Gericht aus seiner Heimat denn schätzen würde, sagte er ›Ich liebe Labskaus, aber meine Heimat ist Bayern, alles andere habe ich hinter mir gelassen.‹ Dabei bekam er so einen ganz komischen Gesichtsausdruck. Dann hat er noch gefragt, wo du steckst. Es ging ihn zwar nichts an, aber ich habe ihm erzählt, dass du zur Theaterprobe musstest. Dann hat er nichts mehr gesagt, und als er zu Ende gegessen hatte, verschwand er was weiß ich wohin. Hanno und Freerk sagen, der Polier wär ein komischer Vogel. Sie haben ihn auf der Baustelle erlebt und meinten, so einen schweigsamen Vorarbeiter hätten sie in ihrem Handwerkerleben noch nicht kennen gelernt. Hanno hat erzählt, normalerweise hätte das zwar Hand und Fuß, was der sagt, aber manchmal hätte man das Gefühl, er sei geistig weggetreten. Heute Morgen soll der Polier plötzlich verschwunden gewesen sein, keiner wusste, wo er war, obwohl die Heizungsleute ein dringendes Problem mit ihm lösen mussten. Der kam erst wieder, kurz bevor die anderen Maurer vom Festland eintrafen.«

»Hast du den Janssen auf die Geschichte von heute Morgen angesprochen?«

»Nein, der war so schnell verschwunden. Wann fährt morgen dein Schiff?«

»Fahrplanmäßig um neun Uhr. Der Wind hat auch nachgelassen, es wird schon alles klappen. Ich werde dann versuchen, Peter zu treffen, leider habe ich heute völlig vergessen, ihn anzurufen.«

»Mach dir keine Sorgen, mein Liebling, er rief heute Abend selbst noch an. Er hat netterweise morgen frei und erwartet dich ab halb elf im Foyer des Krankenhauses.«

»Das hättest du mir auch gleich sagen können«, maulte sie. »Wenn ich dich nicht darauf angesprochen hätte, hättest du es sicher vergessen.«

»Ich habe auch noch einen Zettel in die Küche gelegt, konnte es also gar nicht vergessen. Jetzt sei friedlich und schlaf, die Nacht ist kurz genug.«

*

Am nächsten Morgen packte eine fast ausgeschlafene Birgit ihre Sachen. Portemonnaie, Autoschlüssel, das Buch für Peter, die Tasche für Tante Grete, nichts durfte vergessen werden. War sie erst einmal auf dem Schiff, war es zu spät.

Auf dem Weg zum Hafen wurde sie von anderen Insulanern begleitet, bepackt mit vielen leeren Taschen, die auf dem Rückweg alle zum Bersten voll sein würden mit Lebensmitteln und anderen Einkäufen. Die Fahrt bot sich an, man musste nicht den ganzen Tag am Festland verbringen, hatte aber doch genügend Zeit, die Vorräte aufzufüllen.

An solchen Tagen reduzierte sich der Umsatz der auf Baltrum geöffneten Geschäfte wieder einmal. Auch wenn die Inhaber im Winter täglich der Meinung waren, dass noch weniger Umsatz gar nicht mehr ginge.

Der Blick über den Hafen sagte Birgit, dass die Überfahrt trotz der kalten Witterung problemlos verlaufen würde. Es war genug Wasser aufgelaufen und das Eis hatte sich nicht verdichtet. Birgit stellte ihr Fahrrad zu den anderen und lief aufs Schiff. Wenigstens war es hier schön warm. Die Besatzung stand am Anleger und betreute das spärliche Gepäck. Gleich würden die grünen Anhänger an Bord gehoben.

Sie machte es sich an Bord gemütlich. Es würden sich bestimmt noch einige Insulaner zu ihr setzen und sich erst einmal über die diversen Fahrtziele austauschen.

Und so war es auch. Kaum war die Bank mit anderen Reisenden gefüllt, hieß die erste Frage: »Na, wo willst du denn hin?« Die Antworten lauteten dann mit absteigendem Vergnügen: »Aldi«, »Baumarkt«, »Optiker«, »Zahnarzt«. Danach ging man ins Detail – erst die Angebote beim Discounter, dann die Krankheitsgeschichten.

Wer Glück hatte, fuhr in Urlaub und blieb ein paar Tage weg. Diese Menschen liefen dann auf der Rückfahrt mit dem Erzählen der Urlaubserlebnisse zur Höchstform auf.

Erstaunlicherweise saßen auf der Rückfahrt immer dieselben Insulaner auf den gleichen Bänken zusammen wie auf der Hinfahrt. Nur diejenigen, die in Urlaub gefahren waren, fehlten natürlich, deren Plätze wurden dann von jenen aufgefüllt, die aus dem Urlaub zurückkamen.

Der Kiosk an Bord öffnete und Birgit holte sich einen Plastikbecher mit Kaffee – Bohnenkaffee immerhin. Sie hatte sich schon oft Gedanken gemacht, warum der Kaffee nicht in Steingutbechern ausgeschenkt wurde. Sie war inzwischen zu der Überzeugung gelangt, dass es im Falle eines Schiffsunterganges tödlich enden könnte, wenn man auch noch einen vorbeifliegenden Kaffeebecher an den Kopf bekam.

»Auch für Hunde brauchen Sie eine Fahrkarte.«

Der Aufruf riss Birgit aus ihren Gedanken, und sie stellte sich an der Warteschlange für den Fahrkartenverkauf an. Dort stieß man zwar unweigerlich mit der Schlange vom Kiosk aneinander, aber auf der Höhe der Neßmersieler Hafeneinfahrt entwirrte sich das Knäuel, und Birgit konnte wieder in trauter Runde Platz nehmen.

Nun wurde es fast schon Zeit, darüber nachzudenken, ob

sie Mantel, Mütze und Schal bereits anziehen sollte, denn eines war klar: Nur die ersten zwölf Insulaner, die von Bord kamen, erreichten auch den ersten Zubringerbus und somit die erste Gelegenheit, zu dem hinter dem Deich abgestellten Auto gefahren zu werden. Wer also einen dringenden Termin hatte (und das hatten alle), musste rechtzeitig den warmen Innenraum verlassen und sich auf dem Außendeck bei den bereits dort aufgestellten Insulanern einreihen. Dummerweise gab es dabei auch den Typus des niemals frierenden Mitfahrers, der sich während der Überfahrt ausschließlich draußen aufhielt. Der hatte in diesem Fall natürlich immer die besten Karten.

Birgit schaffte es, einen der begehrten zwölf Plätze zu ergattern. Sie hoffte, dass der Fahrer losfahren würde, sobald der Bus voll war, denn einige Insulaner brachten es sonst immer wieder fertig, dem Wort »voll« eine ganz neue Dimension zu geben. Das konnte bedeuten, dass sechs komplette Familien oder umgerechnet fünfundzwanzig Mann über- und untereinander gestapelt bis zur Decke in dem Fahrzeug Platz fanden.

Gott sei Dank bot diesmal der Fahrer diesem Treiben Einhalt, obwohl das nur mit einem Großmaß an Überzeugungskraft möglich war.

Peter wollte ab halb elf im Krankenhaus sein. Bei Birgit würde es sicher etwas später werden. Sie musste noch tanken und wusste nicht, wie die Straßenverhältnisse waren.

An ihrer Garage wurde sie abgesetzt.

Es dauerte eine Weile, bis das Fahrzeug gut durchgeheizt war. Aber die Straßen waren frei befahrbar, die Musik auf NDR2 prima, und so genoss sie es, wieder einmal am Festland zu sein. Nur der Anlass hätte angenehmer sein dürfen.

Sie fuhr direkt über Esens und Wittmund nach Jever und dort auf der Umgehung in Richtung Wilhelmshaven. Es ist immer wieder das Gleiche, dachte sie, selten nimmt man sich die Zeit, Ziele in der näheren Heimat ausgiebig zu besuchen. Sie kannte die Städte kaum, durch die sie fuhr. Wir sollten wirklich einmal vierzehn Tage Urlaub in Ostfriesland oder im Wangerland machen, dachte Birgit. Oder wenigstens das schöne jeversche Schloss mal besuchen.

Erst kurz vor dem Krankenhaus fiel ihr ein, dass sie nicht einmal Blumen für Tante Grete dabei hatte. Aber wenn die noch auf der Intensivstation lag, konnte sie mit Blumen sowieso nichts anfangen. Birgit stellte ihr Auto ab und betrat den lichtdurchfluteten Eingangsbereich des Krankenhauses. Weit und breit war von Peter nichts zu sehen. Sie ging zur Rezeption und fragte nach, wo Grete Peters lag. »Station D, Neurochirurgie, im zweiten Obergeschoss, da wird man Ihnen weiterhelfen«, sagte die freundliche Dame.

Sollte sie nun nach oben gehen oder im Foyer warten? Sie war sehr gespannt auf Tante Gretes Zustand, aber es wäre ausgesprochen dumm, wenn sie Peter verpasste.

Birgit stellte ihre Tasche ab und ließ sich in einem der Sessel nieder. Eine Viertelstunde würde sie ihm gewähren.

Ihr Blick fiel aus dem Fenster in den Hof. Der Springbrunnen war bei dieser Witterung nicht an, aber sie stellte sich vor, dass es in wärmeren Zeiten schön sein müsste, dort spazieren zu gehen. Wenn man denn konnte.

»Hallo, Birgit«, sagte Peter hinter ihr. »Schön, dass du da bist.«

Sie drehte sich um. Gottlob hatte sich das Warten doch gelohnt. »Wie geht es Grete?«

»Sie liegt immer noch auf der Intensivstation. Die Ärzte sagen, dass noch keine Besserung eingetreten, der Zustand aber stabil sei. Also heißt es weiter abwarten.«

»Ich habe ihre Sachen mitgebracht, wir können sie ja gleich nach oben bringen.«

»Lass uns doch erst in die Cafeteria gehen«, bat Peter. »Ich habe Kaffeedurst und du sicherlich auch. So können wir uns erst ein bisschen in Ruhe unterhalten.«

Er ging schweigend voraus. Sie fanden einen freien Tisch im Café, noch schienen nicht viele Besucher da zu sein.

»Ist mit dem Haus alles in Ordnung?«, erkundigte er sich. »Hast du eventuell die Heizung ein wenig angelassen, dass es nicht feucht wird?«

»Ich hab mich um alles gekümmert, da kannst du ganz beruhigt sein«, erwiderte Birgit. »Aber zwei kuriose Dinge sind mir dort widerfahren.« Sie erzählte ihm von Janssens Gesicht an der Fensterscheibe. »Er hat behauptet, deine Mutter hätte ihn gebeten, hin und wieder mal kleine Reparaturen durchzuführen. Dabei hat das sonst Henning doch immer gemacht.« Birgit schüttelte den Kopf.

»Davon hat mir meine Mutter auch nichts erzählt.«

»Im Wohnzimmer fand ich übrigens ... Ach, das habe ich dir noch gar nicht erzählt: Deine Mutter hat Tante Frieda nach der Adresse eines Rechtsanwalts gefragt.«

»Und?« fragte Peter gespannt.

»Im Wohnzimmer lagen die Gelben Seiten, und auf der Seite mit den Rechtsanwälten war eine Nummer in Norden unterstrichen. Und dazu der Zettel mit den Daten – ach du Schande, heute, viertel nach zwölf, das steht da ja drauf!«

»Könntest du mir bitte sagen, wovon du redest? Ich verstehe kein Wort!«

»Ich habe dir doch erzählt, dass sie einen Zettel mit der Hand umklammert hatte mit den Daten Dienstag und 12.15 Uhr drauf. Dann noch die unterstrichene Nummer im Telefonbuch, das passt doch zusammen!« Birgit hatte völlig vergessen, dass sie von ihren Informationen Peter gegenüber nur spärlichen Gebrauch machen wollte. »Du musst da sofort anrufen!«

»Birgit, du spinnst! Weder werde ich mich da jetzt zum Affen machen, noch glaube ich, dass es einen Grund gibt anzunehmen, irgendetwas würde mit dem Unfall meiner Mutter nicht stimmen.« Peter schüttelte den Kopf. »So etwas passiert nun mal.«

»Ja, aber die Umstände sind doch mehr als auffällig«, wandte sie ein.

»Nein, sind sie nicht!« Peters Stimme hob sich. »Für alles gibt es eine Erklärung!«

»Wenn man die Dinge einzeln nimmt, dann wohl, Aber doch nicht, wenn man eins und eins zusammenzählt. Peter, überleg doch mal!« Auch Birgits Lautstärke hob sich schon deutlich von der anderer Besucher ab. »Was ist hiermit?« Sie nestelte in ihrer Handtasche und warf das Buch über das Erbrecht auf den Tisch. »Wo sollte sie das wohl herhaben? Sie war meines Wissens die letzten Monate gar nicht mehr an Land, und über das Internet hat sie sich das bestimmt nicht bestellt.«

»Vielleicht hat es ein anderer Insulaner für sie aus Norden mitgebracht, das wäre doch immerhin möglich«, antwortete Peter.

»Möglich ja, aber unwahrscheinlich. Wenn du es ihr nicht mitgebracht hast, dann weiß ich auch nicht, woher sie es hat.«

»Was willst du damit sagen? Vermutest du etwa, ich hätte etwas zu verbergen?« Peter stützte sich auf beiden Armlehnen ab und sein Oberkörper bewegte sich in Birgits Richtung. Blankes Erstaunen machte sich auf seinem Gesicht breit. »Mensch, wir kennen uns unser ganzes Leben, das müsste doch wohl reichen, um Vertrauen zu schaffen.« Er stand auf und ging mit kurzen Schritten auf und ab. »Ich begreife nicht, wie du dich in solche Gedankengänge hineinsteigern kannst. Wenn ich dich nicht so gut kennen würde, wäre ich jetzt echt sauer. Ehrlich gesagt, ich bin auch ziemlich sauer.«

Birgit unterbrach seinen Redeschwall: »Aber Tante Frieda kam die Sache auch nicht geheuer vor.«

»Tante Frieda, Tante Frieda ...! – Seit wann hörst du denn auf Altweibergewäsch, das ist doch lächerlich.« Peter hatte sich wieder hingesetzt und trank den letzten Schluck Kaffee.

Er sah so wütend aus, dass Birgit aufgab, obwohl sie zu gern mitbekommen hätte, wie er mit der Rechtsanwaltskanzlei telefonierte. Wieder stellte sie sich die Frage: Konnte oder wollte er nicht begreifen?

»Kann ich denn jetzt nach oben zu Tante Grete?«, fragte sie versöhnlich.

Zu ihrer Verblüffung erwiderte Peter: »Das bringt eigentlich nichts, sie ist noch immer bewusstlos, das habe ich ja eben schon gesagt. Wir sollten jede Unruhe vermeiden, das verstehst du ja sicher. Die Tüte mit Mutters Sachen nehme ich erst einmal mit nach Hause. Danke noch mal dafür. Sobald sie wach wird, melde ich mich bei dir. Leider muss ich jetzt auch los, auf mich wartet noch eine Konferenz. Kommst du mit zum Parkplatz?« Er zog seine Jacke an und stiefelte Richtung Ausgang.

Birgit war viel zu perplex, um auf die Schnelle eine Antwort zu finden. Sie zog ebenfalls ihre Jacke über und lief hinter Peter her. Was war das denn für ein Auftritt, dachte sie, bemüht, Haltung zu bewahren. Da ist man freundlich, fährt extra nach Sanderbusch, macht sich Gedanken … Hätte heute auch den Tag putzend im Hotel verbringen können.

Peter brachte sie zu ihrem Auto und verabschiedete sie. »Entschuldige bitte, wenn ich etwas grob war, aber deine Gedanken sind wirklich absurd. Sei's drum, danke, dass du da warst. Komm gut nach Hause.« Er drehte sich um und ging zu seinem Auto. Birgit hatte kaum die Zeit, ein Tschüß hinterherzurufen.

Sie setzte sich hinter das Steuer und war erst einmal sprachlos. Warum durfte sie nicht zu Tante Grete? Warum machte Peter nicht einmal den Versuch, über all diese Zufälle nachzudenken?

Je länger sie dort saß und nachdachte, umso kälter wurde ihr, aber auch umso klarer, dass sie Tante Grete sehen musste. War die alte Dame vielleicht schon wieder aufgewacht? Hatte sie etwas zu sagen, was nicht an die Öffentlichkeit sollte?

Birgit stieg wieder aus und betrat erneut das Krankenhaus. Zweites Obergeschoss Station D. Sie lief die Treppen hinauf und suchte das Schwesternzimmer. Leer. Am Ende des Flurs hörte sie Stimmen, musste aber schnell feststellen, dass es sich auch nur um Besucher handelte. An zwei Zimmern gingen gerade die roten Lichter aus, also waren die Schwestern sicher bei einem hilfsbedürftigen Patienten. Sie setzte sich auf einen der Besucherstühle und wartete. Schließlich kam ein junger Mann in Weiß aus einem der Krankenzimmer.

»Sind Sie hier Arzt? Ich suche eine Patientin.«

»Nein, ich bin Andreas und Pfleger hier, wen suchen Sie denn?« Er sah sie mit einem verschmitzten Lächeln an.

»Frau Grete Peters aus Baltrum. Sie soll auf der Intensivstation liegen.«

»Sind Sie verwandt oder verschwägert mit der Dame?«, fragte der Pfleger fröhlich.

»Nein ... ja ... Ich bin die Schwiegertochter, also die Frau von ihrem Sohn ...« Sie war nicht gut im Lügen, und außerdem hatte dieser Jüngling so strahlend hellblaue Augen, da konnte man total aus der Fassung geraten. »Also, nicht von *Ihrem* Sohn, Sie sind ja noch viel zu jung, sondern die Frau von dem Sohn ...«

»Station F, gnädige Frau, das ist die Intensivstation.« Er erklärte ihr den Weg. »Soll ich Sie noch hinbringen oder finden Sie den Weg alleine?«

»Nein danke, geht schon«, brachte sie noch heraus und verschwand um die nächste Ecke. Auch der Gedanke, dass sie fast seine Mutter hätte sein können, half nicht wirklich.

Mit welchem Befund auch immer sie mal ins Krankenhaus eingeliefert werden müsste, sie würde darauf bestehen, dass sie auf dieser Station in diesem Haus zu liegen käme.

*

Henning bereitete an diesem Morgen das Frühstück für die drei Gäste zu. Er hatte Brötchen aufgebacken, Wurst- und Käseplatten auf den Tisch gestellt und Kaffee und Tee gekocht.

Da Birgit auf dem Festland war, ruhte auch die Verantwortung für das Reinigen der Zimmer nun auf seinen starken Schultern, aber da er den Umgang mit Lappen und Staubsauger gewohnt war, hoffte er auf einen schnellen Durchgang. Mittags würde er dann zum Schiff fahren, um zu sehen, ob sein Snirtjebraa mitgekommen war.

Er räumte die Spülmaschine ein und entsorgte die Frühstücksreste. Ein Blick aufs Wetter ließ Hoffnung auf einen ruhigen Tag keimen. Zumindest windmäßig.

Wie es Birgit wohl erging? Jedenfalls waren die Straßen frei. Ob Peter einige Zweifel aus der Welt räumen konnte?

Das Telefon klingelte. Er meldete sich und war erstaunt, Sabines Stimme zu hören. »Hallo, Henning, entschuldige, wenn ich störe, ich habe gerade Schulpause. Ist Birgit nach Sanderbusch gefahren?«

»Ja, die ist unterwegs, worum geht es denn?«, fragte er neugierig.

»Ach, es ist alles irgendwie seltsam. Du kennst Peter doch auch schon ein bisschen länger, und er ist doch eigentlich ein recht verträglicher Kerl, aber seit gestern dieser Anruf kam …«

»Welcher Anruf?«, unterbrach Henning.

»Also, gestern Nachmittag klingelte das Telefon, Peter ging ran, sagte: ›Ja, bin ich … mach ich … Wenn Sie meinen … Danke schön‹ und beendete das Gespräch. Als ich ihn danach fragte, wich er aus und sagte etwas von Autowerkstatt und Inspektion. Ich weiß nicht, wer wirklich am Telefon war, aber eines weiß ich gewiss: Peter kann nicht lügen. Ich habe das Ganze erst einmal auf sich beruhen lassen, weil ich weiß, er wird es mir früher oder später erzählen, aber ich mache mir große Sorgen.«

»Und was hat Birgit nun damit zu tun?«, fragte Henning.

»Na, ja vielleicht sagt er ihr gegenüber etwas, ich wollte nur, dass sie sich nicht wundert, wenn Peter sich anders benimmt als sonst. Ob ich sie heute Abend wohl mal anrufen kann? Ich muss jetzt wieder in den Unterricht.«

»Natürlich kannst du dich melden. Tschüß, Sabine.« Henning legte auf und verstaute nachdenklich die letzte Tasse im Geschirrspüler.

Wieder klingelte das Telefon. »Hotel *Sonnenstr...*«

»Hallo, Henning, hier ist Frieda, na, wo geiht di dat, min Jung?«

»Danke, Tante Frieda, gut. Und dir?« Mit der freien Hand füllte er Waschmittel in die Spülmaschine, klappte sie zu und stellte sie an.

»Es geht, ich mache mir immer noch so meine Gedanken. Ist Birgit nach Sanderbusch gefahren?«

Diese Frage habe ich doch gerade schon einmal gehört?, dachte Henning. »Ja, ich erwarte sie am späten Nachmittag zurück. Jetzt muss ich aber erst einmal die Gästezimmer putzen, oder hast du sonst noch etwas auf dem Herzen?«

»Nein, eigentlich nicht. Hast du übrigens gewusst, dass Grete in ihren philosophischen Momenten immer zu sagen pflegte: ›Wenn du Fragen oder Sorgen hast, geh in den Wald. Stell dich unter einen Baum, sei stille, beobachte die Tiere, dann geht es dir schnell wieder gut.‹ Na ja, da war sie ja auch öfter zu finden, hinter dem Ostdorf im alten Kiefernwäldchen. Dort konnte sie stundenlang sitzen. Sollte ich vielleicht auch mal probieren, könnte ein bisschen Ruhe gebrauchen.«

»Das geht wohl jedem von uns im Moment so. Birgit wird sich bei dir melden, okay?« Wenn sie zu Wort kommt, dachte Henning im Stillen.

Nun aber los, das laufende Tagwerk wartete. Mit den Zimmern war er schnell fertig, so konnte er sich um einige Reparaturen kümmern, die noch erledigt werden mussten.

An der Südseite hatte sich der Gartenzaun selbständig gemacht. Zwei Latten dieser für Baltrum so typischen Grundstückseinfassungen waren an der Befestigungsstelle verrottet und hatten sich, haltlos der Schwerkraft folgend, nach unten verschoben.

Henning ging zum Schuppen hinter dem Hotel, um ein Brett zu holen, mit dem er die marode Stelle notdürftig flikken konnte, bis die neuen Latten vom *Holzland Hagen* mit dem nächsten Frachtschiff auf der Insel eintreffen würden.

Alles für die Optik, dachte er, als er den Schuppen betrat. »Komisch«, wunderte er sich, »die Tür nur angelehnt?« Er legte immer den Hebel vor, damit sich im Schuppen keine Karnickel oder wilde Katzen breit machen konnten. Das musste er gestern wohl vergessen haben. Prüfend schaute er sich um, konnte aber keine Unregelmäßigkeiten entdecken. Kein Felltier – zumindest kein größeres – hatte es sich unter seiner Werkbank oder in seinem Korb mit der Putzlappensammlung bequem gemacht.

Sein Blick fiel auf die Grillutensilien. Im Sommer fand das Abendessen manchmal draußen statt, dann veranstaltete er auf der Terrasse mit seinen Gästen ein Barbecue. Am großen Grill standen dann er und sein Koch und brutzelten viele Sorten Fleisch. Salate und Baguettes, Backkartoffeln und die verschiedensten Dips rundeten den Abend ab. Die Feste waren immer ein großer Erfolg, zumal sich unter den Gästen oft ultimative Grillexperten fanden, die ihr Wissen gerne mit dem Hausherrn teilten. Auf diesem Wege war Henning zu einer erklecklichen Anzahl guter Tipps für die Fleischzubereitung über offenem Feuer gekommen.

Jetzt standen der Grill und ein paar übrig gebliebene Tüten mit Grillbriketts nebst dem anderen Zubehör in der Ecke des Schuppens.

Schnell hatte er das richtige Brett für seine Notreparatur gefunden, nahm noch Schrauben und eine Säge mit und ging ans Werk.

Belustigt stellte er fest, dass jeder der vorbeifahrenden oder -laufenden Insulaner mindestens einen guten Ratschlag hatte, wie das Holz am besten an den Pfählen zu befestigen wäre. Da mit jedem Hinweis eine Unterhaltung über das Leben an sich und auf der Insel im Besonderen einherging, dauerte es eine erhebliche Weile, bis die beiden Latten wieder in die Waagerechte gefunden hatten. So musste sich Henning sputen, wollte er sein Fleisch, das mit dem Schiff von Neßmersiel kommen sollte, in Empfang nehmen.

Zügig verstaute er sein Tischlerwerkzeug, legte den Hebel sorgfältig vor die Stalltür, tauschte seine Arbeitsjacke in eine ohne Farbkleckser und schwang sich auf sein Fahrrad. Das Schiff wurde gerade entladen. Normalerweise kamen alle Waren mit dem Inselversorger, der *Baltrum II*, aber der Bauer hatte die Kiste mit dem Schweinefleisch direkt auf das Personenschiff gebracht. Bei dieser Wetterlage brauchte er keine Sorge zu haben, dass die Kühlkette unterbrochen wurde.

Henning nahm die Kiste und packte sie vor sich auf den Gepäckträger seines Geschäftsrades.

Voller Vorfreude fuhr er mit seiner »Schweinerei« nach Hause.

*

Birgit ging den beschriebenen Weg Richtung Intensivstation, aber entweder der Kaffee oder die Aufregung machten es ihr unmöglich, an der Tür mit dem Toilettenkennzeichen vorbeizugehen.

Als sie erleichtert zurück auf den Flur treten wollte, sah sie Peter am Ende des Ganges auftauchen. Erschreckt sprang sie zurück und verschloss die Tür wieder. Hoffentlich hatte er sie nicht gesehen. Sie würde ihre Anwesenheit sehr schlecht erklären können.

Aber was machte er hier? Offensichtlich war er doch im Begriff, seine Mutter aufzusuchen, obwohl er Birgit erzählt hatte, auf ihn warte eine Konferenz. Was sollte sie jetzt bloß tun? Schließlich konnte sie nicht die nächsten zwei Stunden auf dem Klo verbringen. Wer weiß, wie lange Peter sich noch auf der Intensivstation aufhalten würde. Das passte ja alles hinten und vorne nicht zusammen, erst wollte er sie loswerden, dann tauchte er hier wieder auf, obwohl seine Mutter angeblich Ruhe brauchte …

Sie lehnte sich ans Waschbecken und überlegte. Nach kurzem Zwiegespräch mit dem Seifenspender entschied sie sich, die ungastliche Stätte zu verlassen und ihr Heil im geordneten Rückzug zu suchen – nichts wie nach draußen, und dann erst einmal Henning anrufen.

Aber eines war klar: Sie würde Tante Grete heute noch einen Besuch abstatten. Und wenn sie hundert Tricks anwenden müsste.

Birgit öffnete vorsichtig die Tür und wurde mit einem Ruck nach vorne auf den Gang gezogen. Irgendjemand hatte im selben Moment die Klotür von außen geöffnet, um sich Zutritt zu verschaffen. Der Schreck fuhr ihr durch alle Glieder – es hätte nicht viel gefehlt, dass sie sich erneut Richtung Abortzellen hätte begeben können. Bloß nicht Peter!

Aber er war es nicht. Nur ein ganz normaler Besucher.

Panisch schaute sie sich um. Links lag der lange Flur wie ausgestorben, rechts die Tür vor der Intensivstation mit dem Schild *Bitte klingeln*. Auch hier kein Peter zu sehen.

Die Entscheidung war ganz einfach. Rechts hieße Konfrontation mit Peter, links: in Ruhe abwarten, vielleicht dem süßen Pfleger über den Weg laufen und erst später Tante Grete besuchen.

Sie eilte los, aber ihr Held mit den blauen Augen war sehr zu ihrer Enttäuschung weit und breit nicht zu sehen. Kurz gingen ihr einige Möglichkeiten durch den Kopf, seine Aufmerksamkeit zu erregen, wie zum Beispiel eine plötzliche Ohnmacht. Aber dann entschloss sie sich doch, dem ernsten Auftrag, den sie sich selbst gegeben hatte, den Vorrang zu geben. Sie stieg in den Lift und fuhr nach unten.

Birgit schaute auf die Uhr und stellte zufrieden fest, dass noch genügend Zeit war, bis die Fähre von Neßmersiel ablegte. Sie setzte sich wieder in die Cafeteria, an einen Platz, an dem sie nicht so schnell entdeckt werden konnte, jedoch das Foyer gut im Blick hatte.

Eigentümlich, so eine Krankenhausatmosphäre, dachte sie. Äußerlich ist alles hell, modern, fast wie in einem Hotel. Gelächter drang an ihre Ohren. Nur einige Cafégäste im

Bademantel erinnerten daran, wie schnell das Leben einen Besucher in einen Besuchten verwandeln konnte.

Birgit hatte das Kännchen Kaffee beinahe geleert, als Peter vor der Rezeption auftauchte, kurz mit einer der Damen sprach und sich dann zum Ausgang bewegte. Reflexartig zog sie den Kopf ein, obwohl sie wusste, dass sie trotzdem nicht unbemerkt geblieben wäre, wenn er in ihre Richtung geschaut hätte. Nun gut, er tat es nicht ... Sie wartete noch fünf Minuten, aber der Freund ihrer Kindertage kam nicht zurück.

Birgit fuhr wieder in die zweite Etage und klingelte bei der Intensivstation. Es dauerte eine ganze Weile, bis sich auf der anderen Seite der Tür etwas regte. Jetzt bloß nichts verkehrt machen ... Sie war die Schwiegertochter. Ganz cool bleiben. Sie musste Tante Grete sehen. Nichts war wichtiger in diesem Moment.

Die Tür öffnete sich, und sie sah sich einer weiteren Tür gegenüber. Wieder machte sie sich bemerkbar und eine nette junge Pflegerin fragte nach ihren Wünschen.

»Ich würde gerne Frau Peters, Grete Peters von Baltrum, besuchen, ist das wohl möglich?« Mist, das hätte viel bestimmender klingen müssen. Zu spät.

»Sind Sie verwandt mit der Patientin?«

Jetzt. Jetzt. »Nnnein, ich bin eine Nachbarin und Freundin.« Scheiße, ich kann einfach nicht lügen, dachte Birgit verzweifelt.

»Ich fürchte, das ist jetzt schlecht. Frau Peters geht es nicht gut, und sie hat heute schon zwei Mal Besuch von ihrem Sohn gehabt. Die Unruhe wird zu viel für sie sein.« Die Schwester lächelte bedauernd.

»Aber ich bin extra von der Insel gekommen. Nur einen kurzen Moment? Ich werde auch ganz stille sein, ich will ihr doch nicht schaden.«

»Bitte warten Sie, ich werde sehen, was sich machen lässt.« Die Schwester drehte sich um und verschwand.

»Bitte, bitte lass sie ein Einsehen haben«, murmelte Birgit. Komisch, dachte sie, früher wäre mir das gar nicht so wichtig gewesen. Sie waren Nachbarinnen, okay, sie hatte Tante Grete auch oft geholfen – aber jetzt verspürte sie das dringende Bedürfnis, die alte Frau zu sehen.

»Bitte kommen Sie, ganz kurz, wir werden eine Ausnahme machen.« Die Schwester brachte sie zu dem Raum, in dem Tante Grete lag.

Birgit erschrak. Umgeben von Apparaturen lag dort ein kleines Gesicht von weißen Haaren umrahmt auf dem Kopfkissen. Ganz vorsichtig streichelte sie über die Hand der bewusstlosen Frau und hoffte, die würde etwas davon mitbekommen. Sie ertappte sich bei der Hoffnung, Tante Gretes Stimme irgendwann wieder zu hören, obwohl ihre Ausdrucksweise Birgit oft so aufgebracht hatte. Es war doch noch so viel zu klären …

»Wird sie wieder aufwachen?«, fragte Birgit die Schwester, obwohl sie ahnte, dass die ihr keine beruhigende Zusage machen konnte.

So war es dann auch. »Wir wissen es nicht. Ihr Zustand ist stabil, aber was das Gehirn vorhat, können wir zum jetzigen Zeitpunkt nicht sagen. Wir hoffen für sie, dass bald etwas geschieht.«

Birgit blieb noch ein paar Minuten am Bett sitzen, verfolgt von der wahnwitzigen Hoffnung, dass Tante Grete just in diesem Moment ihre Augen aufschlüge. »Ich glaube, Sie müssen jetzt gehen«, rief die Schwester Birgit aus ihren Träumen.

»Danke schön, dass Sie mir den Besuch ermöglicht haben.« Sie reichte der Schwester die Hand und verließ die Station.

Als sie den Parkplatz erreichte, konnte sie die Sonne nur verschleiert erkennen. So scharf ist der Wind doch gar nicht, dass er einem Tränen in die Augen treibt, dachte Birgit verwundert. Sie setzte sich ins Auto und rief Henning an.

Er meldete sich und sie erzählte ihm in Kurzfassung, was sie im Krankenhaus erlebt hatte.

»Sabine hat angerufen und wollte dich sprechen«, berichtete er. »Irgendetwas kam ihr mit Peter komisch vor, aber das passt ja genau zu der Art, wie er sich dir gegenüber benommen hat. Du solltest sie heute Abend mal anrufen. Ich werde mich jetzt auf die Zubereitung des Snirtjebraas stürzen. Damit du auch etwas hast, worauf du dich freuen kannst. Um das Putzen und Schnibbeln des Rotkohls hast du dich ja schon erfolgreich gedrückt.«

Birgit hörte Hennings Lachen im Hörer und ihr wurde wieder wohler. »Nun gut, wenn das Betteln denn nicht nachlässt, werde ich mich zum Abendessen wieder auf unserer kleinen Insel einfinden. Ich habe noch Zeit zum Einkaufen. Soll ich was besorgen?« Im selben Moment wusste sie, dass sie die falsche Frage gestellt hatte. Die Antwort darauf konnte nur »Baumarkt« heißen.

»Jetzt, wo du es sagst ... Mir fehlen dringend Unterlegscheiben, dreizehner Hohlraumdübel und Schrauben, und zwei Liter Holzlasur in Blau mit den entsprechenden Pinseln.«

»Sonst hast du aber keine Probleme, mein goldiger Schatz?«, erkundigte sich Birgit mitfühlend. Sie nahm sich vor, seine Wünsche in ein Paar Schuhe, eine neue Hose und diverse frühlingshafte Blusen für die Dame umzuändern.

Sie spürte plötzlich ihr Verlangen nach Wärme, beginnender Saison, Strandleben und unbeschwerter Betriebsamkeit. Der Winter war lang genug gewesen.

Auf dem Rückweg machte Birgit in Esens halt. Diese kleine ostfriesische Stadt mit dem großen Marktplatz und den schnuckeligen Geschäften hatte es ihr angetan. Sie schlenderte die Steinstraße hinauf, erkundete die Auslagen und fand so ganz nebenbei noch einige Dinge zur Steigerung ihres Wohlgefühls. Eine süße rot-weiße Bluse vermittelte ihr den Eindruck, ohne diesen Kauf sei das Einsetzen des Frühlings völlig ausgeschlossen. Das konnte sie nicht auf sich sitzen lassen.

Im Laufe ihres Rundgangs fanden sich noch andere Dinge, die wunderbar mit der rot-weißen Bluse harmonierten. Zum

Abschluss fand sie im *Bärencafé* einen Tisch mit Blick auf den Marktplatz und gönnte sich, gemütlich zwischen vielen Bären und einigen Gästen sitzend, Kuchen und Tee. Sie hatte eine Neuerscheinung ihrer irischen Lieblingsschriftstellerin gekauft, nun fiel sie neugierig über die ersten Seiten her.

Nach einer ganzen Weile wurde sie von der Bedienung aus ihrer Versenkung geholt. »Darf ich Ihnen noch etwas bringen?«

Birgit schaute auf die Uhr. Verflixt, Kuchenteller leer, Teekanne leer, und leider immer noch genügend Zeit übrig, um beim Baumarkt haltzumachen. »Nein, danke, wenn sie mir die Rechnung bringen würden, das wäre nett.« Ihr Pflichtbewusstsein trieb sie nun doch in das Traumkaufhaus aller Männer zwischen zwanzig und achtzig.

Und da stand sie dann mit ihrem Fachwissen über Unterlegscheiben. Sie wusste genau, was käme. Wenn sie selber auf die Suche ginge, würde es Stunden dauern, das richtige Regal zu finden. Ginge sie zum Infostand, würde man einen Mitarbeiter ausrufen, der ihr weiterhelfen könnte. Damit ginge das Drama aber erst richtig los. Wofür brauchen Sie die Scheiben denn? Welchen Durchmesser benötigen Sie? Welches Material wünschen Sie denn? Kunststoff? Metall? Wie viel Millimeter in der Dicke? Alle Fragen begleitet vom gelangweilt überheblichen Grinsen im Gesicht des Verkäufers.

Um Zeit zu schinden, wanderte sie an einem Regal mit Toilettensitzen entlang, als prüfe sie die verschiedenen Qualitäten. Da, ein Mann, der an seiner roten Weste als Mitarbeiter des Baumarktes zu erkennen war ... Birgit nahm ihren ganzen Mut zusammen und lief auf ihn zu. Im gleichen Moment näherte sich von der anderen Seite ein ebenfalls wissbegieriger älterer Herr, mit einer Dose Farbe in der Hand und einer Fachfrage auf den Lippen. Sie legte einen Schritt zu und gewann das Duell. Und während der Rentner erbost die Lippen kräuselte, führte der Verkäufer Birgit zum richtigen Regal und erklärte ihr geduldig die

Verwendungszwecke von Unterlegscheiben. Völlig begeistert von dieser neuen Erfahrung kaufte Birgit nach dem Motto »Ist ja nie weg« gleich sechs unterschiedliche Sorten und traute sich, den netten Mann in Rot nach Holzlasur und Dübeln zu fragen.

Nachdem sie vor lauter Begeisterung auch noch drei Kilo Schnellzement aus dem Sonderangebot – ist ebenfalls nie weg – erworben hatte, machte sie sich auf den Weg Richtung Neßmersiel.

*

Henning hatte seine kostbare Fracht sicher nach Hause gebracht. Er würde das Fleisch, dessen Herkunft von einem Biohof durch seine schöne Maserung bewiesen wurde, salzen und pfeffern, dann scharf anbraten und schmoren lassen, Zwiebeln dazugeben und nach dem Garen eine pikante Soße zaubern. Rotkohl und Kartoffeln gehörten dazu, wer wollte, konnte auch Gurke oder Rote Bete bekommen. Ein deftiges Essen, herrlich für einen kalten Tag, dachte er. Er war sicher, dass seine Handwerker das ebenso sehen würden.

Noch hatte er allerdings ein wenig Zeit, bevor er mit der Kocherei beginnen musste. Er holte sein Fahrrad aus dem Schuppen und fuhr zur Feuerwehr, um den heutigen Dienstabend vorzubereiten. Eigentlich war eine Einsatzübung geplant gewesen, aber die Gefahr, bei Minustemperaturen den Einsatzort mit dem Löschwasser in eine Rutschbahn zu verwandeln, war zu groß. So hatte sich Gemeindebrandmeister Axel Meinders für theoretischen Unterricht entschieden. Henning blätterte in der Fachliteratur, die im Unterrichtsraum bereitlag, und nahm sich des Themas *Gefahren an der Einsatzstelle* an. Das konnte man gar nicht oft genug in den Köpfen der Feuerwehrleute verankern.

Er schrieb ein paar Merksätze an die Tafel, frischte sein Lehrgangswissen auf, damit er bei seinem abendlichen Vortrag nicht ins Stocken geriet, und wünschte sich, dass möglichst viele Mitglieder den Weg aus dem gemütlichen Sessel zum Feuerwehrhaus fänden.

In letzter Zeit war es ruhig geblieben. Zum Glück. Allerdings wusste er auch, dass fehlende Einsatzpraxis oft zu mangelnder Energie bei den Übungsabenden führte. »Es passiert ja doch nichts!«, hörte er immer wieder, aber schließlich konnte er nicht zu Übungszwecken Brände legen.

Auf dem Rückweg, der von dem einen oder anderen insularen Gespräch verlängert wurde, dachte er darüber nach, was Birgit ihm am Telefon berichtet hatte. Hoffentlich hatte Peter sich nicht in eine Situation verrannt, die er am Ende nicht mehr kontrollieren konnte. Nur gut, dass er Sabine an seiner Seite hatte. Henning hielt sie für eine ganz patente Frau.

Er holte noch schnell die Post, um bei einer Tasse Kaffee einen Blick in die *Ostfriesen-Zeitung* zu werfen. Zum Abend hin hätte er sicher keine Zeit mehr dazu. Leider fielen als Erstes drei Rechnungen aus dem Postfach, was die Freude am Postholen bei ihm auf ein Minimum reduzierte. Er steckte sie zuunterst in die vorsorglich mitgebrachte Plastiktüte und ließ sie, wieder in seiner Küche angekommen, zur Strafe noch eine Weile darin liegen.

Henning braute sich einen Milchkaffee, schlug die Sportseite auf und genoss ein ruhiges Viertelstündchen. Dann wusch er seine Hände, band seine Lieblingsschürze um und begann mit dem Würzen der Bratenstücke.

*

»Mensch, was riecht das gut hier!« Birgit sog gierig den Duft nach Braten, Rotkohl und Kartoffeln ein. »Da muss wohl wieder ein Könner am Werk gewesen sein.«

Sie warf die Tüten mit ihrem Frühlingseinkauf und den Baumarktutensilien auf die Eckbank und drückte Henning einen Kuss auf die Wange. Mund ging nicht, da ihr Mann, der stets auf Nummer sicher ging, bevor er seinen Gästen das

Essen servierte, bereits zum siebzehnten Mal die Bratensoße probierte.

Die Tische im Gastraum hatte er schon eingedeckt, die Handwerker konnten jederzeit zur Tür hereinkommen. Auch für Birgit und sich hatte er alles vorbereitet, damit sie wenigstens noch ein halbes Stündchen gemeinsam verbringen konnten, bevor er zum Übungsabend verschwinden musste und sie den Thekendienst übernahm.

Sie hörten das Schlagen der Hoteltür. Henning begrüßte die Männer von der Firma Kleen und erfragte ihre Getränkewünsche. »Zwei Bier und eine große Menge Warmes zu essen«, hörte Birgit sie sagen.

Henning brachte die dampfenden Schüsseln auf den Tisch, während Birgit sich kurz frisch machen ging.

Von dem Polier der Firma Rahlmann war wieder einmal nichts zu sehen. »Wenn Martin Janssen nicht bald kommt, wirst du wohl seine Bedienung übernehmen müssen«, sagte Henning. »Hoffentlich ist dir das nicht zu unangenehm.«

Birgit zuckte die Schultern. »Ich kann ihm ja sowieso nicht dauernd aus dem Weg gehen!«

Die beiden machten es sich in der Küche bequem und langten zu. Butterweich fielen die Fleischstücke auseinander, und der Rotkohl, mit Äpfeln und Schmalz zubereitet, war ein Genuss. Das Aufstehen fiel ihnen nach der reichlichen Mahlzeit ziemlich schwer, aber die Pflicht rief.

Henning zog seinen blauen Feuerwehrpullover über und verabschiedete sich, nachdem er in der Küche »Klar Schiff« gemacht hatte, Birgit ging in den Gastraum, um ihre Leute zu versorgen.

»Darf's denn noch ein Bierchen sein?«, fragte sie die Gäste, und die antworteten mit heftigem Nicken.

»Ein Körnchen dazu wäre die ideale Ergänzung«, ließ Hanno Mennenga verlauten.

»Wissen Sie, ob der Herr Janssen unterwegs ist?«, fragte Birgit die beiden Männer.

»Ach der ...« – »Keine Ahnung, dieser komische Heini ...« – »Als ob er Tesafilm vor der Schnute hätte.«

In diesem Moment kam der »komische Heini« herein, nickte Birgit zu und setzte sich an seinen Tisch. Birgit fragte sich irritiert, ob er wohl den letzten Satz mitbekommen hatte, aber den Handwerkern war das offenbar gleichgültig. Sie saßen vor ihren dampfenden Schüsseln, aßen mit sichtlich großer Lust und spülten jeden Bissen mit einem ordentlichen Schluck Bier herunter.

Birgit lächelte freundlich, wie schon in vielen anderen heiklen Situationen, servierte dem Polier sein Abendessen und stellte sich wieder hinter die Theke. Er war ihr nicht sympathisch, aber das ließ sie sich nicht anmerken. Genau genommen hatte er ihr ja auch nichts getan.

Auch Carsten Spohle tauchte wieder auf. Ein Bier, ein Korn, da sitzt er schon, reimte Birgit im Stillen. Wenig später kamen Britta Sielmann, Krankengymnastin bei der Kurverwaltung, und Klaus Witte, einer der Krankenwagenfahrer. Sie gesellten sich zu Carsten Spohle und versuchten, ihn aus der Reserve zu locken.

Das misslang jedoch kläglich. Die Gemeindeverwaltung oder deren Mitarbeiter waren ein immer wieder gern genommenes Thema, wenn mehr als zwei von ihnen beieinander standen, aber an Carsten prallten die Tratschversuche ab. Trotzdem versuchten sie es immer wieder.

Und irgendwann hatten sie es geschafft. Birgit hatte nicht mitbekommen, wie das Gespräch verlaufen war, aber plötzlich sah sie Spohle aufstehen. Sein Hocker kippte hintenüber, er schlug mit der Faust auf die Theke und brüllte: »Hört endlich auf mit der Scheiße. Ich habe die Nase gestrichen voll. Nichts als Lug und Betrug. Schaut euch doch mal um. Da denkste, du sitzt mit ganz normalen Leuten in Ruhe bei einem Glas Bier, und in Wirklichkeit ist nichts so, wie man meint. Wenn ihr wüsstet, was wirklich los ist, ihr würdet es nicht glauben. Aber ihr steckt wahrscheinlich sowieso unter einer Decke. Ich gehe jetzt zur Polizei und mache eine Anzeige!« Er zog einen Zehneuroschein aus der Tasche, knallte ihn auf die Theke und verließ die Gaststube.

Die Zurückgebliebenen starrten sich sprachlos an. Als Erste fand Birgit wieder Worte. »Sagt mal, was habt ihr denn mit dem gemacht? Der ist ja völlig aus dem Häuschen!«

»Ach, gar nichts, bis auf die üblichen Hecheleien.« – »War überhaupt nicht schlimm.« – »Zum Schluss haben wir nur noch gesagt, dass Betrunkene auf dem Fahrrad immer einen Schutzengel haben, und dass auf Baltrum nachts sowieso nichts passieren kann.« – »Aber das haben wir gar nicht auf ihn gemünzt, sondern ganz jemand anders gemeint.«

In diesem Moment klingelte das Telefon. Birgit hob ab und erkannte Sabines Stimme. Dafür hatte sie nun gar keine Ruhe, zumal sie ihre Gäste nicht alleine lassen wollte. Sie verabredete sich mit ihr für den nächsten Abend, auch wenn sie gerne die neuesten Entwicklungen mit ihr ausgetauscht hätte. Vor allem, weil Sabine keinen entspannten Eindruck machte …

Im Laufe des Abends kam noch der ein oder andere Insulaner vorbei, Carsten Spohle ließ sich jedoch nicht mehr blicken. Birgit war gespannt, ob er wirklich zur Polizei gegangen war, und was er dort zu berichten gehabt hatte.

Die Handwerker gingen schon früh auf ihre Zimmer, so unterhielt sie sich mit ihren anderen Gästen. Gegen elf war dann aber auch der letzte weg. Sie schloss die Tür ab und machte es sich im Wohnzimmer gemütlich. Eigentlich war sie hundemüde nach der Landpartie, aber Carsten Spohles Worte gingen ihr nicht aus dem Kopf. Was hatte er gesehen oder gehört, das ihn so wütend machte? Sie beschloss, auf Henning zu warten.

Im gleichen Moment fielen ihr die Augen zu.

»Hallo, aufwachen, mein Schatz!«

Birgit schreckte hoch und sah Henning lächelnd über sich gebeugt. »Würdest du mich ins Bett begleiten, oder möchtest du auf dem Sofa weiterschlafen?«

»Schon gut, ich komme mit, ich habe doch extra auf dich gewartet, trägst du mich?«

Henning lachte. »Nicht, dass du mir zu schwer wärst, aber mein Kreuz sagt nein. Los, husch ins Schlafzimmer und keine Dummheiten mehr.«

*

Eke Sanders schloss die Turnhalle ab. Die anderen waren alle schon weg, sie war die Letzte und hatte im Übungsraum die Lichter ausgemacht. Die halbe Nacht lang hatten einige Mitglieder der Theatergruppe das Kriminalstück für den Sommer geprobt. Miss Marple tat sich verdammt schwer mit dem Lernen des Textes, Mr. Stringer war erst gar nicht zur Probe erschienen, und Eke selbst waren ständig neue Dinge eingefallen, die sie gerne umgesetzt hätte. Letztendlich hatten sie dann doch noch gemütlich zusammengesessen und waren sich ganz sicher, dass das Stück ein Erfolg würde.

Sie nahm ihr Fahrrad aus dem Ständer und fuhr zwischen *Inselmarkt* und Rathaus Richtung Westdorf. Der Wind hatte aufgefrischt und sie musste sich mächtig anstrengen, um sich gegen ihn durchzusetzen. Im *Sturmeck* brannte kein Licht mehr, und auch die Schaufensterbeleuchtung bei *Stadtlander* war zu dieser nachtschlafenden Zeit bereits ausgestellt. Aber die Straßenlaternen strahlten noch hell.

Sie trat in die Pedale und kam nach kurzer Fahrt an Tante Gretes Haus vorbei. Ein scharfes Knacken ließ sie zusammenfahren. Sie schaute nach rechts, sah aber nichts als schwarze Schatten, Bäume und Büsche vom Wind bewegt. Eine Tür schlug, und plötzlich sah sie hinter dem Schlafzimmerfenster des alten Insulanerhauses einen rötlichen Schein, der unruhig hin und her wanderte. Eke sprang vom Rad. Sie lief auf das Grundstück und bemerkte sofort den zwar noch leichten, aber eindeutigen Brandgeruch.

Mit zittrigen Händen suchte sie nach ihrem Telefon. Verdammt. Sie hatte es zu Hause gelassen, weil sie während der Theaterproben nicht gestört werden wollte.

Inzwischen begannen die Flammen sich auszubreiten. Eke rannte zum Hotel *Sonnenstrand*. Henning war Feuerwehrmann. Er würde helfen. Vorne beim Hoteleingang war kein Licht mehr an. Eke lief ums Haus zur Privatwohnung und hämmerte völlig ausgepumpt gegen die Haustür. Sie versuchte, die Klinke herunterzudrücken. Tatsächlich – die Tür war offen.

*

Schlaftrunken hatte Birgit den kurzen Weg zwischen Sofa und Bett zurückgelegt. Henning war noch im Bad. Sie wollte aber unbedingt wach bleiben, bis er sich an sie gekuschelt hatte. Diesmal gelang es ihr, aber kaum lag er neben ihr, schlief sie wieder tief und fest.

Henning stellte seinen Wecker auf sechs Uhr. Er dachte noch kurz über den erfolgreichen Dienstabend nach, ehe auch er einschlief.

Er träumte, dass eine Stimme laut nach ihm rief, eine Frauenstimme. Umständlich tauchte er aus den Tiefen des Schlafes auf, die Stimme aber verstummte nicht.

Da wurde mit einem Ruck die Schlafzimmertür aufgerissen. Er schoss hoch, Birgit gleichzeitig mit ihm, und beide sahen Eke in der Tür stehen. »Tante Gretes Haus brennt!« Ihre Stimme überschlug sich fast.

Mit einem Satz war Henning aus dem Bett, rannte zum Telefon und wählte die 112. Tausendmal geübt, jetzt war es Realität. Wo? Was ist passiert? Wie viele Verletzte?

Die Männer in der Feuerwehrleitstelle in Aurich lösten Großalarm für die Freiwillige Feuerwehr Baltrum aus. Wer mit einem Funkalarmempfänger ausgestattet war, wurde mit einem grellen Piepsen aus dem Schlaf geholt, die anderen durch das Heulen der Sirene geweckt.

Hennings erster Impuls war, zu Tante Gretes Haus zu

rennen, aber er wusste, dass er ohne seine Ausrüstung nichts ausrichten konnte. Die Devise hieß, immer erst zum Feuerwehrhaus, umziehen, Fahrzeuge besetzen und ausrücken.

Als er zum zweiten Mal an diesem Abend bei der Feuerwehr ankam, waren schon zwei andere da und die Hallentore bereits geöffnet. Nach und nach trudelten weitere Feuerwehrmänner ein, schwer atmend von der schnellen Anfahrt mit dem Fahrrad. Bei der Ausbildung wurde zwar immer gepredigt, sich im Ernstfall nicht vorher schon zu verausgaben. Aber wenn es dann wirklich mal zu einem Einsatz kam, stieg der Adrenalinspiegel so hoch, dass es nur die wenigsten schafften, ruhig und besonnen zur Turnhalle zu fahren, unter der die Feuerwehr ihre Räume hatte.

Die Krankenwagenbesatzung war ebenfalls eingetroffen und machte ihr Fahrzeug startklar.

Das war so üblich bei Sirenenalarm.

Das Tanklöschfahrzeug mit drei Mann Besatzung rückte zuerst aus. Henning als Gruppenführer und Atemschutzgeräteträger gehörte dazu. Auf dem Weg zur Einsatzstelle sahen sie schon viele Insulaner, die es sich trotz der späten Stunde nicht nehmen lassen wollten, bei dem nächtlichen Schauspiel dabei zu sein. Viele traten in die Pedalen ihrer Fahrräder, als gelte es, das eigene Hab und Gut vor den Flammen zu schützen. Getreu dem Motto »Rechtzeitiges Erscheinen sichert die besten Plätze« erreichten sie fast noch vor der Feuerwehr das brennende Haus. Der Verlauf der Löscharbeiten wurde fachkundig und kritisch begleitet.

Henning hatte keine Zeit, darauf zu achten. Überrascht stellte er fest, dass sich seine Knie in Wackelpudding verwandelten. Dabei war es doch ein Einsatz wie schon andere zuvor. Und doch … Als er den Feuerschein sah, der den ganzen Besitz der alten Frau zu erfassen schien, packte ihn die Wut. Das Schicksal schlug wirklich mit aller Gewalt zu, und wenn sie nicht schnell genug handelten, würde sich das Feuer in kürzester Zeit durch die alten ausgetrockneten Holzbalken fressen. Durch das Fenster sah er bläuliche Spiralen, die sich an den alten Vorhängen emporwanden, und das Bett war in rotes, zuckendes Licht gehüllt.

»Verdammte Scheiße«, stieß er hervor, als er im Dunkel der Nacht mit dem Stiefel unter die Wurzel einer Pappel geriet, die sich im Laufe der Jahre bis zu Tante Gretes Haus vorgearbeitet hatte. Fast wäre er der Länge nach hingeschlagen, konnte sich aber gerade noch halten. Schon vor Monaten hatte er sich vorgenommen, diese Stolperfalle zu beseitigen.

Er schaute durch das Küchenfenster. Keine Flammen. Gott sei Dank.

Sein Blick fiel auf Birgit. Er lief zu ihr und ließ sich Tante Gretes Schlüssel geben. Inzwischen waren auch das Löschgruppenfahrzeug, der Jeep und der Krankenwagen eingetroffen, und einige Feuerwehrmänner, die auf den Fahrzeugen keinen Platz gefunden hatten, hatten mit ihren Fahrrädern die Einsatzstelle erreicht.

Henning lief zu Axel Meinders und erstattete Bericht. Während eine Mannschaft die Wasserversorgung aus dem nahe gelegenen Hydranten aufbaute, rüsteten sich die Atemschutzgeräteträger mit ihren Masken und Atemluftflaschen aus. Auch Henning machte sich einsatzbereit. Hundertmal geübt, dachte er, und doch zitterten seine Hände so stark, dass er es nicht schaffte, den Schlauch an seiner Maske zu befestigen. Er stieß einen Kollegen an, der sofort begriff und ihm half.

Sein Truppmann Bernd Carstens hatte sich bereits das Strahlrohr gegriffen, und die beiden näherten sich in gebückter Haltung der Haustür. Henning steckte den Schlüssel ins Schloss und drehte. Nichts. Verdammte Handschuhe, dachte er, man ist so schrecklich ungeschickt. Die Feinmotorik ist völlig ausgeschaltet mit diesen Dingern.

Er drehte noch einmal, aber die Tür ließ sich nicht aufschließen. Bernd Carstens griff an Henning vorbei an die Klinke und drückte. Die Tür war offen.

»Das kann doch nicht wahr sein. Wieso ist denn hier nicht

abgeschlossen? Birgit hat das doch bestimmt nicht vergessen.« Henning fluchte, aber wegen ihrer Masken hörte ihn sein Kollege nicht.

Sie bewegten sich geduckt durch den schon stark verqualmten Flur. Die Hitze, die ihnen entgegenschlug, wurde schnell unangenehm. Aber die Küche war tatsächlich noch unversehrt.

Zwei andere Trupps kamen unter Atemschutz in das kleine Insulanerhaus. Henning wies ihnen mit Gesten den Weg. Zwei Mann arbeiteten sich zum Sicherungskasten vor, um die Stromzufuhr auszuschalten.

Vorsichtig öffneten sie die Wohnzimmertür, aber auch hier hatte das Feuer noch nicht um sich gegriffen. Henning winkte die Männer weiter. Sie wussten, dass hinter der nächsten Tür, der Schlafzimmertür, das Feuer wartete. Aber sie wussten auch, wie sie sich verhalten mussten, und dass ihre Kollegen draußen alles tun würden, um sie zu schützen.

Sie öffneten die Tür auf Knien, geschützt durch die Wand, denn wie das Feuer bei Sauerstoffzufuhr reagierte, war unberechenbar. Das Schlafzimmer brannte schon in voller Ausdehnung. Mit lautem Knall zerplatzte die erste Scheibe der kleinen Butzenfenster.

Es dauerte eine ganze Weile, bis sie das Feuer unter Kontrolle hatten. Immer wieder flammte es aus einem Glutnest auf.

Dann war es geschafft. Henning sah sich im Schein seiner starken Lampe um. Das Schlafzimmer bot ein Bild der Verwüstung. Gardinen waren keine mehr vorhanden. Die Schränke und das Bett waren angekokelt, die ehemals blaue Nylontagesdecke rankte sich nur noch als Geflecht schwarzer Fäden über Tante Gretes Nachlager. Die Tapete war als solche nicht mehr zu erkennen, was zwar in diesem speziellen Fall kein Nachteil war, aber trotzdem traurig aussah. Die Wäsche im Schrank war völlig verbrannt. In einer Ecke des Zimmers lag ein Haufen verkohlter Handtücher. Henning stieß mit dem Fuß dagegen. Ein kleiner Rest war den Flammen entgangen. Mein Gott, dachte Henning, als er das Muster des Stoffes sah, diese alten Dinger hatten wir im Hotel früher auch. Heute dienen sie bei uns gerade mal noch als Putzlappen für die Fahrräder.

Der *Röhrende Hirsch* hing noch an der Wand, die gemalten Berge hinter ihm hatten ihre Schneekappen gegen rußige Tränen getauscht. Die Männer bemühten sich immer, möglichst wenig Löschwasserschäden zu verursachen, trotzdem sammelten sich jetzt unter ihren Stiefeln schwarze Pfützen.

Bernd Carstens öffnete die Fensterläden. Mit vereinten Kräften hoben sie die immer noch leicht glimmende Matratze zum Nachlöschen nach draußen. Um den Raum endgültig rauchfrei zu bekommen, stellten sie ein Belüftungsgerät auf.

Draußen hatte sich trotz der fortgeschrittenen Nachtzeit eine ganze Menge Menschen versammelt. Alle waren erleichtert, als bekannt wurde, dass von dem Feuer keine Gefahr mehr ausging. Über die Brandursache herrschte Ratlosigkeit, was den Spekulationen darüber reichlich Nahrung gab. Veraltete Elektroinstallationen, korrodierte Leitungen, gefrorene und dann geplatzte Gasrohre, Brandstiftung und Blitzschlag, alles wurde als potentielle Brandursache diskutiert, auch vergessene Herdplatten – obwohl das Feuer im Schlafzimmer ausgebrochen war. Auch als die Feuerwehr bereits die ersten Schläuche wieder auf die Fahrzeuge packte, machte kaum jemand Anstalten, die Stätte des Abenteuers zu verlassen.

Der Inselpolizist, Oberkommissar Michael Röder, war mit seinem Fahrrad zum Brandherd geeilt und wartete nun darauf, das Häuschen betreten zu können. Erst aber musste die Feuerwehr Entwarnung geben. Er stand beim Krankenwagen und hielt einen Plausch mit der Ärztin. Sie erzählte ihm, wie sie Grete Peters vor vier Tagen behandelt und dann nach Sanderbusch überwiesen hatte. »Du solltest dich mal mit Birgit Ahlers unterhalten. Sie hat einen ganz guten Draht zu der alten Frau und sicher auch die Telefonnummer des

Sohnes. Peter heißt der und wohnt am Festland.« Doktor Ellen Neubert schaute sich um, konnte Birgit aber nirgendwo entdecken. »Sie ist vielleicht wieder zurück ins Hotel, hier kann sie ja doch nichts tun.«

*

Birgit war zusammen mit Eke Sanders zurück ins Hotel gelaufen, um Kaffee und Tee für die Feuerwehrleute zu kochen. Die würden das bestimmt zu schätzen wissen in solch einer kalten Nacht. Birgit zeigte Eke in der Küche, wo sie alle Zutaten finden konnte und wie man die große Kaffeemaschine bediente, und ging dann erst einmal ins Wohnzimmer. Sie war sich nicht sicher gewesen, ob der Anruf bei Peter Aufgabe der Polizei wäre, und ob man ihn überhaupt zu nächtlicher Stunde anrufen sollte oder lieber bis morgen warten, aber sie entschied sich für das Telefonat.

»Peters«, meldete sich die verschlafene Stimme am anderen Ende.

»Birgit Ahlers hier. Peter, leider kann ich es dir nicht vorsichtiger sagen, aber es hat gebrannt, im Haus deiner Mutter. Ich denke, du solltest es so früh wie möglich wissen, darum der Anruf zu dieser Zeit.«

»Wie konnte das denn passieren? Es war doch keiner drin in dem Haus. Wie schlimm ist es denn?« Der Reihenfolge seiner Fragen merkte man Peters Verwirrtheit an.

»Ich weiß es nicht genau, die Feuerwehr ist noch drin. Das Schlafzimmer ist wahrscheinlich völlig ausgebrannt, aber die anderen Räume wohl nicht in Mitleidenschaft gezogen. Nicht vom Feuer jedenfalls, der Ruß wird sich natürlich überall draufgesetzt haben. Kannst du denn wohl morgen kommen, oder hast du Unterricht, den du nicht absagen kannst?«

»Doch, irgendwie werde ich das hinkriegen. Wann fährt die Fähre von Neßmersiel?«

Birgit schaute auf den Fahrplan und hörte im Hintergrund Sabine auf Peter einreden. »Um elf Uhr dreißig.«

»Alles klar, ich komme dann – und danke für deinen Anruf.«

»Bis morgen, und wenn noch was ist, ruf ruhig an, wir sind sowieso noch auf.« Birgit wandte sich um und sah dem Inselpolizisten ins Gesicht. »Hallo, Michael, ich habe gerade mit Grete Peters' Sohn telefoniert. Er kommt morgen mit der Fähre.«

»Das ist gut, genau das wollte ich eigentlich auch nur von dir erfahren. Dann will ich mal wieder rüber zur Brandstelle. Der Strom müsste wieder eingeschaltet sein, da kann ich mich mit der Sachlage vertraut machen. Tschüss denn.«

»Halt, Michael …« Sie wusste, dass dies der ungünstigste Zeitpunkt war, wollte es aber wissen. »Was hat dir eigentlich Carsten Spohle erzählt, oder war der gar nicht bei dir heute Abend?«

Der Polizist schaute sie an. »Das war eine ganz kuriose Geschichte, aber wegen der hätte ich dich sowieso noch angesprochen. Lass uns das auf morgen verschieben, wenn Zeit ist.« Er verschwand und ließ Birgit in Unwissenheit zurück.

*

Der Rauch war aus dem Schlafzimmer abgezogen. Die Feuerwehrleute hatten ihre Schläuche ins Freie gebracht, wo sie sie in großen Buchten über ihre Schultern legten und so zum Fahrzeug transportierten. In der Fahrzeughalle würden sie dann später zum Trocknen ausgelegt werden.

Jetzt hatten sich auch die meisten Zuschauer zur Ruhe begeben.

Birgit und Eke kamen mit Thermoskannen voll Tee und Kaffee aus dem Hotel und versorgten die Feuerwehrmänner mit heißen Getränken.

Noch immer hing der Brandgeruch in der Luft. Henning kam auf Birgit zu, ein Bild unter dem Arm. Es war der *Röhrende Hirsch*. »Ich konnte ihn da nicht hängen lassen. Er ist zwar grottenhässlich, aber ich will versuchen, ihn wieder sauber zu bekommen. Wenn Tante Grete aus dem Krankenhaus kommt, soll sie ihn vorfinden, als wenn nichts gewesen wäre.« Er nickte dem Polizisten zu, der sich im Gespräch mit Axel Meinders befand. »Keine Sorge, ich mache ihn nur sauber. Wird wieder ordnungsgemäß zurückgebracht.« Michael Röder hob die Hand zum Zeichen, dass er ihn verstanden hatte.

»Würdest du das Bild mit ins Hotel nehmen?«, bat Henning seine Frau. »Wir wollen gleich mit zwei Feuerwehrfahrzeugen abrücken. Ein Fahrzeug und drei Mann bleiben als Brandwache hier, der Rest der Mannschaft kann sich schon mal ans Aufräumen machen. Das wird auch noch eine ganze Zeit in Anspruch nehmen. Ich fahre mit in die Halle. Axel wird hierbleiben, der braucht morgen früh nicht so zeitig aufzustehen.«

»Schlaf du man auch schön aus morgen. Das Frühstück für unsere drei Gäste kriege ich morgen allein klar«, bot Birgit ihm an. »Ich nehme die Kannen und das Bild mit rein, den Schlüssel von Gretes Haus kann Axel bis morgen behalten. Unser Inselsheriff wird sicher auch noch einen Blick hineinwerfen wollen. Hast du schon eine Idee, wie sich das Feuer entzündet hat?«

»Beim besten Willen nicht. Das müssen morgen die Experten feststellen. Ein Kurzschluss kommt aber nicht in Frage, glaube ich. – Die ganze Wäsche ist jedenfalls verbrannt, da ist bis auf einen kleinen Rest nichts mehr übrig.«

»Na, da wird Peter sein blaues Wunder erleben, wenn er morgen kommt. Als ob der nicht schon genug an den Hacken hat im Moment.« Birgit sammelte ihre Utensilien ein und ging gefolgt von Eke ins Hotel.

»Es ist zwar schon weit nach Mitternacht, aber auf den Schreck kann ich jetzt wohl einen Grappa gebrauchen«, sagte Birgit. »Trinkst du einen mit?« Sie machte das Licht im Gastraum an und Eke folgte ihr.

»Ja, das ist eine gute Idee. Mensch, hatte ich eine Not, als ich das Geflacker hinter den Scheiben sah. Und dann natürlich kein Handy dabei. Was für'n Glück, dass ihr zu Hause wart.«

»Wo hätten wir sonst sein sollen um diese Uhrzeit? Die Ballsaison hat doch noch nicht angefangen.« Birgit lachte.

»Ich war schließlich auch unterwegs«, sagte Eke, »wenn es auch selten so spät bei mir wird. Wir haben nach der Theaterprobe kein Ende gefunden in der gemütlichen Runde. Jens scheint die ganze Aufregung verschlafen zu haben, ich habe ihn jedenfalls unter den Beobachtern nicht entdecken können. Der wird sich wundern, was ich ihm zu erzählen habe. Ich denke, dass Michael morgen früh auch noch bei mir vorbeischauen wird. Schließlich bestehe ich darauf, als wichtigste Person in seinen Polizeibericht aufgenommen zu werden.« Eke prostete Birgit zu, und die beiden spülten ihre Aufregung mit einem goldfarbenen alten Grappa aus dem Privatschrank für besondere Besucher herunter.

Sie hätten gern noch länger zusammengesessen, aber der Gedanke an das morgendliche Aufstehen veranlasste sie, das Feld zu räumen. »Komisch, dass ich von unseren Handwerkern keinen bei der Brandstelle gesehen habe«, wunderte sich Birgit, als sie ihre Freundin zur Tür brachte. »Die müssten doch vom Lärm der Motoren wach geworden sein. Schließlich ist das für Baltrum ein eher ausgefallenes Geräusch.«

»Sie werden es dir beim Frühstück schon erklären. Mach's gut, schlaf schön, oder willst du noch auf Henning warten?«

»Nee, ich glaube nicht – wer weiß, wann er nach Hause kommt. Bis morgen bei der Probe.«

Birgit löschte die Lichter und machte sich bettfertig.

Doch so leicht wollte der Schlaf nicht kommen. Immer wieder gingen ihr die seltsamen Zusammenhänge oder auch Zufälle, die sich um Tante Gretes Unfall rankten, durch den Kopf.

Morgen würde sie mit Michael Röder sprechen. Vielleicht konnte der ja sozusagen von Amts wegen etwas Licht ins Dunkle bringen.

Bei diesem Gedanken fand sie etwas Ruhe und nach mehrmaligem Drehen und Wenden den so nötigen Schlaf. So bekam sie es nicht mehr mit, als Henning nach Hause kam.

*

Der unangenehme Ton des Weckers holte Birgit aus dem Land ihrer Träume in die Welt einer Hotelfachfrau zurück. Sie schaute hinüber zum anderen Bett. Henning lag eingekuschelt in seinen Kissen. Sie mochte ihn nicht wecken, zumal sie ihm angeboten hatte, das Frühstück für ihre drei Gäste zuzubereiten. Leise schlich sie sich aus dem Schlafzimmer in die Dusche. Dort hatte sie vorsichtshalber bereits in der Nacht Hose, Pulli und Kittel deponiert. Mit einem scharfen Wasserstrahl von oben versuchte sie, auch den letzten Rest Müdigkeit aus den Gliedern zu vertreiben, leider gelang ihr das nur ansatzweise.

Mit langjährig antrainierter Routine stellte sie die Kaffeemaschine an, erhitzte Teewasser für den Polier, bereitete die Platten mit Wurst und Käse zu und backte die Brötchen im Ofen.

Die Tische in der Gaststube hatte sie schnell gedeckt, und gerade als die Eier fertig waren, kamen die beiden Handwerker der Firma Kleen die Treppe herunter. Hanno Mennenga rieb sich voller Vorfreude die Hände. »Denn woll'n wir mal zulangen.«

»Unser Polier lässt sich ja mal wieder Zeit«, sagte Birgit. »Sagen Sie mal, haben Sie denn gar nicht das Getöse heute Nacht mitbekommen? Nebenan bei Tante Grete hat es gebrannt. Die halbe, was sage ich, die ganze Insel war auf den Beinen.«

Die beiden Männer schauten Birgit verwundert an.

»Das haben wir tatsächlich nicht mitbekommen. Das ist ein Ding!« Hanno konnte es gar nicht glauben. »Wir sind ja ziemlich früh nach oben gegangen. Die frische Luft auf dem Neubau, dass gute und nicht zu knappe Essen, zwei, drei Bier und ein Nachspüler – da hat's uns nur noch aufs Bett gehauen.«

»Normalerweise schnarcht Hanno wie ein Sägewerk bei Vollschicht«, sagte Harm Freerk, »aber heute Nacht hat mich kein Tönchen aus dem Schlaf geholt. Zum Donner, da passiert schon mal was auf diesem Sandfatt, und wir pennen.« Freerk lachte, wurde gleich darauf aber wieder ernst. »Was ist denn genau passiert? Konnte das Haus gehalten werden?«

Birgit erzählte in aller Ausführlichkeit von den nächtlichen Geschehnissen. »Mit der Mittagsfähre werden wohl die Brandexperten vom Festland kommen. Haben Sie eigentlich oben was von Ihrem Kollegen gesehen? Es wird ja nun mal langsam Zeit, dass er zum Frühstück erscheint. Ich mein', mir ist das egal, aber die Arbeit und seine Leute warten doch sicherlich auf ihn.«

»Nicht gesehen und nicht gehört. Kann es sein, dass er schon auf der Baustelle ist?«, überlegte Hanno.

»Nein … das glaube ich nicht … – obwohl man sich bei dem alles vorstellen kann«, meinte Harm. »Ich sage ja, fachlich ein Ass, aber menschlich? Sicher keiner, mit dem man gut Freund werden kann. Oder wir kennen ihn einfach nicht genug, so nach dem Motto ›raue Schale, weicher Kern‹. Aber dann muss man ziemlich tief graben, um an den Kern heranzukommen.«

Die Männer bedankten sich bei Birgit für das Frühstück und machten sich auf den Weg zur Arbeit.

Birgit räumte den Tisch ab und gönnte sich eine Tasse Kaffee. Sie war auf das Äußerste gespannt, was der Tag für Überraschungen bringen würde, aber in diesem Moment genoss sie die Ruhe vor dem Sturm, während sie auf Martin Janssen wartete.

Nach einer halben Stunde wartete sie immer noch und wusste nicht recht, wie sie weiter vorgehen sollte. Zuerst einmal überzog sie die Aufschnittplatte für den Handwerker mit einer Folie und stellte sie in den Kühlschrank. Der Kaffee blieb in der Thermoskanne heiß. Ob er nur verschlafen hatte? Allerdings hatte sie für diesen Fall keinen Weckauftrag.

In ihre Überlegungen hinein tauchte plötzlich Henning auf, mit einem Bärenhunger, wie er sagte. Sie machten es sich gemütlich und tauschten ihre Erlebnisse und Empfindungen der letzten Nacht aus. »Michael wird sicher nicht mehr lange auf sich warten lassen«, meinte Birgit. »Ich bin gespannt, was es Neues gibt. Ich hoffe, er lässt mich im Rahmen des Möglichen daran teilhaben. Schließlich kann ich ihm auch im Gegenzug viel Hochinteressantes berichten, jawohl!« Sie wedelte mit ihrem Zeigefinger in der Luft herum.

»Sei bloß vorsichtig«, mahnte Henning. »Nicht, dass ich meine, du sollst ihm was verschweigen, aber deine eigenen wilden Kombinationen können sich ganz schnell verselbständigen, und dann ist der Weg zur üblen Nachrede nicht weit. Zähl einfach die Fakten auf. Michael wird sich dann schon sein Bild von den Dingen machen.«

»Wofür hältst du mich eigentlich ... Ich bin doch kein Dummkopf. Aber ich weiß, was ich weiß, und ich bin sicher, dass es unseren Polizisten interessieren wird. Ganz zu schweigen von seinen Kollegen aus Aurich. Jetzt kommt endlich Licht in die Geschichte!« Birgit griff schwungvoll nach dem Kaffee und kleckerte die Hälfte beim Eingießen neben die Tasse.

»Das kommt davon«, grinste Henning, »wenn einem die Pferde durchgehen, liebster Schatz. Ich werde jetzt meine Einsatzklamotten in die Waschmaschine stecken. Was hast du denn vor, außer den ganzen Morgen auf Michael zu warten?«

»Ich werde die Gästezimmer sauber machen, zumindest das der Handwerker von Kleen. Von Herrn Janssen weiß ich ja immer noch nicht, ob er noch im Bett oder sonst irgendwo rumliegt. Sein Frühstück hat er jedenfalls bis jetzt nicht angerührt.«

»Wir werden schon noch von ihm hören. Sag mal, wo hast du eigentlich den *Röhrenden Hirsch* gelassen?«, erkundigte sich Henning.

»Im Heizraum. Ich hatte ihn zuerst in die Küche gelegt, aber er stank so ausdauernd, dass ich ihn ausquartieren musste. Außerdem ist es da schön warm, da kann er gut trocknen.«

*

Nachdem Michael Röder mit Axel Meinders telefonisch einen Termin zur Ortsbegehung verabredet hatte, fuhr er zum Hotel *Sonnenstrand*. Er war gespannt, ob Birgit und Henning noch etwas zur Aufklärung der seltsamen Umstände dieses Brandes beitragen konnten.

Im Winter war es normalerweise recht ruhig auf der Insel. Kein Vergleich zum Festland, wo die Kollegen einen Fall nach dem anderen abzuarbeiten hatten. Dafür hatte er aber auch keine Achtstundenschichten, sondern war immer im Dienst, solange er alleine war. Wenn es eng wurde, konnte er beim Zöllner oder bei der Feuerwehr um Amtshilfe nachsuchen, das passierte aber so gut wie nie.

Im Sommer lief die ganze Geschichte anders. Da stand ihm ein Kollege zur Seite, immer für eine gewisse Zeit vom Festland abgeordnet, mit dem er sich die Dienstzeiten teilte. Ohne diesen Hilfssheriff, wie ihn Gäste und Insulaner gerne nannten, käme er auch kaum zurecht, denn nächtliche Einsätze wegen ruhestörenden Lärms und Vandalismus am Strand kamen häufig vor.

Er war halt ständiger Vermittler zwischen Schlafsuchenden und Feiernden.

Dieser Brandfall dagegen warf Fragen auf. Warum brannte es in einem Haus, das zurzeit gar nicht bewohnt war? Wieso war das Feuer ausgerechnet im Schlafzimmer ausgebrochen? Er hoffte, dass seine Kollegen, die er mittags mit der Fähre erwartete, weiterhelfen konnten.

»Herr Röder! Herr Röder, nun bleiben Sie doch mal stehen. Ik mutt Ihnen was ganz Dringendes sagen!« Der Polizist schreckte aus seinen Gedanken und sah Frieda Albers heftig winkend am Zaun ihres Grundstückes stehen.

»Was gibt es denn, Frau Albers?« Er stieg vom Rad.

»Also, da war ich doch eben einkaufen, und was meinen Sie, was ich da gehört habe?«

»Keine Ahnung, Frau Albers, aber es wäre schön, wenn Sie es mir verraten würden.« Er wusste, dass er vorher sowieso nicht weiterfahren konnte.

»Da erzählt mir doch die Frau Jensen an der Kasse, dass es in Gretes Haus gebrannt hat. Ich habe da ja nichts von mitgekriegt, weil ich doch nachts immer Wattestöpsels in den Ohren habe, damit ich das Knacken von der Heizung nich so höre. Und jetzt ist das Maß voll. Ich habe ja immer gesagt, sie ist ermordet worden, aber auf mich hört ja keiner, nur weil ich alt bin, und das mit dem Rechtsanwalt wollte auch keiner hören, dabei hat sie mich wirklich gefragt, auch wenn ich ihr nicht weiterhelfen konnte. Ich habe alles Birgit erzählt, aber die hat ja auch nur gesagt, ich soll das nicht weitersagen, aus Rücksicht. Und nun erzähl ich es Ihnen, weil Sie mir zuhören müssen, das ist Ihre Amtspflicht. So. Dafür bezahle ich nämlich Steuern.«

Frieda Albers schwieg. Auch Michael Röder schwieg für einen Moment. Ihm war nicht klar, ob er hier auf eine ganz heiße Sache gestoßen war, oder ob Frau Albers seine knappe Zeit nur mit unverständlichem Gerede füllen würde. Er beschloss, es auf einen Versuch ankommen zu lassen. »Frau Albers, Sie wissen, dass Frau Peters nicht tot ist?«

»Aber so gut wie, in dem Alter überlebt man so was selten!«

»Sie wissen, dass ein Sturz in der Küche zu ihrer Verletzung führte?«

»Sie wurde geschubst!«

»Wissen Sie auch, von wem?«

»Na, das muss doch wohl Ihre Aufgabe sein, das herauszufinden, bin ich hier der Polizist oder Sie?«

»Was war das mit dem Rechtsanwalt?«

»Sie hat mich gefragt, ob ich einen Rechtsanwalt weiß wegen Erben.«

»Und?«

»Ich hab nein gesagt, und ich habe ihr die Gelben Seiten mitgegeben.«

»Und?«

»Was und?«

Michael Röder holte tief Luft und sagte langsam: »Und hat Ihnen Frau Peters gesagt, ob sie etwas unternommen hat, und wenn ja, was?«

»Nein, obwohl ich doch ihre beste Freundin bin. Immer habe ich zu ihr gehalten. Sie hatte ja sonst keinen mehr. Peter kam auch man nur noch selten. Ist aber auch kein Wunder, Grete war ... nein, *ist* nicht einfach. Ich will ja nichts sagen, aber ihr Mann hat das auch nicht leicht gehabt bei ihr. Der musste spuren, sonst gab's tagelang nur Buttermilchbrei, wo er doch so gern mal Bratkartoffeln wollte. Einmal hat er sogar heimlich bei mir welche gegessen. Aber sonst war nichts, schließlich war ich glücklich verheiratet.«

»Dann hatten Sie sozusagen ein Bratkartoffelverhältnis mit Herrn Peters, war es so, Frau Albers?« Der Polizist setzte die strengste Miene auf, zu der er fähig war.

»Wenn Sie das so ausdrücken wollen, bitteschön. Sie wird es ja nicht mehr erfahren. Dafür haben andere gesorgt!«

»Jetzt ist es aber genug mit den wilden Anschuldigungen, Frau Albers!«

Frieda Albers zuckte zusammen. »Sie ist doch meine Freundin, ich will doch nur Gerechtigkeit. Versprechen Sie mir, dass Sie Ihre Augen und Ohren offen halten, mehr will ich gar nicht, nur Gerechtigkeit.«

Plötzlich tat Michael Röder die alte Frau leid. »Das mache ich ganz bestimmt. Wenn es etwas Neues gibt, schaue ich wieder vorbei und berichte Ihnen davon.«

Er fuhr los und erreichte ohne eine weitere Unterbrechung sein Ziel. Im Hotel musste er erst eine Weile rufen, bis Birgit sein Kommen registrierte.

»Setz dich schon mal in die Küche«, rief sie die Treppe

hinunter. »Ich bin sofort fertig in den Zimmern, dann stehe ich dir ganz und gar zur Verfügung. Kaffee steht auf dem Tisch in der Thermoskanne.«

Er schenkte sich eine Tasse ein und schaute sich um. Es ist schon gewaltig, was in heutigen Hotelküchen für Werte verbaut sind, dachte er.

Allein die großen Herde, die Dunstabzugshauben, alles aus Niro, das kostete schon eine Kleinigkeit. Nun musste man nur noch gut kochen können. Aber da brauchte man bei Henning keine Sorgen zu haben. Manfred Röders Blick fiel auf eine große Kunststoffwanne, in der Bohnen zum Einweichen lagen.

»Oh, Mensch, updrögt Bohnen …« Das Wasser lief ihm im Munde zusammen. Updrögt Bohnen waren eine ostfriesische Spezialität aus der Zeit, als es noch keinen Gefrierschrank und kein Dosengemüse gegeben hatte. Die Bohnenschoten wurden auf einen Meter lange Bänder aufgefädelt und zum Trocknen aufgehängt. Bei Bedarf wurden sie dann wieder abgestrüppt, eingeweicht und nach altem Rezept mit Wurst, Speck und Kartoffeln gekocht.

»Sollte mich nicht wundern, wenn eure Gäste sich heute Abend wieder auf ein ganz besonderes Mahl freuen können«, begrüßte der Polizist Birgit, die gerade zur Küchentür hereinkam.

»Es ist genug für alle da.« Sie deutete auf die Wanne. »Henning kocht vermutlich mal wieder für eine ganze Kompanie. Dabei ist uns einer unserer drei Gäste im Moment doch tatsächlich abhanden gekommen. Aber vielleicht ist er bis heute Abend ja wieder unter uns.«

»Wieso abhanden gekommen? Alle Menschen, mit denen ich heute Kontakt habe, sprechen in Rätseln, habe ich das Gefühl. Erst Frau Albers und jetzt auch noch du.«

»Du willst mich doch wohl nicht allen Ernstes mit Tante Frieda vergleichen! Was hat sie dir erzählt?«

»Vermutungen, nichts weiter. Ich habe ihr versprochen,

sie auf dem Laufenden zu halten.« Er schenkte sich noch eine Tasse ein. »Was ist jetzt mit eurem verschwundenen Gast?«

»Ich weiß eigentlich gar nicht, ob er verschwunden ist. Es handelt sich um Martin Janssen, den Polier von der Firma Rahlmann, die den Neubau im Ostdorf macht. Er ist heute nicht zum Frühstück erschienen. In seinem Zimmer bin ich natürlich noch nicht gewesen. Es kann immerhin sein, dass er mit einem dicken Kopp im Bett liegt, oder sonstwie nicht gestört werden will. Oder er ist schon ganz früh auf die Baustelle gefahren und hat nur vergessen, Bescheid zu geben. Wir werden abwarten müssen. Sag mal, kommen eigentlich wirklich Kollegen von dir vom Festland zur Brandermittlung rüber? Ich frage nur, falls die ein Zimmer benötigen. Du weißt ja, hier ist immer ein Plätzchen frei.«

»Auf jeden Fall kommen zwei Mann. Ob die beiden übernachten werden oder abends mit dem Schiff wieder zurückfahren, kann ich noch nicht sagen. Die Zimmer können wir dann sicher spontan mit Beschlag belegen, nicht wahr?«

»Kein Problem«, sagte Birgit. »Peter Peters wird sicher auch bei uns übernachten.«

»Ich habe mich gestern übrigens noch mit der Ärztin unterhalten. Sie hat mir von Frau Peters' Unfall erzählt. Stimmt das, dass du sie gefunden hast?«

»Nein, gefunden hat ihr Sohn sie, ich habe nur die ersten Hilfsmaßnahmen eingeleitet, als Peter völlig verzweifelt zu mir in die Küche kam und mir davon erzählte. Allerdings …«

»Ja, was ist denn?«, fragte Michael neugierig.

»Also, ich weiß nicht, ob das wichtig ist. Peter hat erzählt, dass er bei seinem Morgenspaziergang nur wegen der offenen Haustür rein zu seiner Mutter ist, aber Wendt Redenius, den Peter bei seinem Gang an die frische Luft getroffen hat, sagte, Peter hätte ihm auf die Frage nach dem Grund seines Spazierganges geantwortet, er wolle seine Mutter besuchen. Aber das wird ein Missverständnis gewesen sein.«

Der Polizist hatte ein Notizbuch herausgeholt. »Danach werden wir die beiden wohl genauer befragen müssen.«

Jetzt, wo sie einmal damit angefangen hatte, redete sich Birgit alles von der Seele, was sie die letzten Tage belastet hatte. Michael Röder schrieb eifrig mit, einiges umkringelte er, anderes unterstrich er, und sein Heft füllte sich mit Fragezeichen.

Sie erzählte von dem Nachmittag, als Peter seiner Mutter die neue Freundin vorgestellt hatte, dass Sabine morgens nicht geantwortet hatte, als Birgit sie um Hilfe bitten wollte, von dem Zettel in Tante Gretes Hand, dem vergessenen Buch über das Erben in Zimmer sechs und der unterstrichenen Telefonnummer der Anwaltskanzlei in Norden.

Zum Schluss berichtete sie über ihr Zusammentreffen mit Peter im Krankenhaus. Während sie alles Revue passieren ließ, kam ihr wieder einmal zu Bewusstsein, wie grotesk die Situation gewesen war. »Ich dachte, wir wären Freunde, ich kann es immer noch nicht fassen. Er wollte einfach nicht, dass ich seine Mutter besuche, dabei war ich doch einzig deswegen gekommen. Mag sein, dass er heute eine Antwort darauf hat.«

»Das sind in der Tat erstaunlich viele rätselhafte Aspekte, die du da aufgezählt hast«, sagte der Polizist. »Da werden meine Kollegen sicher ganz genau hinhören, wenn sie sich mit Frau Peters' Sohn unterhalten. Bestimmt werden sie sich auch noch mit dir in Verbindung setzen.«

»Dann wird Peter erfahren, wer der Polizei all diese Dinge berichtet hat?« Bei dem Gedanken fühlte Birgit sich alles andere als wohl. »Stell dir vor, es sind wirklich nur Zufälle, das wäre mir aber sehr peinlich. Henning hat auch gesagt, ich solle mich nicht der üblen Nachrede schuldig machen.«

»Keine Sorge, erst einmal ermitteln wir nach allen Seiten, wie es immer so schön heißt. Ich denke, wir werden sehr schnell merken, ob was dran ist an deinen Gedanken. Und sollten wir wirklich Zusammenhänge finden, war es umso wichtiger, dass du mir davon erzählt hast. Sag mal, ist Henning denn zu sprechen? An den habe ich auch noch ein paar Fragen.«

»Moment, weit kann er nicht sein. Die Leine ist nicht länger als zehn Meter.« Birgit verließ die Küche und lief laut nach ihrem Mann rufend über den Hotelflur.

*

»Wo wacht das Auge des Gesetzes? Natürlich in der Küche beim Kaffee. Moin, Michael, ich hoffe, du hast gut geschlafen in der kurzen Nacht.« Henning schüttelte ihm die Hand.

»Danke, ich bin Kummer gewohnt. Meine Frau hat sich allerdings nie dran gewöhnt, Sandra liegt meistens wach im Bett, bis ich wiederkomme. Aber das ist Polizistenfrauenschicksal. Sag mal, du und Bernd, ihr wart bei dem Brand heute Nacht ja die Ersten im Haus, habt ihr da etwas Auffälliges bemerkt?«

»Sicher haben wir das. Birgit hatte extra noch den Schlüssel rausgebracht, aber die Haustür war gar nicht abgeschlossen. Das ist doch mehr als merkwürdig. Als Birgit die Sachen für das Krankenhaus da rausgeholt hat, hat sie bestimmt wieder abgeschlossen. Scheint wohl das Gesetz der Serie zu sein, denn als ich gestern im Stall war bei mir, war die Tür auch nur angelehnt, obwohl ich normalerweise grundsätzlich den Riegel vorschiebe.«

»Ist dir sonst noch was aufgefallen?«

»Nee, sonst eigentlich nichts, obwohl es sehr merkwürdig ist, dass das Feuer nur im Schlafzimmer gewütet hat. Sag mal, hat Birgit dir eigentlich von dem Erlebnis mit dem Polier erzählt?«, fragte Henning.

»Du meinst, dass er heute Morgen nicht zum Frühstück erschienen ist? Ja, das hat sie gesagt«, erwiderte der Polizist.

»Nein, ich meine die Geschichte, als sie mit ihm bei Tante Gretes Haus zusammengetroffen ist.« Da Birgit gerade nicht in der Küche war, erzählte Henning, was er von der Sache wusste.

»Ich werde darüber nachdenken«, versprach Michael. »Kann sein, dass Frau Peters den Mann gebeten hat, einige Arbeiten zu erledigen. Menschen treffen nun mal eigenwillige Entscheidungen.« Er wandte sich zum Gehen. »Ihr seid sicher heute Mittag da, wenn meine Kollegen kommen.«

»Nur zu, wir stehen zur Verfügung.« Henning deutete eine Verbeugung an.

*

Birgit war sich nicht sicher, was sie tun sollte. Später Nachmittag, und noch immer kein Lebenszeichen von Janssen. Kann auch sein, dass er tot im Bett liegt, haben wir alles schon gehabt, dachte sie. Erst im vorletzten Sommer hatte ein Gast, der alleine angereist war, einen plötzlichen Herztod erlitten. Margit hatte ihn gefunden, als sie das Zimmer säubern wollte. »Mensch, ja«, sagte Birgit leise, »Margit kommt in drei Tagen …« Sie musste sich dringend um Margits Zimmer kümmern. Es hatte über den Winter leer gestanden; lüften, Staubputzen und Bettbeziehen war angesagt. Ein paar frische Blumen wollte sie auf den Tisch stellen und die obligatorische Flasche Sekt. Hausmarke *Rebenfreund*, trocken.

Margit Berger war bereits eine Institution im Hotel. Im Winter in den Bergen, kam sie im Frühjahr so sicher wie Tauwetter wieder auf die Insel und verbrachte hier den Sommer. Bei den Gästen war sie außerordentlich beliebt, hatte für jeden ein freundliches Wort, und war zudem noch extrem fleißig. Birgit und Henning wussten, dass sie mit ihr ein Glückslos aus der Trommel gezogen hatten und verwöhnten sie entsprechend.

Birgit beschloss, vorsichtig an die Tür des Bauarbeiters zu klopfen. Einmal, zweimal, ein drittes Mal etwas lauter, aber nichts regte sich. Vorsichtig drückte sie die Klinke hinunter. Die Tür war nicht abgeschlossen. Sollte sie jetzt Henning als Beistand holen? Ach, Quatsch, selbst ist die Frau, Augen zu und durch.

»Herr Janssen, sind Sie da?«, fragte Birgit laut und stieß die Zimmertür ganz auf.

Der Raum war leer. Wirklich leer. Nicht einmal die Reisetasche stand mehr neben dem Fernsehtisch. Das Bett war gemacht, als ob noch nie einer darin geschlafen hätte. Ein Blick in die Dusche zeigte: Auch hier gab es von ihrem Gast keine Spur mehr.

Sie ballte die Hände in die Hüfte. »Henning, komm mal sofort rauf, du wirst nicht glauben, was ich hier nicht sehe!«

Henning nahm zwei Stufen auf einmal und war in Nullkommanix bei ihr. Birgit zeigte in das verlassene Zimmer. »Ist das denn wohl zu fassen, da haut der Kerl bei Nacht und Nebel ab und sagt kein Wort. Na, ich bin gespannt, was Firma Rahlmann da wohl zu zu sagen hat. Die will ich gleich mal anrufen. Kannst schon die Rechnung fertig machen.« Birgits Augen blitzten, so wütend war sie.

»Nun reg dich man nicht auf, er wird schon einen Grund haben, uns so Knall auf Fall zu verlassen.« Henning schaute sich um. Auf dem Nachttisch sah er etwas Weißes liegen. Er trat näher und sah, dass es ein liniertes Blatt Papier war, an einer Seite gezackt, wie aus einer Kladde herausgerissen. »Schau mal, er hat uns eine Nachricht hinterlassen. *Musste plötzlich weg. Tut mir leid. Martin Janssen.*«

»Was soll denn das nun schon wieder bedeuten? Gestern Abend war er doch noch da. Und ein Schiff ist seitdem auch nicht gefahren.«

»Kann sein, dass er die Fähre nehmen will, die jetzt gerade abfährt«, sagte Henning. »Durchs Watt wird er mit seiner Reisetasche sicher nicht gelaufen sein, und ein Flugzeug kann auf der vereisten Hellerpiste schon gar nicht landen.« Henning wiegelte ab. »Das ist bei Bauleuten manchmal so, da brauchen wir uns keine Gedanken drüber machen.«

»Meinst du nicht, wir sollten Michael davon erzählen?«

»Wenn er nachher kommt. So lange wird es Zeit haben.«

»Okay, dann ziehe ich jetzt das Bett ab und stecke die Wäsche in die Maschine.«

»Und ich fahre schnell zum *Inselmarkt* und hole Speck für mein Abendessen, damit ich passend zum Ortstermin in Tante Gretes Haus wieder da bin.«

*

Michael Röder öffnete das Päckchen, das Sandra von der Post mitgebracht hatte. Als Absender war die Polizeidienststelle in Norden angegeben. Er hatte nicht die geringste Idee, was den Inhalt betraf. Er riss das Klebeband ab und sah als Erstes eine Lage weißen Einschlagpapiers. Als er es zurückschlug, blieb ihm fast die Spucke weg.

Einsatzklamotten für die Fahrradpolizei. Muskelshirt in XL und eine passende Radlerhose dazu. Auf der Rückseite prangte das Wort *Polizei* in dicken Schaumstofflettern. Obendrauf lag eine Karte, auf der einen Seite eine Luftaufnahme der Ludgeri-Kirche, auf der anderen Seite eine Nachricht an ihn. *Lieber Kollege, dieses klassische Outfit für flotte Inselbiker haben wir aus unserem knappen Etat für Dich geordert. Wir hoffen, dass wir Dir damit den Dienst an lauen Sommerabenden vergnüglicher gestalten.* Und ganz klein in der Ecke der Karte stand noch: *Hol dir keinen Wolf!!!!*

Er konnte sich beim besten Willen nicht erinnern, jemals den Wunsch geäußert zu haben, in coolen Klamotten über die Insel zu fahren. Im Übrigen fehlte der Helm, jawohl, ein Fahrradhelm gehörte unbedingt zu dieser Ausstattung. Ohne Helm lief gar nichts. Er schmunzelte darüber, dass er sich gerade dabei erwischt hatte, sich vorzustellen, wie er mit seinem leicht angerosteten Dienstfahrrad und diesem bauchüberspannenden Stretchhemdchen auf Verbrecherjagd ging – nein vielmehr: fuhr.

Wenn die Kollegen gewusst hätten, dass sie heute eine Inseltour machen würden, hätten sie das Päckchen auch gleich mitbringen können, dachte er. Wenn sie sich denn getraut hätten.

Langsam wurde es Zeit, zum Hafen zu fahren und die beiden Herren abzuholen. Röder war gespannt, was sie aus der Brandortbesichtigung für Schlüsse ziehen würden. Er hatte jedenfalls genug zu berichten, alles war fein säuberlich notiert in seinem schmalen Notizbuch. Wenn sich seine Vermutungen bestätigten, würde noch viel Arbeit auf sie zukommen. Vor allen Dingen sollte der Sohn befragt werden. Er war zur Tatzeit zwar nicht auf der Insel gewesen, sein Auftreten in den letzten Tagen aber mehr als verwunderlich, wenn man Birgit Glauben schenken durfte. Und das tat der Inselpolizist normalerweise. Er hielt viel auf seine Menschenkenntnis.

*

Es waren nicht viele Gäste auf dem Schiff. Die beiden Experten vom 1. Fachkommissariat für Brand und Todesermittlungen aus Aurich schauten durch die mit Salzwasser beschlagenen Fenster auf den Anleger. Die beiden waren zum ersten Mal auf dieser Insel. Sie zeigten dem jungen Mann von der Besatzung ihre Fahrkarte und verließen über den schrägen Steg die *Baltrum III*.

»Schön, dass ihr da seid. Michael Röder mein Name, aber das wisst ihr ja sicher. Mensch, was habt ihr für eine Kälte mitgebracht. Ihr seid hier noch nie gewesen, oder?«

»Heino Deters, Hauptkommissar«, stellte sich der erste Kollege vor und schüttelte Michael Röder die Hand. »Eigentlich sollte der Kollege aus Norden das übernehmen, aber der wurde anderswo gebraucht.«

»Arndt Kleemann, Oberkommissar«, sagte der andere. »Bisher waren wir nur mal auf Juist, vor drei Monaten so etwa. Ein Brandstifter. Tagsüber spielte er den braven Hausdiener und nachts steckte er einen Schuppen nach dem anderen an. In einer Nacht sogar drei hintereinander. Kaum hatten die Feuerwehrleute die Schläuche wieder auf dem Fahrzeug, brannte es an anderer Stelle. Wir haben ihm eine Falle gestellt, und er ist voll reingetappt. Danach war wieder Ruhe auf dem Töwerland.«

Während Röder seine Kollegen begrüßte, ließ er seinen Blick über die anderen Ankömmlinge kreisen. Welcher von ihnen mochte wohl Peter Peters sein? Er kannte ihn nicht, Peters war aufs Festland gezogen, bevor Röder seinen Dienst auf der Insel angetreten hatte.

»Suchst du noch jemanden außer uns?« Neugierig schaute sich Kleemann ebenfalls um.

»Ja, erklär ich euch gleich. Lasst uns man erst einmal in den Ort gehen. Auf dem Wege werde ich euch mit den aktuellen Fakten vertraut machen.«

Die Festländer stellten ihre Taschen auf die Wippe, die hinter Michael Röders Dienstfahrrad angekuppelt war, und die drei liefen am Gebäude der Reederei Baltrum-Linie vorbei Richtung Wattenmeerhaus.

Unterwegs trafen sie kaum einen Menschen, doch die wenigen, die ihnen begegneten, grüßten mit einem neugierigen »Moin«. Der Polizist und zwei Männer in Zivil mit Aktentaschen, das konnte nur die Obrigkeit sein, extra von Land gekommen, um den Fall »Insulanerhaus« zu lösen.

»Sollen wir erst zur Polizeistation gehen und eine Tasse Tee trinken, oder möchtet ihr gleich zur Brandstelle? Etwas Zeit hätten wir noch, bevor der Gemeindebrandmeister mit dem Schlüssel kommt. Wir haben uns zu zwei Uhr verabredet, weil nicht sicher war, ob das Schiff pünktlich sein würde bei dem Ostwind.«

Die beiden Männer schauten sich an, nickten dann. »'ne Tasse Tee wäre nicht schlecht«, sagte Arndt Kleemann, der jüngere der beiden. »Danke für das Angebot. So können wir gleich mal deine Dienststelle anschauen. Eine Zelle hast du ja sicher auch hier, nicht wahr?«

»Natürlich, das ist Pflicht, obwohl ich ehrlich zugeben muss, dass unser gekacheltes Polizeigewahrsam selten genutzt wird. Einmal im Jahr wird der Raum sogar kompromisslos zweckentfremdet, nämlich vor Weihnachten, wenn ich die Geschenke für meine Frau dort verstecke.« Michael Röder lachte verhalten und wartete auf das Kopfschütteln der Kollegen über die merkwürdigen Besonderheiten des Inseldienstes.

Die fanden die Idee jedoch extrem gut und nahmen sich vor, in Aurich vor Weihnachten auch einen abschließbaren, von höchster Stelle bewachten Abstellraum für Geschenke einzurichten.

Nach dem Tee schauten sie sich dic Räumlichkeiten der Polizei an. Röder zeigte ihnen auch die darüber liegende Dienstwohnung, die der Hilfssheriff in seiner drei- bis vierwöchigen Dienstzeit auf Baltrum bewohnte. Er erzählte, mit welch eigenwilligen Delikten man als Gesetzeshüter auf einer Insel zu tun hatte. Trunkenheit am Zügel war nur eine Variante in einer vielfältigen Palette der Möglichkeiten.

»So, nun müssen wir los, wenn wir Axel Meinders nicht warten lassen wollen. Henning Ahlers wird wohl auch da sein. Seine Familie hat sich jahrelang um Grete Peters gekümmert, und er war im ersten Trupp, der die Brandbekämpfung vornahm. Hinterher sollten wir uns mit seiner Frau Birgit unterhalten. Die hat ein paar ganz interessante Informationen und nebenbei auch noch Hotelzimmer frei, falls ihr übernachten wollt. Das wäre einfacher als in der Dienstwohnung, denn im *Sonnenstrand* bekommt ihr ein leckeres Frühstück, so brauchen wir nicht extra einzukaufen. Wir können dann auch gleich sehen, ob wir Peter Peters dort erwischen, wenn er nicht an der Brandstelle auftaucht.«

Michael Röder schnappte sich sein Fahrrad und schob es neben seinen Kollegen her. Natürlich hätte er auch ohne Fahrrad zu Tante Gretes Haus laufen können. Aber mal ehrlich, dachte er, ein Polizist in Uniform ohne Auto ist gewöhnungsbedürftig, aber ein Polizist in Uniform ohne alles, nicht mal mit Fahrrad, ist absolut peinlich und nicht im Geringsten respektabel!

Er wurde immer wieder gefragt, ob er nicht bei seiner übergeordneten Dienststelle ein Pferd beantragen könnte. Das würde doch was hermachen bei wilden Verfolgungsritten durch die Dünen, war die Argumentation. Aber da ihm vor vielen Jahren bei einem friedlichen Annäherungsversuch seinerseits ein solches Tier in eine sehr empfindliche Stelle gebissen hatte, verspürte er keinerlei Ambitionen, diesen Antrag auszufüllen. Allerdings, wenn er stattdessen ein schickes, schnelles Dienstfahrrad bekommen würde, dann könnte er doch glatt die neuen Bikerklamotten ... Schluss jetzt! Er schüttelte den Kopf wie ein nasser Hund. Er stellte sich Sandras Blick vor, wenn sie ihn in der engen Radlerhose begutachten würde. Diese kleinen Falten voller Ironie um die Mundwinkel, die die Freundlichkeit in ihren Augen Lügen strafen würde ...

»Dein Fahrrad hat aber auch schon bessere Tage gesehen«, bemerkte Heino Deters. »Fährt das noch, oder schiebst du ausschließlich?«

Röder lief rot an, aber bevor er zum Gegenschlag ausholen konnte, bemerkte er das Lachen auf dem Gesicht des Kollegen. »Besser schlecht gefahren als gut gelaufen!«, sagte er und bog von der Straße ab. »Hier wären wir. Darf ich vorstellen: Oberkommissar Arndt Kleemann, Hauptkommissar Heino Deters, beide aus Aurich. Axel Meinders, der Einsatzleiter der gestrigen Aktion. Da kommt auch schon Henning Ahlers. Dann wollen wir mal loslegen. Axel, hast du den Schlüssel?«

Die Experten hüllten sich in ihre Schutzanzüge, und der Feuerwehrchef händigte ihnen den Schlüssel zur Eingangstür aus. Knapp aber präzise schilderte er die Ereignisse der gestrigen Nacht aus Feuerwehrsicht. Henning vervollständigte den Bericht um die Eindrücke, die er im Haus gesammelt hatte.

Die Brandermittler schauten sich als Erstes die Haustür an, konnten aber keine Spuren eines gewaltsamen Eindringens feststellen.

»Entweder ist die Tür aus Versehen offen geblieben, oder ein mutmaßlicher Eindringling war im Besitz eines Schlüssels«, meinte Heino Deters.

Sie öffneten die Tür. Trotz des Entlüftereinsatzes roch es in dem dunklen, verrußten Flur intensiv nach kaltem Rauch. Überall hatten sich schwarze Partikel festgesetzt, und selbst als Henning das Licht anmachte, wurde es nur unwesentlich heller.

Plötzlich krachte es. Arndt Kleemann war mit seinem Schutzanzug an dem Garderobenständer hängen geblieben und hatte ihn damit zu Fall gebracht. Henning musste grinsen. Nachts, während des Einsatzes, hatten seine Kollegen das unfallträchtige Stück in der Küche deponiert, aber er selbst hatte es später wieder an seinen Platz gestellt. Wahrscheinlich, weil es dort immer gestanden hatte. Und nun das! Der Oberkommissar aufgehängt am Haken des Schirmständers wie ein Jäger an der Schaufel eines Sechzehnenders nach einem verfehlten Schuss.

»Mist auch, Riss drin«, fluchte Kleemann und rappelte sich wieder hoch. »Man sollte sich einen anderen Beruf suchen. Ständig in dunklen Räumen, ständig kalter Rauch in der Nase, nur weil irgendwelche Idioten Feuer legen oder zu nachlässig damit umgehen. Also los, weiter, damit wir hier bald wieder rauskommen an die schöne, frische Inselluft.«

Sie blieben an der Schlafzimmertür stehen, um sich einen Gesamteindruck zu verschaffen. Hier war alles verkohlt und schwarz bis auf einen rechteckigen hellen Fleck an der ehemals ockerbraunen Tapete. Schnell erklärte Henning, was es mit dem fehlenden Bild auf sich hatte.

Akribisch begutachteten die beiden Männer vom Fachkommissariat Brand die Unglücksstelle, während die drei Insulaner an der Schlafzimmertür warteten, um keine Spuren zu zerstören.

»Wissen Sie, ob sich hier irgendetwas befindet, was hier normalerweise nicht hingehört?«

»Nein, keine Ahnung«, sagte Henning und auch die anderen schüttelten den Kopf. »Das ist bestimmt zwei Jahre her, dass ich hier drin war, ich hab mal ein festgerostetes Fenster repariert. Meine Frau könnte Ihnen da sicher helfen, die hat ja Tante Grete die Tasche fürs Krankenhaus gepackt.« Er dachte kurz an Peter. Als Henning das Hotel verlassen hatte, war Peter noch nicht da gewesen, obwohl das Schiff längst angekommen war. Sollte er doch nicht mitgekommen sein?

Die beiden Ermittler sicherten verschiedene Dinge in Plastiktüten, um sie hinterher mit ans Festland zu nehmen. Dort würde eine kriminaltechnische Untersuchung hoffentlich Klarheit geben. Besondere Aufmerksamkeit widmeten sie dem fast verkohlten Haufen auf dem Fußboden. »Komisch, dass die Tücher hier liegen. Meinen Sie nicht, dass Ihre Frau die aufgehoben hätte, wenn sie die dort gesehen hätte? Ich stelle auch einen leichten Geruch nach flüssigem Grillanzünder oder ähnlichem fest.« Heino Deters schnüffelte intensiv an den Resten der Handtücher, hielt sie dann seinem Kollegen hin.

Kleemann nickte. »Hier liegt der Hund begraben. Wenn das nicht Brandstiftung war, dann weiß ich es auch nicht. Mit den Jahren bekommt man ein Gespür für so was. Jetzt müssen wir nur noch herausfinden, wer, wann und warum, dann hätten wir den Fall gelöst. Waren es Kinder, die per Zufall über die offene Haustür gestolpert sind, und denen jetzt der Arsch auf Grundeis geht, oder steckt etwas ganz anderes dahinter? Um das herauszufinden, sollten wir erst einmal diese unwirtliche Stätte verlassen.«

»Gehen wir doch rüber ins Hotel, da können Sie sich frisch machen, und dann sehen wir weiter«, schlug Henning vor und sah, dass diese Idee großen Anklang fand.

In seinem Bauch grummelte es. Das konnte nur zwei Dinge bedeuten. Entweder hatte er Hunger, was zu dieser Tageszeit nicht ungewöhnlich wäre, oder irgendetwas, was er noch nicht erfassen konnte, ein Gedanke, der sich ihm entzog, machte sich in seinem Inneren breit.

Genau das gleiche Gefühl hatte er gehabt, als er Birgit das erste Mal gesehen hatte, er sich jedoch weit weg von einem

Leben zu zweit wähnte. Sie hatte ihn bald eines Besseren belehrt, und er hatte es bis heute nicht bereut.

Jetzt aber war es ein ungutes Gefühl, ein Gefühl, etwas vergessen zu haben, ein Gefühl, das, wenn er eins und eins zusammenzählen würde, Licht in diese dunkle Geschichte bringen könnte. Aber er wusste noch nicht, was sich hinter diesen Einsen verbarg.

Als er aufblickte, sah er, dass Peter ihnen entgegenkam.

*

Musste plötzlich weg. Tut mir leid. Martin Janssen

Birgit nahm wieder und wieder den Zettel aus ihrer Kitteltasche und betrachtete ihn, als könnte er ihr verraten, wo der Polier geblieben war, wenn sie nur oft genug darauf schaute. Bisher war dieses Wunder allerdings noch nicht eingetreten. Also beschäftigte sie sich erst einmal mit profaneren Dingen, wie dem Säubern und Lüften von Margits Zimmer. Ihre Gedanken gingen zurück zur Abschiedsfete vom letzten Jahr. Henning hatte ein Buffet aufgebaut und Birgit einen großen Topf Pfirsichbowle angesetzt. Ganz wie zu Omas Zeiten. Auf dem Höhepunkt der Stimmung hatten sie sogar getanzt. Auch wie zu Omas Zeiten. Walzer, Polka und Marschfox, immer quer durch den großen Saal. Erst gegen Morgen waren die Letzten nach Hause gegangen, und Margit hatte unter Tränen versprochen, im nächsten Jahr wiederzukommen.

Nun war die Zeit fast um, in drei Tagen würde sie ankommen. *Samstag mit der letzten Fähre* hatte in ihrer E-Mail gestanden.

Peter müsste jetzt auch so langsam an die Tür klopfen. Birgit war gespannt, was er zu erzählen hatte. Ob er wohl immer noch so missgelaunt war?

Sie nahm den Staubsauger, warf einen Blick zurück in das frisch zurechtgemachte Zimmer und ging in die Küche.

Sie sah, dass Henning inzwischen mit dem Speck zurück war, aber seine geliebte Arbeitsstätte schon wieder verlassen hatte. Vermutlich war er auf dem Weg zu Tante Gretes Haus. Na ja, die Zubereitung des Abendessens hatte noch ein paar Stunden Zeit, so konnten die Bohnen in Ruhe einweichen. Früher waren Gerichte wie dieses Gang und Gäbe auch auf Baltrum gewesen. Aber seit so viele Nichtostfriesen auf die Insel gezogen waren, um sich hier eine Existenz aufzubauen, gingen genau wie so viele jahrhundertealte Sitten und Gebräuche auch die alten Rezepte verloren.

Das Telefonat mit der Firma Rahlmann ... Das durfte sie nicht vergessen. Birgit ging ins Büro und suchte an der Pinnwand nach der Telefonnummer. Sie wählte und am anderen Ende meldete sich die Sekretärin der Baufirma. Auch die konnte sich keinen Reim auf das Verschwinden des Mitarbeiters machen, versprach aber, Rücksprache mit dem Chef zu halten und dann umgehend zurückzurufen.

Der Anruf erfolgte relativ schnell. Diesmal sprach Birgit mit dem Chef, und der war ebenso verblüfft über den unerwarteten Abgang wie sie. »Ich bin wirklich gespannt, ob der Mann bei mir auftaucht. Vier Wochen hätte er noch bleiben sollen, um dann nach Bayern zurückzukehren. Ich weiß, dass er es hier in Norddeich auf der Baustelle nicht gerade einfach hatte, darum habe ich ihn ja nach Baltrum geschickt. Von dort habe ich keine negativen Nachrichten erhalten. Im Gegenteil, er war immer pünktlich, hat gute Arbeit geleistet. Okay, er ist ein Eigenbrötler, das war auch der eigentliche Grund, warum ich ihn aus der Ferienwohnung ausquartiert habe, in der die anderen Mitarbeiter wohnen, aber sonst ...? Nee, keine Ahnung, wo der Kerl stecken könnte. Ich sage Ihnen aber sofort Bescheid, wenn er bei mir auftaucht. Die Rechnung schicken Sie bitte an mich. Sollte er sich bei Ihnen melden, rufen Sie mich doch bitte an«, bat Herr Rahlmann.

»Das mache ich, aber noch eine Frage: Haben Sie gewusst, ob er sich auf Baltrum zusätzlich zu seiner Arbeit noch privat als Hausmeister betätigt hat? Das hat er mir nämlich erzählt.«

»Nein, davon weiß ich nichts, sollte mich auch wundern,

so schwer, wie der Kontakt gefunden hat. Bei wem war er denn angeblich?«

»Bei Frau Peters, die in dem kleinen Insulanerhaus neben uns wohnt, beziehungsweise wohnte. Zurzeit liegt sie nämlich in Sanderbusch mit einem Schädel-Hirn-Trauma nach einem Sturz. Und ihr Haus wäre in der letzten Nacht fast abgebrannt ...« Birgit hatte sich schon wieder in Rage geredet.

»Ja, glauben Sie denn, der Janssen hätte mit diesen Geschichten etwas zu tun? Das kann ich mir beim besten Willen nicht vorstellen«, entgegnete Herr Rahlmann.

»Nein, eigentlich nicht ... Ach, Mensch, ich weiß inzwischen überhaupt nicht mehr, was ich glauben soll. Der Mann hat doch nicht den geringsten Grund, der alten Frau ans Leder zu wollen. Es ist nur alles so komisch. – Sie kennen ihn demnach ja auch nicht näher, oder?«

»Nein, näher wäre zu viel gesagt. Die Geschichte ist folgende: Vor vielen Jahren, irgendwann in den Siebzigern, erzählte mir der Kollege Denzinger aus Reichenhall, den ich von der Meisterfachschule kenne, dass er einen jungen Mann aus Norden angestellt habe, eben jenen Martin Janssen. Ich kannte den nicht, obwohl wir fast gleichaltrig in Norden aufgewachsen waren. Denzinger wunderte sich, warum Janssen nie seine alte Heimat besuchte, sah ihn aber ab und zu in Reichenhall am Bahnhof stehen. Er schilderte ihn als ruhigen, in sich gekehrten Menschen, der als einziges Hobby seine Mitgliedschaft bei den Böllerschützen hatte. Dort wurde er akzeptiert, obwohl er ein Preuße war. Nun passierte es, dass mir zum Herbst zwei Vorarbeiter ausfielen, und da kam Denzinger die glorreiche Idee, dem Janssen einen Aufenthalt an der Küste zu verschaffen. Wenn der noch was zu regeln hat, was sein früheres Leben betrifft, sagte er, dann kann er das dabei gleich in Angriff nehmen. So übten wir ein wenig Druck aus und fühlten uns wie das Schicksal persönlich. Inzwischen habe ich allerdings das Gefühl, dass wir über das Ziel hinausgeschossen sind. Auf der anderen Seite ist natürlich überhaupt nicht bewiesen, dass sein Verschwinden irgendetwas mit den Ereignissen in Ihrem Nachbarhaus zu tun hat. Ich werde aber vorsichtshalber gleich mal beim Denzinger anrufen, damit der sich nicht wundert, falls der Mann bei ihm auftaucht. Er wird uns, wenn das der Fall sein sollte, sicher sofort Nachricht geben.«

»Ist gut, Herr Rahlmann, ich werde mich auch melden, so bald es etwas Neues gibt. Vielen Dank für Ihre Auskunft.« Birgit legte versonnen den Hörer auf.

Ein Mann, der seine Vergangenheit begraben hatte ... Was war da wohl vorgefallen?

Sie legte den Zettel mit seiner Notiz auf den Schreibtisch, damit sie nicht vergaß, ihn der Polizei auszuhändigen.

Die Hoteltür klappte und sie hörte ein männlich tiefes »Birgit, bist du da?«

Peter! Fast hätte sie schon nicht mehr mit ihm gerechnet. Sie lief ihm entgegen und nahm ihn fest in den Arm. »Wann bist du gekommen, das Schiff ist doch schon seit einer Stunde da, wo hast du gesteckt?« Sie ließ ihn los und musterte ihm aufmerksam.

»Darf ich erst einmal reinkommen, bevor ich deine Fragen beantworte?« Er lächelte angespannt.

»Natürlich, komm in die Küche. Entschuldige den Überfall, ich war nur so überrascht, dass du doch noch auf der Matte stehst.« Birgit schenkte ihm eine Tasse Kaffee ein und schob ihn auf die Eckbank. »Stück Kuchen?«

»Ja, bitte, bin gleich nach dem Unterricht losgefahren, da war keine Zeit mehr zum Mittagessen. Dann hat mich auch noch kurz vor Neßmersiel ein Wittmunder Autofahrer stark geschnitten, und ich bin beim Ausweichen im Graben gelandet. Glücklicherweise war ein Bauernhof in der Nähe. Da bin ich dann hin, und der Bauer hat mich mit seinem Trecker aus dem Schlamassel gezogen. Aber das Schiff hab ich natürlich verpasst. Ich bin aber trotzdem zum Hafen gefahren, wo ich doch nun mal auf dem Wege war, in der

Hoffnung, dass mich irgendjemand mitnehmen würde. Aber, Birgit, wenn du mal für eine Filmkulisse eine sturmumtoste, gottverlassene Gegend ohne einen Menschen weit und breit suchst, fahr zum Neßmersieler Hafen im Winter, wenn kein Schiffsverkehr ist. Da bist du allein, ganz allein! Aber dann kam Maik Bernhardt mit dem einzigen Sportboot, das auf Baltrum noch im Wasser war, nach Neßmersiel gefahren, um einen Bekannten wegzubringen. Er hat mich mitgenommen, und so habe ich erst zu dieser späten Stunde den Inselboden betreten. Genug der Erklärung?« Die letzten Worte mussten sich den Platz im Mund mit einem großen Bissen von Birgits Apfelkuchen teilen, daher kamen sie ein wenig undeutlich an.

»Erklärung angenommen«, erwiderte sie großzügig und berichtete, dass die Polizei aus Aurich sich inzwischen mit Henning, Axel Meinders und Michael Röder auf Ortsbegehung im Haus seiner Mutter befand. »Ich denke, dass alle kurz über lang hier auftauchen werden. Willst du da jetzt noch hingehen?«

»Ja, wenn ich den Kuchen aufgegessen habe. Mutter geht es übrigens unverändert. Schöne Grüße soll ich euch von Sabine ausrichten. Sie musste heute ihre Klasse auf eine lange geplante Fahrt nach Bremerhaven ins Auswanderermuseum begleiten, darum konnte sie nicht mitkommen. Sie ist ganz schön geschafft, denn nach deinem Anruf heute Nacht war natürlich an Schlaf nicht mehr zu denken. So, jetzt gehe ich wohl besser mal rüber, bis gleich.« Er zog seine Jacke wieder an und verschwand.

Birgit räumte den Tisch ab und hoffte, dass sich nun alles bald wieder zum Besseren wenden würde.

*

»Fällt Ihnen etwas Außergewöhnliches auf?«, fragte Heino Deters, als er mit Peter Peters im Schlafzimmer angekommen war.

Peters standen die Tränen in den Augen, als er sah, was

das Feuer in seinem Elternhaus angerichtet hatte. »Nein, aber ich bin auch schon lange nicht mehr hier drin gewesen. Und viel ist ja auch von dem ursprünglichen Zustand nicht mehr zu erkennen.« Er betrachtete die schwarzen Fetzen, die ehemals eine Bettdecke gewesen waren. »Besonders feudal haben wir nie gelebt, aber es war immer alles sauber! Wenn das meine Mutter sehen würde, mein Gott, irgendwann wird sie es sehen ... Oder auch nicht. Wer weiß das schon. – Kann ich denn schon anfangen, aufzuräumen und zu putzen?«, fragte er die Ermittler, aber die schüttelten die Köpfe.

»Nein, das ist noch zu früh, aber wir geben Ihnen Bescheid, sobald der Tatort freigegeben ist.«

»Warum sagen Sie Tatort, was ist los?« Peters Stimme klang schrill.

»Lassen Sie uns erst einmal ins Hotel gehen. Dort werden wir uns aufwärmen und in Ruhe unterhalten«, wiegelte Deters ab. »Dann können wir sicher schon einige Fragen aus dem Register streichen.«

Sie gingen nach nebenan und nahmen gemeinsam in der Gaststube Platz, die zu dieser Tageszeit verwaist war.

»So, Herr Peters, nun erzählen Sie mal, wie alles angefangen hat, mit dem Besuch bei Ihrer Mutter und so weiter«, forderte Arndt Kleemann ihn auf.

»Wie, was soll alles angefangen haben ... Gar nichts hat angefangen! Ich habe nur mit meiner neuen Lebensgefährtin meine Mutter besucht. Am nächsten Tag habe ich Mutter bewusstlos in der Küche gefunden. Jetzt hat es gebrannt. Warum auch immer!« Peter zuckte mit den Schultern.

»Na, so einfach ist die Geschichte denn doch nicht, Herr Peters. Erlauben Sie mir noch einige detaillierte Fragen.« Heino Deters beugte sich zu ihm hinüber. »Können Sie sich eigentlich vorstellen, dass der Sturz Ihrer Mutter kein Unfall war?«

»Quatsch, nein, kann ich nicht, will ich auch nicht, warum

denn auch. Sie war ... ist eine alte, harmlose Insulanerin. Es gibt keinen Grund ...« Seine Stimme versagte.

»Herr Peters, Sie sind doch ein intelligenter Mensch. Denken Sie nach. Das haben nämlich auch Ihre Freunde hier getan und sind zu einem ganz anderen Ergebnis gekommen. Sie alle finden die Umstände mehr als mysteriös. Und nun mal Butter bei die Fische!« Jetzt feuerte Oberkommissar Kleemann eine Frage nach der anderen ab. Peter Peters wurde immer unsicherer. Sein Kopf hatte sich gerötet, und mit seinen Fingerknöcheln trommelte er einen Marsch auf die Tischplatte.

»Warum haben Sie Frau Ahlers im Krankenhaus nicht zu ihrer Mutter lassen wollen? Hatten Sie Angst, Ihre Mutter könnte just zu dem Zeitpunkt aufwachen und etwas erzählen? Was hatte es mit dem Buch auf sich, das Frau Ahlers in Ihrem Zimmer gefunden hat?«

»Woher wissen Sie das alles, was soll das?« Peter sprang auf. »Lassen Sie mich in Ruhe, ich habe genug Scheiße am Hacken. Wissen Sie, wie ich mich fühle? Das ganze sorglose Leben in drei Tagen über den Haufen geworfen! Und jetzt noch diese Anschuldigungen!« Er wandte sich Henning zu. »Und du hast prima mitgeholfen, genauso wie deine liebe Birgit. Was habe ich euch denn, verdammt noch mal, getan? Nichts, aber auch gar nichts. Nur weil ihr hin und wieder nach meiner Mutter geschaut habt, meint ihr, ihr habt die Weisheit mit Löffeln gefressen.« Die letzten Worte schrie er heraus. »Ich will weg hier, ich lasse mir das nicht länger gefallen, ihr könnt mich mal!« Er lief zur Tür und wollte sie öffnen, als Birgit eintrat.

»Du hast mir gerade noch gefehlt«, blaffte er sie an. »Hast du nichts Besseres zu tun, als dich zur Hobbydetektivin zu machen, alte Freunde auszuspionieren und falsche Schlüsse aus Lappalien zu ziehen?« Er wollte an ihr vorbei, Birgit stellte sich jedoch mit der ganzen Breite ihrer sechzig Kilo in die Tür.

»Nichts da, du bleibst hier. Und jetzt hörst du mir mal ganz genau zu. Du allein bist es, der sich im höchsten Grade verdächtig benimmt.« Bei jedem ihrer Worte bohrte sie Peter ihren Zeigefinger tiefer in den Pullover, so dass er keine Möglichkeit zur Flucht nach vorne hatte. Die drei Polizeibeamten hatten sich ebenfalls erhoben und waren jederzeit bereit einzugreifen. »Ich habe mit nichts hinter dem Berg gehalten, aber du wolltest von alledem nichts wissen. Da ist es doch kein Wunder, dass ich mit meinen Sorgen zu Michael gegangen bin. Stell dir doch bloß mal einen Moment lang vor, die Sache wäre nicht so einfach, wie du sie dir gerne stricken möchtest – ich wäre doch meines Lebens nicht mehr froh geworden, wenn ich nichts gesagt hätte.«

Peter sackte in sich zusammen und ließ sich auf den nächstbesten Stuhl fallen. »Ich kann nicht mehr«, flüsterte er nur noch, dann legte er seinen Kopf auf die auf dem Tisch verschränkten Arme und schwieg.

»Dann sag mir wenigstens, was das mit dem Anruf ...«, begann Birgit erneut, aber Hauptkommissar Deters winkte ab.

»Lassen wir es mal für den Moment gut sein. Aufgeschoben ist nicht aufgehoben, aber das bringt jetzt nichts. Haben Sie ein Zimmer für ihn?«

»Ja, sicher, er kann wieder Zimmer sechs nehmen, das kennt er schon.«

Deters rüttelte leicht an Peters Arm. »Herr Peters, kommen Sie, ruhen Sie sich einen Moment aus. Herr Röder bringt Sie mit Herrn Ahlers auf Ihr Zimmer. Es wäre nur schön, wenn wir uns nachher noch einmal unterhalten könnten.«

Peter nickte und stand auf. Mit schweren Schritten ging er in Begleitung der beiden Männer nach oben.

»Uff, das war ja ein Auftritt, möchte nur wissen, was wir davon halten sollen.« Birgit schaute fragend in die Runde. »Ist er wirklich so empört unschuldig oder nur ein verdammt guter Schauspieler?«

Oberkommissar Kleemann zuckte mit den Schultern.

»Noch wissen wir es nicht, aber wir werden der Wahrheit Stück für Stück näherkommen. Da müssen wir wohl einen weiteren Tag dranhängen – Sie haben doch auch für uns noch ein Zimmer frei? Herr Röder hat so etwas angedeutet.«

»Natürlich habe ich das, und ein leckeres Abendessen gibt es auch, wenn Sie mögen. Updrögt Bohnen wird mein Mann servieren, das Gericht wird für Sie als eingefleischter Ostfriese kein unbekanntes sein.«

»Nein, obwohl ich gerne zugebe, dass es schon eine Ewigkeit her ist, dass ich es gegessen habe. Meine Frau kommt aus dem Ruhrgebiet und hat sich noch nicht so richtig mit der ostfriesischen Küche angefreundet. Sie steht mehr auf Pasta und Glasnudeln.«

Henning kam herein. »So, Peter hat sich erst einmal hingelegt. Ich werde nun in der Küche verschwinden und mich um meine Töpfe kümmern, wenn Sie keine Fragen mehr haben.«

»Mensch, Peters ist ja richtig zusammengefallen«, sagte Röder. »Hätte ich gar nicht erwartet, bei dem Aufstand, den er vorher veranstaltet hat.«

»Ich glaube, von dem hören wir vorerst nichts mehr«, sagte Deters. »Täte mir leid, wenn wir ihn zu hart angefasst hätten, immerhin ist er weder festgenommen noch war das ein Verhör, sondern nur eine Befragung. Rechtlich gesehen. Andererseits, wenn sich jemand selber so ins Abseits drängt, wittere ich Morgenluft, meine Herren. Vielleicht sollten wir die Zeit bis zum Abendessen damit verbringen, die Bevölkerung etwas auszuhorchen. Ermittlungen anstellen, vornehm ausgedrückt. Herr Meinders, Sie können nach Hause gehen, aber bitte bewahren Sie Stillschweigen über das, was Sie hier mitbekommen haben. Und falls Ihnen noch etwas einfällt, immer heraus damit.«

»Ich hätte da noch etwas.« Birgit zog den beschriebenen Zettel aus der Tasche. »Diese Nachricht hat einer meiner Gäste hinterlassen. An sich nicht so ungewöhnlich, aber sein Arbeitgeber weiß auch nicht, wo der Herr Janssen jetzt steckt.

Zumindest hat er keinen neuen Arbeitsauftrag erhalten. Ich hatte Michael«, sie nickte dem Inselpolizisten zu, »schon erzählt, wie der Mann mich an dem alten Haus überrascht hat, vor allem mit der Aussage, er sei der neue Hausmeister.«

»Hat er denn seine persönlichen Dinge mitgenommen oder befindet sich noch etwas im Zimmer?«, fragte Arndt Kleemann.

»Nein, gar nichts, er ist mitsamt der Reisetasche weg, nur der Zettel lag auf dem Nachttisch.«

»Wann ist Ihnen denn sein Fehlen aufgefallen?«

»Heute Morgen, weil er nicht zum Frühstück erschienen war. Erst dachte ich noch, er hat verschlafen oder er liegt in Sauer, aber später habe ich nachgeschaut, und da war er weg.«

»Wir werden auf jeden Fall Augen und Ohren offen halten, bei unserem Gang über die Insel. Vielleicht hat ihn ja irgendjemand gesehen.«

»Auf jeden Fall werden wir eine Computerabfrage machen«, sagte Heino Deters. »Kann ja sein, dass er bereits wegen irgendwelcher Dinge auffällig geworden ist. Kümmern Sie sich um Herrn Peters?«

»Natürlich, ich gehe gleich zu ihm nach oben«, beruhigte Birgit ihn.

*

Henning war in der Küche mit der Zubereitung des Abendessens beschäftigt. Birgit saß bei ihm und konnte immer noch nicht fassen, was sich an diesem Tag alles ereignet hatte. Sie griff zum Telefon und wählte Sabines Nummer, gab es aber gleich wieder auf, als sie an die Klassenfahrt dachte.

»Henning, wir müssen noch das Fahrrad für Margit auf Vordermann bringen. Dass wir das nur nicht vergessen.« Sie legte das Telefon auf den Küchentisch.

»Ich habe gleich ein wenig Zeit, bevor es in der Küche weitergeht. Du weißt ja, was du heute kannst besorgen …«

»… das verschiebe ruhig auf morgen. Ja, ja. Hoffentlich ist

nicht zu viel dran zu reparieren.« Birgit wusste allerdings, dass Henning ein Meister der Fahrradreparatur war, wenn er sich erst einmal daranbegeben hatte. »Oh, Mann, dass ich bloß nicht vergesse, heute Abend zur Theaterprobe zu gehen. Ich kann doch wohl weg, obwohl die beiden Polizisten hier sind?«

»Aber klar, ich bin ja da, und wenn etwas Besonderes ist, kann ich dich per Handy erreichen.« Henning schaute zu ihr rüber, stellte dann die Schüssel mit den Kartoffeln auf den Tisch. »Willst du oder soll ich?«

»Nee, mach du man, Kartoffeln schälen kannst du zweimal so schnell wie ich. Ich gehe nach oben und schaue nach Peter.« Birgit ließ Henning mit einem Haufen ungeschälter Kartoffeln, einem großen Topf voller Bohnen, Speck und Mettenden in der Küche zurück.

Sie klopfte an Peters Zimmertür, aber es kam keine Reaktion. Vorsichtig drückte sie die Klinke herunter. Abgeschlossen. Ob er eingeschlafen war? Sie beschloss, ihm eine halbe Stunde zu gönnen, bevor sie anfing, sich Sorgen zu machen, und jetzt nur noch an sich zu denken. Sie lief die Treppe hinunter, rief Henning ein »Bin mal eben weg« zu, griff nach ihrer Jacke und verließ das Hotel. Ein Gang über Strandmauer konnte vielleicht etwas Ruhe in ihr Seelenleben bringen.

Als sie das Deichschart beim *Strandhotel Wietjes* hinter sich gelassen hatte, wurde sie von dem scharfen, alles durchdringenden Ostwind erfasst. Kein Mensch war zu sehen, und sie wünschte, sie hätte sich die Zeit genommen, eine Mütze aufzusetzen. So blieb ihr nur die Kapuze, um sich vor dem Rückenwind zu schützen. Ihre Ohrspitzen waren schon fast gefühllos geworden. Handschuhe hatte sie natürlich auch vergessen, so musste sie ihre Fäuste tief in den Anoraktaschen vergraben.

Birgit wünschte sich nichts sehnlicher als ein Ende der nervenbelastenden Situation. Sie war angespannt, als ob es ihre eigene Familie betroffen hätte. Natürlich kannte sie Familie

Peters seit ihrer frühesten Kindheit, war mit ihr aufgewachsen, aber sie hätte nie gedacht, dass ihr das Schicksal dieser Frau einmal so nahegehen würde.

Birgit umrundete die Strandmauer. Auf halber Strecke schreckte sie auf, als eine Miesmuschel genau vor ihre Füße fiel. Sie schaute nach oben und sah eine Silbermöwe über sich kreisen. Aha, dachte sie, hier bereitet auch jemand sein Abendessen vor. In der gästearmen Zeit mussten sich die Möwen auf ihre natürliche Nahrung besinnen und auf Muschelfang gehen. Indem sie die Schalentiere aus großer Höhe auf die Strandmauer fallen ließen, erleichterten sie sich die Arbeit, an das wohlschmeckende Innere der Muschel zu gelangen.

Im Sommer waren Eis, Pommes und Butterbrote, die sie erschreckten Gästen aus den Händen stahlen, die bevorzugte Nahrung. Allerdings musste man den Möwen zugestehen, dass sie die Idee nicht selber entwickelt hatten. Sie waren erst durch konsequentes, Generationen überdauerndes Füttern durch die jetzigen Opfer darauf gebracht worden. Sie hatten diese Tradition nur auf unwiderstehliche Weise perfektioniert.

Als Dank ließen sie dann, was vorne als Butterbrot durch den Schnabel rutschte und hinten als äußerst ätzende weiße Masse wieder rauskam, zur Erinnerung auf diversen Sommerjacken zurück. Vorzugsweise auf den Sommerjacken derer, die gar nicht gefüttert hatten.

Birgit schaute auf die Uhr. Es war Zeit, zurück zum Hotel zu gehen. Sie musste dringend nach Peter schauen.

Gerade als sie zur Tür hinein wollte, kam ihr Henning entgegen. »Ich gehe jetzt eben und schaue nach dem Fahrrad. Bis gleich.«

*

Henning ging hinüber zum Stall. »Ich glaub, mich trifft der Schlag, jetzt steht die verdammte Tür doch schon wieder offen!« Er trat ein und suchte die Reparaturutensilien zusammen. In einer großen Kiste fanden sich Schläuche, Ventile und Pflaster für die Löcher, die man sich beim Radfahren unweigerlich dann und wann einfing. »Und immer sind es die Hinterreifen, die platt sind«, dachte er. Die waren besonders umständlich zu reparieren. Bei seinem letzten Landgang hatte er zur Vorsicht schon ein paar Ersatzteile gekauft. Vier nagelneue Reifenmäntel hingen an einem Haken über der Werkbank. Diverse Schraubenschlüssel, sogar ein dreizehner, der in seiner Sammlung sonst so gern mal fehlte, lagen bereit. Nur ein paar Lappen brauchte er noch. Er drehte sich um, um ein paar aus seiner Lumpenkiste zu nehmen, und erstarrte.

Die ehemals volle Kiste war nur noch zur Hälfte gefüllt. Einige Lappen lagen verstreut herum, und in der Kiste mit dem Grillzubehör gleich daneben war ein heilloses Durcheinander. Seine Gedanken begannen zu rotieren. Konnte es sein …? Natürlich! Der Einsatz in Tante Gretes Haus! Die alten Handtücher auf dem Fußboden, genau jene, die auch im Hotel in Gebrauch gewesen waren und nun als Putzlappen dienten. Der Geruch von Grillanzünder, deutlich an den Handtüchern wahrnehmbar. Die offene Stalltür. Jetzt war ihm auch klar, was ihm nach dem Brand im Kopf rumgegeistert war, und was er nicht hatte fassen können. Da war der Zusammenhang!

Jemand war in seinen Stall eingedrungen und hatte alles, was er zum Feuerlegen brauchte, dort gefunden.

Henning wackelten die Knie vor Aufregung. Er musste sofort die Polizei verständigen. Aber was, wenn die Polizeibeamten falsche Schlüsse ziehen würden? Wenn sie nicht an den oder die geheimnisvollen Fremden glaubten? Schon oft waren es Feuerwehrleute gewesen, die gezündelt hatten, aus welchen Gründen auch immer. Quatsch. Er rief sich zur Ruhe. Es gab doch nicht den geringsten Grund anzunehmen, dass er …

Aber wie sollte er beweisen, dass er nichts damit zu tun hatte? Immerhin hatte Eke ihn ja in seinem Bett schlafend vorgefunden, bei ihrem Hilferuf. Reichte das?

Und überhaupt, was machte er sich eigentlich Gedanken? Nicht er hatte ein Verbrechen begangen. Bei ihm war eingebrochen worden. Wer könnte das bloß gewesen sein? Peter? Nein, er konnte es sich beim besten Willen nicht vorstellen. Außerdem war Peter ja zum Zeitpunkt des Feuers gar nicht auf der Insel gewesen. Und an Komplizen mochte er in diesem Zusammenhang nicht glauben. Wenn Peter etwas Unredliches getan hätte, dann sicher nur im Affekt und nicht mit kaltblütiger Überlegung. Aber kannte er ihn wirklich so genau?

Er verschloss die Stalltür, legte in Ermangelung eines Schlosses den alten Betonfuß eines ausrangierten Sonnenschirms davor und ging mit eiligen Schritten Richtung Hotel.

»Birgit, wo bist du, ich muss dir unbedingt etwas erzählen!« Atemlos vor Aufregung erreichte er die Küche, wo Birgit gerade ihren Einkaufszettel für den nächsten Morgen schrieb. »Weißt du, woher der Brandstifter, das war nämlich einer, die Zutaten hatte? Direkt aus unserem Schuppen! Ich wollte gerade die Ersatzteile für Margits Fahrrad holen, da hab ich das gemerkt – er hat unsere Putzlappen genommen, unseren Grillanzünder! Ich hab in Tante Gretes Schlafzimmer so einen Haufen von alten Handtüchern gesehen, die mir bekannt vorkamen – wenn ich dir das doch bloß erzählt hätte, dann wären wir bestimmt schon eher darauf gekommen. Die Polizei hat dich doch auch nicht gefragt, oder?«

»Nein, wir haben uns kaum unterhalten, bevor die Herren gegangen sind. Peters Zusammenbruch hat alles wohl etwas durcheinandergebracht. Die werden mich sicher nachher noch in die Mangel nehmen«, mutmaßte Birgit.

»Lag denn da ein Haufen Tücher auf dem Fußboden, als du Gretes Sachen zusammengesucht hast?«

»Nein, da war alles in bester Ordnung, nichts lag herum.«

»Ich muss unbedingt sehen, dass ich Michael erreiche.« Seine Augen suchten nach dem Telefon.

Birgit zog es aus ihrer Kitteltasche. »Denn man los, geben wir der Polizei Bescheid. Ich werde nach Peter schauen.«

*

Henning erreichte Michael im günstigsten Moment. Nachdem die drei Ermittler Eke Sanders einen Besuch abgestattet hatten, waren sie in Tante Friedas Fänge geraten. Nun hatte sie die drei Männer in der Mangel. Eigentlich hatten die sich das umgekehrt gedacht, aber als echte Männer mussten sie schließlich zugeben, dass sie verloren hatten. Da kam der Anruf gerade recht und sie machten sich auf den Weg zum Hotel *Sonnenstrand*.

Der Wind war immer noch kräftig zu spüren, als sie um die Ecke bogen.

»Michael, könntest du denn deinen Computer bemühen, während wir mit den Ahlers reden?«, bat der Hauptkommissar. »Vielleicht kommt da ja was bei rum und wir finden einen Anhaltspunkt.«

»Okay, das mache ich. Bis gleich.« Röder stieg auf sein Fahrrad und fuhr zur Polizeistation.

Ein Segen der Technik, dachte er, als er seinen Computer anwarf. Er gab den gesuchten Namen ein und wartete, während sich das Bild langsam aufbaute. Allerdings stellte sich die Nachforschung als Fehlanzeige heraus. Unter dem Namen Peter Peters war nichts Auffälliges gespeichert. Zur Vorsicht gab er noch »Martin Janssen« ein, aber auch da hatte das System nichts registriert.

*

Die beiden Ermittler lehnten die Tasse Tee mit Kluntje und Sahne nicht ab, die Henning ihnen anbot. Er erzählte ihnen von seinem Fund und von seiner Ahnung, die er nach dem Brand gespürt hatte, aber nicht greifen konnte.

»Nachdem wir uns aufgewärmt haben, werden wir uns in Ruhe Ihren Schuppen anschauen. Ich denke, das wird uns ein großes Stück weiterbringen. Zumindest in der Rekonstruktion des Tatherganges, wenn auch nicht unbedingt bei der Tätersuche«, meinte Heino Deters. »Haben Sie den Stall nicht mit einem Vorhängeschloss gesichert?«

»Nein, das ist hier nicht unbedingt üblich, auch die Haustüren werden nicht immer abgeschlossen. Aber nach diesem Abenteuer werde ich mir das für die Zukunft wirklich überlegen. Es können schließlich auch kleine Kinder die Übertäter gewesen sein, und für die ist so eine Flasche Grillanzünder lebensgefährlich.«

Nach der dritten Tasse Tee gingen die drei hinter das Hotel und betraten den Schuppen. Henning zeigte den beiden Ermittlern alles, was ihm aufgefallen war. Es fand sich sogar noch ein Handtuch von genau der gleichen Sorte, wie sie verkohlt in Tante Gretes Schlafzimmer gelegen hatte.

»Hoffentlich kommen Sie nun nicht auf die Idee, dass ich etwas mit den Bränden zu tun habe?« Henning grinste die beiden Männer etwas unsicher an.

»Wenn es so wäre, hätten Sie uns ja wohl kaum so freiwillig Ihren Stall gezeigt. Außerdem haben wir die Zeugin Sanders, die Sie geweckt haben will. Nun gut ...«, der Oberkommissar zögerte ein wenig, »... ganz genau wissen wir das natürlich erst, wenn wir den wirklichen Täter haben. Es gibt schließlich nichts, was wir nicht schon erlebt hätten in unserer Laufbahn. Aber ein gewisses Maß an Menschenkenntnis und ein Gespür für die Ecken, in denen bei solchen Fällen der Schimmel sitzt, haben wir uns in all den Jahren auch angeeignet. Gehen Sie erst einmal davon aus, dass wir ganz urteilsfrei unsere Ermittlungen durchführen. – Und machen Sie sich keine Sorgen«, fügte er lächelnd hinzu.

»Dann kann ich Sie sicher hier alleine lassen, und mich meinem Küchendienst zuwenden.« Henning schaute die beiden Männer, die mit der Begutachtung seiner Putzlappen beschäftigt waren, erleichtert an. »Aufgetrocknete Bohnen für eine ganze Mannschaft kochen sich nämlich nicht von alleine. Bis nachher.«

Heino Deters sah ihm nach und schüttelte den Kopf. »Du hast dich aber ziemlich weit aus dem Fenster gelehnt, mit deinem Quasi-Freispruch für den Hotelier, Arndt. Nachbarschaftsstress hat schon häufig zu den schlimmsten Taten geführt, das weißt du. Noch haben wir nicht den geringsten Anhaltspunkt, in welche Richtung wir uns bewegen sollen. Gut, ich sehe seine Beteiligung an der Sache auch nicht als zwingend an, sonst würde ich bestimmt nicht seinen Tee trinken und in seinem Bettchen schlafen, aber ausschließen können wir gar nichts.«

»Das stimmt wohl, die Frage ist tatsächlich, welche Ermittlungsrichtung wir jetzt bevorzugt einschlagen sollten, aber uns fehlt der Wegweiser. Kann ja sein, dass Michael uns etwas aus seinem grauen Kasten mitbringt. Warten wir mal ab. Den Hotelier halte ich trotzdem für sauber. Und Frau Frieda Albers' Sprüche vom Gartenzaun sind nicht gerade die ideale Ermittlungsgrundlage. Hoffentlich hat Birgit Ahlers jetzt ein halbes Stündchen Zeit für uns. Ihre Aussage könnte doch etwas Licht in die Dunkelheit bringen.« Arndt Kleemann verriegelte die Stalltür und die beiden marschierten Richtung Hotel.

Auf dem Weg in die Gaststube kam ihnen Birgit entgegen. »Ich wollte gerade nach Peter sehen.«

»Könnten Sie das ein wenig aufschieben und uns ein paar Fragen beantworten?«, bat Arndt Kleemann. »Vorhin sind wir gar nicht dazu gekommen, und Michael, also Herr Röder, sagte uns, dass Sie so einiges zu berichten hätten.«

Birgit folgte ihnen in die Gaststube und erzählte ihre Geschichte noch einmal. Die beiden warfen hin und wieder eine Frage ein, machten sich Notizen und ein wichtiges Gesicht. Immer, wenn Arndt Kleemann etwas unklar war, bildete sich an seiner Nasenwurzel eine tiefe Falte. Dann wusste Birgit sofort, dass die nächste Frage nicht lange auf sich warten lassen würde.

»Ich bin mir einfach nicht im Klaren darüber, was ich von Peters Auftritten halten soll«, sagte Birgit. »Ich habe ihn nie so aufbrausend erlebt. Wenn wir ihn nur selbst fragen könnten.«

»Ich glaube, das wird jetzt möglich sein«, hörte sie seine Stimme hinter sich, als die Tür der Gaststube aufschwang.

Peter setzte sich zu den verblüfften Polizisten und ihrer verstummten Zeugin. Er wandte sich an Birgit. »Ich habe viel nachgedacht in den letzten zwei Stunden und es tut mir wirklich leid, dass ich so eklig gewesen bin.« Dann nickte er den Polizeibeamten zu. »Fragen Sie, meine Herren, und ich werde versuchen, alles wahrheitsgemäß zu beantworten. – Birgit, könntest du mir bitte ein Wasser bringen?«

*

Die beiden Ermittler schauten sich kurz an, als die Wirtin zum Tresen ging. War so eine Drehung um hundertachtzig Grad glaubwürdig? Das Nervenbündel Peter Peters hatte sich in einen coolen Typ verwandelt – wären da nicht die müden Ränder um seine Augen gewesen und seine struppigen Haare, die von einer innigen Berührung mit dem Kopfkissen zeugten.

»Ich sehe, es geht Ihnen besser«, sagte Arndt Kleemann. »Tut mir leid, wenn wir Ihnen vorhin sehr zugesetzt haben, aber schließlich ist Ihrer Mutter äußerst übel mitgespielt worden. Wir gehen dabei von mehreren Straftaten aus, und Sie haben sich nun nicht wirklich kooperativ gezeigt. Ehrlich gesagt sind Sie für uns noch nicht ganz raus aus der Geschichte, wenn Sie sich nicht zügig und ausführlich hier und jetzt erklären. Neugier und Zweifel gehören nun mal zu unserem Berufsbild. Eigentlich dürften wir mit Ihnen gar nicht so offen sprechen, aber wir hoffen wirklich, dass Sie unsere Einwände sauber entkräften können.«

Peter nickte. »Um es einmal vorweg zu sagen: Als ich am

Freitag hier war, um meiner Mutter meine neue Lebensgefährtin vorzustellen, war das nicht der einzige Grund für den Besuch. Ich hatte nämlich Sorgen um meine Gesundheit. Mein Hausarzt war sich zwar noch nicht sicher, die letzte Untersuchung stand noch aus, aber Sabine, meine Freundin, hielt es für besser, meine Mutter zu informieren. Ich wusste nicht so richtig, was ich machen sollte, dachte aber, man könnte zumindest rüberfahren und dann vor Ort entscheiden. Nachmittags in dem ganzen Trubel habe ich es aber nicht übers Herz gebracht, darum bin ich abends ja noch einmal hin. Aber auch da ergab sich nicht der rechte Augenblick, zumal sie mich wieder einmal überhaupt nicht zu Wort kommen ließ. Ich beschloss also, damit bis zum nächsten Morgen zu warten, aber da war es leider schon zu spät. Allerdings muss ich im Nachhinein sagen: Gott sei Dank, denn eben habe ich einen Anruf von meinem Arzt erhalten. Es ist alles in Ordnung. Darum geht es mir auch viel besser. Zumindest dieser Druck ist mir von der Seele genommen.«

»Hat Ihr Hausarzt auch einen Namen und eine Telefonnummer?«, fragte Heino Deters. »Warum haben Sie denn Frau Ahlers nichts von Ihren Sorgen erzählt? Das hätte doch schon viel geklärt, meinen Sie nicht?«

»Sie haben völlig recht, aber ich dachte, wenn ich es nicht erwähne, ist es einfach auch gar nicht da, verstehen Sie, ich habe versucht, alles zu verdrängen. Und als Mutter dann ihren Unfall hatte, rückte meine Gesundheitsgeschichte sowieso in den Hintergrund. Mein Arzt heißt übrigens Steen und wohnt in Norden.«

Die beiden Polizisten schauten sich nachdenklich an. »Herr Peters, halten Sie den Sturz ihrer Mutter wirklich immer noch für einen Unfall?«, fragte Kleemann. »Merken Sie nicht, dass hier ein paar Zufälle zu viel im Spiel sind? Erzählen Sie uns mal, was es mit dem Buch auf sich hat, das Frau Ahlers in Ihrem Zimmer gefunden hat.«

»Tja, das war wirklich komisch. Als ich abends bei meiner Mutter war, drückte sie mir plötzlich das Buch in die Hand und sagte, ich solle mir das mal durchlesen. Sie hätte auch was angestrichen. Und ehrlich, ich habe es wirklich vergessen, hielt es wieder für so eine blöde Anspielung auf das Thema *Um mich kümmert sich ja keiner*. Ich hatte in dem Moment wirklich andere Sorgen. Wo ist das Ding denn jetzt eigentlich?«

»Das liegt bei mir im Wohnzimmer«, sagte Birgit. »Du hast es ja im Krankenhaus auf dem Tisch in der Cafeteria liegen lassen. Moment, ich hole es eben.« Sie stellte ihm das Wasser hin und ließ die drei Männer im Gespräch allein.

»Frau Ahlers hat uns auch noch von einem Zettel erzählt, den Ihre Mutter in der Hand gehabt haben soll, und von einer unterstrichenen Telefonnummer einer Rechtsanwaltskanzlei in Norden. Was wissen Sie darüber?«, erkundigte sich Heino Deters.

»Gar nichts! Wenn es tatsächlich von Interesse für Sie sein sollte, dann rufen Sie am besten selbst dort mal an.«

Die Polizeibeamten nahmen seine zurückkehrende Gereiztheit mit Erstaunen zur Kenntnis. »Worauf Sie sich verlassen können, Herr Peters«, sagte Kleemann. »Das werden wir. Nun erzählen Sie uns mal, wie es zu Ihrem, sagen wir mal, unglücklichen Auftritt im Krankenhaus kam, das wäre nämlich für uns auch noch wichtig zu wissen.«

»Das tut mir echt leid, aber als Birgit kam, war ich so fix und fertig … Ich hatte gerade meine Mutter auf der Intensivstation liegen sehen und als Birgit meinte, sie wolle sie jetzt besuchen, dachte ich, das stehst du nicht noch einmal durch. Verstehen Sie, ich dachte ja auch an mein eigenes Gesundheitsproblem … Irgendwie sah ich mich da auch schon liegen, mit all den Schläuchen und so. Ich bin fast verrückt geworden vor Angst. Ich bin gar nicht auf den Gedanken gekommen, dass Birgit auch ohne mich da raufgehen könnte, das fiel mir erst später ein, und dann dachte ich, ich müsse unbedingt zurück. Ich hatte Birgits Auto noch nicht vom Parkplatz fahren sehen. Vielleicht würde ich sie treffen, dachte ich, also bin ich noch mal rauf zur Intensivstation, habe sie aber nirgends gesehen. So bin ich dann wieder runter und nach Hause gefahren. Das war's eigentlich. Muss wirklich ziemlich eigenartig gewirkt haben. Wo Birgit gesteckt hat, in der Zeit, weiß ich auch nicht.« Peter schüttelte den Kopf.

Die Polizisten wussten es. Birgit hatte es ihnen verschämt, aber ausführlich erzählt. Sie sahen jedoch keinerlei Anlass, ihre Information preiszugeben.

Die Gaststubentür öffnete sich und Birgit kam herein, in der Hand ein gelbes Buch in Taschenformat. »Jetzt bin ich aber mal gespannt, ob wir der Lösung des Rätsels näherkommen«, sagte sie und fing an zu blättern. »Hier. Da habe ich was«, rief sie nach kurzem Durchsehen und reichte Arndt Kleemann das Buch, ihr Finger steckte als Lesezeichen fest zwischen Seite 33 und 34. *Erbrecht bei vorehelich geborenen Kindern* stand da, dick unterstrichen.

»Was hat das denn zu bedeuten?« Peter rieb sich die Augen, ob aus Verwunderung oder nur aus Müdigkeit, ließ sich nicht erkennen. »Ich war immer der Meinung gewesen, ehelich geboren zu sein.«

»Haben Sie eine Geburtsurkunde?«, fragte Deters.

»Natürlich, aber nicht hier, sondern zu Hause. Es wäre mir aber bestimmt schon aufgefallen, wenn damit irgendetwas nicht gestimmt hätte. Ist zwar schon eine Zeit lang her, dass ich die das letzte Mal gesehen habe, aber nee, beim besten Willen – die ist in Ordnung.«

In diesem Moment trat der Inselpolizist in den Raum und schüttelte unmerklich den Kopf. Keine Eintragungen, sollte das wohl heißen.

»Danke, Herr Peters«, sagte Kleemann, »ich glaube, einige Dinge haben sich klären lassen. Wir können erst einmal Schluss machen. Aber Sie wissen ja, wie das immer so schön heißt: Bitte halten Sie sich zu unserer Verfügung.«

»Ich wüsste auch kaum, wo ich sonst wohl untertauchen

sollte. Bis später.« Peter stand auf und verließ sichtlich erleichtert den Raum.

»Wirst du nachher mit uns essen?«, rief Birgit ihm noch hinterher.

»Ja, gerne, wenn es die Ermittlungen nicht stört«, kam es aus der Ferne zurück.

*

Jantje und Sven waren auf dem Weg zur Schule. Der Unterricht war zwar schon lange vorbei, aber sie hatten ihrem Lehrer versprochen, nachmittags das Basketballturnier mit vorzubereiten. »Sollen wir eine Dünenrallye machen oder den direkten Weg zur Schule einschlagen?«, fragte Sven.

»Och, wir haben ja noch genügend Zeit, lass uns man noch durch die Dünen laufen.«

Erst hatten sie ihre Fahrräder nehmen wollen für den Weg aus dem alten Ostdorf zur Schule, aber der Hinterreifen von Jantjes Rad war platt, und so hatten sich die beiden zwölfjährigen Nachbarskinder entschlossen, den Weg zu Fuß zurückzulegen. Sie kamen am *Nautilus* vorbei und spähten mit angelegten Händen durch die Fenster. Hier war im Winter geschlossen, aber eine der großen, weißen Riesenmuscheln lag auf dem Fußboden.

Sie bogen links ab und liefen auf die Aussichtsdüne zu. Oben angekommen hatten sie an diesem klaren, frostigen Tag einen wundervollen Ausblick auf die Nordsee. In der Ferne konnten sie zwei Containerschiffe ausmachen. Gerade hatten sie in der Schule darüber gesprochen, wie groß diese Schiffe mittlerweile waren. »Über achttausend Container sind auf so einem Schiff. Bald sollen es mehr als zwölftausend sein«, hatte Herr Redenius gesagt.

»Da braucht man ja einen Elektroroller, um auf dem Schiff von vorne nach hinten zu kommen«, überlegte Sven.

»Das heißt Bug und Heck«, sagte Jantje. »Und links und rechts heißen Backbord und Steuerbord. Backbord ist rot und

Steuerbord ist grün. Jawohl. Wenn ich sechzehn bin, mache ich meinen Sportbootführerschein. Dann kann ich immer mit Papas Boot nach Neßmersiel fahren. Machst du auch mit? Dann fährst du mit eurem Boot und ich mit unserem Boot, und wir können ein heißes Wettrennen veranstalten.« Jantje lachte. »Wir dürfen uns nur nicht von der Wasserschutzpolizei erwischen lassen. Das könnte dann teuer werden. Für unsere Eltern.«

»Da schau, ein Reh!« Sven zeigte mit dem ausgestreckten Arm Richtung Kiefernwäldchen. »Es läuft in Richtung Wasserwerk. – Da, noch eins! Scheint ein ganzes Rudel zu sein. Komm, vielleicht sehen wir sie noch näher.«

Sie liefen die Aussichtsdüne hinab, aber als sie bei *Fisch-Feldmann* auf die Straße kamen, war von den Rehen nichts mehr zu sehen.

»Lass uns am Spielplatz vorbeigehen und dann sehen, dass wir zur Schule kommen«, schlug Jantje vor. Sven bog gerade von dem rot gepflasterten Fußweg Richtung Schaukel ab, als Jantje ihm zurief: »Mensch, Sven, guck mal hier, da unten unter den Sträuchern, ich glaube. da liegt eine Tasche oder so was Ähnliches. Kannst du das erkennen?«

Sven spähte über den Rand in die stark bewachsene Kuhle neben dem Spielplatz. Erst dachte er schon, seine Freundin hätte ihn zum Narren gehalten, aber dann fiel ein Sonnenstrahl auf etwas Blankes, und er konnte den Reißverschluss an einer grünen Reisetasche erkennen. »Wer hat denn die da wohl hingeworfen?«, wunderte er sich. »So was schmeißt man doch nicht einfach in die Gegend, wenn man es nicht mehr gebrauchen kann. Das haben wir doch schon als Babys gelernt.«

»Nun übertreib man nicht«, sagte Jantje. »Gestern hast du noch deine Bananenschale in die Schleuse geworfen.«

»Das war ja auch Krabbenfutter. So, was machen wir denn jetzt, sollen wir das Ding da liegen lassen, oder was?«

»Wir müssen doch zur Schule. Herr Redenius wartet. Und

du weißt ja, wenn der eins nicht abkann, ist das warten. Wir nehmen die Tasche auf dem Rückweg mit nach Hause. Klauen wird sie sicher keiner.«

Jantje und Sven liefen los, die D-Straße entlang, vorbei am *Haus Strandlust*, der Arztpraxis und der reetgedeckten katholischen Kirche, bis zur Schule. Wie durch eine geheime Übereinkunft erzählten sie keinem von ihrem Fund. Die Spannung des Öffnens und des Entdeckens des Inhaltes wollten sie ganz für sich alleine haben. Eine Stunde verbrachten sie damit, Plakate zu malen, Klassenräume zu schmücken und einen Schlachtruf einzuüben, der den Sieg der Schülermannschaft begleiten sollte. Freitag würde es so weit sein, dass den Erwachsenen wieder einmal bewiesen wurde, wo der Hammer hing, wie Dirk aus der zehnten Klasse immer zu sagen pflegte. Dirk hatte immer so coole Sprüche drauf und Jantje und Sven und die anderen hingen in der Pause an seinen Lippen. Dass seine Zensuren der Qualität seiner Sprüche meistens hinterherhinkten, fand bei diesen Treffen kaum Beachtung.

Der Nachmittag neigte sich schon fast dem Ende zu, als die beiden Schüler aus ihrer Pflicht entlassen wurden. Sie liefen, so schnell sie konnten, denn im Dunklen wollte keiner von beiden in die Kuhle steigen. Und die Tasche liegen lassen? Nein, das ging erst recht nicht.

Es dämmerte, als sie den Spielplatz erreichten, und Sven versuchte sofort, sich an den Büschen festhaltend, zum Fundort hinunterzuklettern. »Autsch, der hatte Dornen. Das tut weh«, maulte er.

»Soll ich dich ablösen, und du kommst wieder rauf?«, schlug Jantje ihm vor, aber das wäre auf keinen Fall mit seiner Männerehre zu vereinbaren gewesen.

»Nee, geht schon, hab's geschafft. Meine Güte, ist die schwer. Ich versuche mal, sie hochzustemmen. Wenn du sie von oben greifen kannst, könnte es klappen.«

Jantje ging in die Knie, beugte sich weit nach vorne und

bekam die Tasche an einem seitlich angebrachten Griff zu fassen. So ließ sie sich nach oben ziehen. Sven folgte mit völlig zerkratzten Händen.

»Man gut, dass ich übermorgen nicht Basketball spielen muss. Ich wäre ein Totalausfall«, stellte er fest. »Wir nehmen sie mit zu mir, da können wir in Ruhe nachsehen, was drin ist. Mama ist mit Hannes noch beim Kinderturnen und Papa ist an Land gefahren zum Einkaufen. Der kommt erst morgen zurück.« Die beiden machten sich auf den Weg, jeder einen Griff der schweren Tasche in der Hand.

*

»Tja, ich bin die Computerprogramme rauf und runter gewandert. Leider Fehlanzeige. Alles unbeschriebene Blätter. Habt ihr denn noch was rausgefunden?«, fragte der Inselpolizist seine Kollegen.

»Wir haben uns mit Herrn Peters unterhalten«, berichtete Kleemann. »Wir glauben, dass er nichts mit der Sache zu tun hat. Heino wird gleich versuchen, mit dem Rechtsanwalt Kontakt aufzunehmen, ansonsten müssen wir weiterermitteln. Zudem steht die Version Unfall und Dummerjungenstreich ja auch immer noch im Raum.«

»Du meinst, dass das Verschwinden dieses Poliers von Rahlmann nichts mit der Sache zu tun hat?«, fragte Heino Deters.

»Es gibt keinen Hinweis auf einen Zusammenhang zwischen seinem Abgang und den tragischen Ereignissen nebenan«, erwiderte der Oberkommissar. »Höchstens einen zeitlichen. Ruf doch mal eben in der Kanzlei Schönfeld, Würzburg, Meyer und Tralala an. Warum müssen die immer so lange Namen haben …?«

Die arme Mitarbeiterin am Telefon hatte zudem noch einen Doppelnamen, so dauerte es eine Weile, bis Heino Deters sein Anliegen loswerden konnte.

»Moment, ich stelle mal zu Herrn Schönfeld durch, der kann ihnen eher weiterhelfen«, sagte die junge Frau, und sogleich folgte der Radetzkymarsch, unterbrochen von der freundlichen Aufforderung *Please hold the line!*

Deters wartete geduldig, bis der Anwalt sich meldete, aber das Telefonat war nicht von Erfolg gekrönt. Der Mann bestätigte zwar, dass Grete Peters einen Termin mit ihm gemacht hätte, aber sie hatte ihn kurzfristig am letzten Freitagabend wieder abgesagt. »Worum geht es denn eigentlich? Der armen Frau ist doch hoffentlich nichts passiert?«

»Frau Peters ist im Krankenhaus. Hat sie Ihnen mitgeteilt, worum es bei Ihrem Treffen gehen sollte?«

Man merkte förmlich, wie sich die Telefonleitung vor Kälte zusammenzog, als der Anwalt erwiderte: »Tut mir leid, ich weiß es nicht, und wenn ich etwas wüsste, würde ich darüber keine Auskunft geben. Bringen Sie mir ein offizielles Schreiben von der Staatsanwaltschaft und wir sehen weiter. So, jetzt muss ich aber. Wenn noch was ist, melden Sie sich bitte. Auf Wiederhören.«

Perplex legte Deters auf und berichtete, was er gehört hatte.

»Na dann besorgen wir uns doch den Wisch«, sagte Arndt Kleemann und rief bei der Staatsanwaltschaft in Oldenburg an. Es bedurfte noch einiger ausführlicher Erklärungen der Sachlage, bis die Entscheidungsträger zustimmten, das Schreiben aufzusetzen und dem Anwalt zu übermitteln.

Die Gaststubentür öffnete sich und die beiden Mitarbeiter der Firma Kleen traten herein. Gleich dahinter erschien Henning. »Abendessen ist fertig!«

Das war für die beiden Polizeibeamten das Zeichen für eine Ermittlungspause. Auch Michael Röder blieb sitzen. Er hatte seiner Frau großzügig kochfrei gegeben, sie sogar eingeladen, die updrögt Bohnen mit im Hotel zu genießen, aber sie hatte dankend verzichtet. »Bohnen erzeugen bei mir immer Orchester im Unterbauch«, hatte sie erwidert und ihren Mann ziehen lassen. Sie wollte die Gelegenheit lieber für eine Diät nutzen und nur einen kleinen Salat zu sich nehmen.

Den Männern in der Gaststube des Hotels *Sonnenstrand*

war das Orchester völlig egal. Sie freuten sich auf Bohnen, Fleisch und Speck, heruntergespült mit einem leckeren Bierchen. Auch Peter Peters erschien zum Essen, blieb aber einsilbig und verschwand kurz darauf mit einem knappen Nicken.

Birgit und Henning räumten gemeinsam den Küchentisch ab.

»Wieder einmal ein Lob dem Küchenchef.« Sie drückte Henning einen dicken Kuss auf den Mund. »Alles könnte so schön gemütlich sein, säßen wir nicht in dieser unsäglichen Geschichte drin. Ich will, dass es bald aufhört. Wie wäre es, wenn wir noch ein paar Tage in Urlaub fahren, wenn Margit da ist? Die paar Gäste kann sie auch alleine bewältigen, und essen können die Leute ausnahmsweise im *Seehund*. Da werden sie doch auch bestens bedient. Was hältst du davon? Sag ja, bitte, mein Hasenbär!« Schmachtend schaute sie den Mann mit der Kochschürze an.

Er grinste. »Aber nur, wenn ich dich täglich zweimal in die Sauna begleiten darf.«

»Ist gebongt. Wann fahren wir los?«

»Fahr du erst mal zur Theaterprobe, mein Schatz, das andere sehen wir später.«

Birgit ging rüber in ihre Wohnung, um sich ausgehfertig zu machen. Das bedeutete in diesem Falle wieder den Griff nach der langen Unterhose und dem Ski-Pulli. Noch etwas Lippenstift, und sie war fertig.

Die Probe verlief ohne wesentliche Probleme. Selbst Ulf, der jugendliche Liebhaber, war erstaunlich textsicher. Nur in der Kussszene mit Inge, seinem hübschen Gegenpart, zeigte er sich ausgesprochen ungeschickt. So musste diese Szene ein ums andere Mal wiederholt werden. Birgit hatte allerdings das Gefühl, dass es den beiden gar nicht so unrecht war.

Die Bühnenaufbauten machten ebenfalls Fortschritte, so dass der Premiere zum anvisierten Termin nichts mehr im Wege stand. »Uff, das hat ja richtig gut geklappt«, meinte

Eke, als die Theatergruppe sich zu einem Abschlussbier zusammensetzte. »Hoffentlich verläuft auch mein Heimweg diesmal unspektakulärer als beim letzten Mal.«

»Ich könnte gerne noch etwas sitzen bleiben. Zu Hause erwarten mich sowieso nur hoffentlich schlafende Kinder.« Martina Gerdes, die in dem Stück eine exzentrische Schriftstellerin spielte, stöhnte. »Stellt euch vor, was ich heute Nachmittag wieder erlebt habe. Ich komme also mit Hannes nichtsahnend vom Kinderturnen nach Hause, und was ist: alles dunkel. Erst dachte ich, es ist keiner zu Hause, dann sehe ich unter der Tür von Svens Zimmer durch die Ritze Licht. Ich klopfe. Rufe. Keine Antwort. Okay, denk ich, keiner da. Drücke die Klinke runter, abgeschlossen. Na, da kennt ihr mich ja. Ich gerufen: ›Sven, wenn du da bist, komm sofort raus!‹ Da höre ich, wie sich der Schlüssel in der Tür dreht, und mein Sohn nebst seiner Freundin Jantje stehen in der Tür. Mein erster Gedanke war: ›Die sind doch erst zwölf!‹, als ich in die schuldbewussten Gesichter schaute. Aber ehe ich nachfragen konnte, sagte mein Sohn schon: ›Alles klar, Mam, wir haben nur was gefunden. Wenn du es sehen willst, bitteschön.‹ Und was steht unter seinem Bett? Eine prall gefüllte Reisetasche! ›Willst du verreisen?‹, frage ich noch völlig verdutzt, und was sagt er?« Martina holte tief Luft. »›Mama, diese Tasche haben wir heute in der Nähe der Aussichtsdüne gefunden. Sind aber nur alte Männerklamotten drin.‹ Ich dachte, ich spinne. Da bringt der dieses alte Zeug mit in unsere Wohnung! Meine Mutter hat mal gesagt: ›Am liebsten würde ich euch im Affekt an die Wand klatschen.‹ Ich fand diesen Satz immer fürchterlich, aber heute habe ich ihn verstanden.«

Sie merkte nicht, wie blass Birgit geworden war.

Konnte es sein, dass diese Tasche dem verschwundenen Polier gehörte? Aber wo um alles in der Welt steckte der Mann denn? »Mensch, Martina, wo ist die Tasche jetzt?«, brach es aus ihr heraus.

»Ich habe sie in den Keller gestellt. Mit spitzen Fingern, wie du dir vorstellen kannst. Warum?«

Birgit war aufgesprungen. »Warum, warum …! Warum hast du die Tasche nicht zur Polizei gebracht?«

»Wieso Polizei? Zum Fundbüro wollte ich sie bringen, aber bei der Gemeindeverwaltung ist ab vier keiner mehr da. Die haben es gut, so früh Feierabend …«

»Martina, das ist jetzt nicht das Thema. Wir müssen sofort die Tasche holen. Ich bringe sie dann zu den beiden Polizisten, die bei uns wohnen.« Sie hatte bereits ihre Jacke angezogen und lief zum Ausgang. Martina Gerdes hatte kaum Zeit, ihr zu folgen, und die anderen blieben mit vor Verwunderung offenen Mündern im Vereinsraum sitzen.

»Frau Privatermittlerin im Einsatz«, murmelte Ulf.

»Geht das jetzt jede Nacht so weiter mit den Aufregungen auf unserem sonst so beschaulichen Eiland?« Die Hände, mit denen Eke nach einer Zigarette griff, zitterten.

*

Es war gar nicht so leicht, Birgit einzuholen, aber in Höhe des *Strandcafés* hatte Martina es geschafft. »Birgit, nun warte doch, du findest die Tasche ohne mich sowieso nicht. Weglaufen wird sie auch kaum, und es nützt keinem, wenn du kurz vor meiner Haustür mit einem Herzinfarkt vom Fahrrad kippst.«

»Du hast ja recht, aber je eher die beiden Männer Bescheid wissen, desto besser. Warum musst du auch im letzten bewohnten Teil dieser Insel wohnen …«

Hinter dem *Haus Topplicht* bogen die beiden ab durch die Dünen ins Ostdorf. Birgit bremste plötzlich aus voller Fahrt scharf ab. Ein großer Hase hatte ihr die Vorfahrt geschnitten und war genauso schnell, wie er in ihrem Licht aufgetaucht war, wieder verschwunden. Sie atmete tief durch. Es hatte wirklich keinen Zweck, so zu rasen. Sie würde die Tasche schon früh genug nach Hause bringen.

Martina lief in den Keller und kam mit der Tasche in der Hand wieder zurück. Birgit klemmte sie auf den Gepäckträger und machte sich auf den Weg.

Es herrschte immer noch Ostwind, so kam ihr der Weg ins Westdorf wesentlich kürzer vor als der Hinweg. Als sie das Hotel erreichte, war das Außenlicht bereits aus. Sie hoffte, dass die beiden Polizisten noch wach waren, sie hätte es unangenehm gefunden, sie wecken zu müssen. Sie hatte Glück, in der Gaststube brannte Licht, und sechs Männer waren damit beschäftigt, die körperlichen Auswirkungen des Bohnenmahls in Grenzen zu halten. »Zerschmetterer« nannte man in Fachkreisen die kleinen Gläser mit dem goldgelben Inhalt, die in diesem Falle treue Dienste leisteten.

Birgit schleppte die Tasche durch den Hotelflur in die Gaststube. Zwölf Augen starrten sie sprachlos an. »Guten Abend, meine Herren, schauen Sie mal, was ich hier habe. Ich glaube, so etwas nennt man Corpus Delicti.«

»Was soll das? Wo kommt die her?«, nuschelte Henning undeutlich. Die Aufregung der letzten Tage und die kleinen Helfer hatten offensichtlich erste Spuren bei ihm hinterlassen.

Birgit setzte sich hin und erzählte den verblüfften Männern, was passiert war.

Oberkommissar Kleemann beugte sich über die Tasche, öffnete sie und schaute hinein. Er zog eine Jacke heraus, und Hanno Mennenga rief: »Die Jacke kenne ich, die hat der Polier, Martin Janssen, getragen, am letzten Tag, auf der Baustelle. Hier, die Horschhirnknöpfe, wie in Bayern.«

»Hirschhornknöpfe«, akzentuierte Heino Deters laut und deutlich.

Irgendwie hatte Birgit das Gefühl, dass die drei Polizisten plötzlich völlig nüchtern waren.

»Es ist zwar kein Corpus Delicti«, wagte Heino Deters vorsichtig einzuwenden, »aber ein sicheres Indiz dafür, dass hier etwas ganz gewaltig faul ist. Wir müssen den Mann finden, wie auch immer. Ich würde vorschlagen, das volle Programm: Hubschrauber mit Wärmebildkamera, Hundestaffel und mindestens ein Zug Bepo, wenn nicht eine Hundertschaft.«

»Was um alles in der Welt ist Bepo?«, erkundigte sich Birgit.

»Bereitschaftpolizei«, sagte Arndt Kleemann.

»Und wenn wir es mit einem durchgeknallten Typen zu tun haben, der irgendwo besoffen in den Dünen liegt?«, gab Deters zu bedenken.

»Ja, aber wenn wir stattdessen auf einer ganz heißen Spur sind ...?«, fragte Kleemann. »Ich ruf am besten den Chef an.« Er schaute auf die Uhr. »Der ist mittwochabends immer beim Kirchentreff, da ist der bestimmt noch nicht im Bett.«

Und tatsächlich dauerte es nicht lange, bis auf der anderen Seite der Hörer abgenommen wurde. Arndt Kleemann berichtete und sein Chef hörte zu. Nach einer ganzen Weile hatten die beiden offensichtlich einen Entschluss gefasst und der Oberkommissar beendete mit einem fröhlichen »Kommen Sie gut zu liegen« das Telefonat.

»Na, was hat er gesagt?«, fragte Deters.

»Also, wir müssen jetzt erst noch mal alle Möglichkeiten abklopfen, wie der Mann das Festland erreicht haben könnte«, sagte Kleemann. »Reederei, Flugplatz und so weiter. Dann die Einwohner befragen, ob sie was gesehen haben. Vor allen Dingen müssen wir uns mit den Kindern unterhalten, die die Tasche gefunden haben. Das reicht aber morgen früh. Der Chef alarmiert jetzt schon die Bereitschaftspolizei und andere Stellen, die bei einem möglichen Einsatz morgen benötigt werden könnten. Jetzt fährt sowieso kein Schiff mehr, wir müssen bis morgen Mittag warten.«

Er sah sich den Inhalt der Tasche genauer an. Aber außer Unterwäsche, benutzt und unbenutzt, Arbeitsklamotten und einer Plastiktüte mit Rasierschaum und Seife sowie einem alten Elektrorasierer fand sich nichts.

»Ich glaube, wir sollten Feierabend machen. Der morgige Tag wird unter Umständen noch lang und stressig. Die Tasche nehme ich mit aufs Zimmer.« Er wandte sich an Henning. »Wann dürfen wir morgen frühstücken?«

»Wie wäre es um sieben, zusammen mit den beiden Jungs vom Bau?«

»Das wäre prima. Gute Nacht allerseits.«

Die »Jungs vom Bau«, die die Entwicklung hautnah erlebt und höchst spannend gefunden hatten, schlossen sich dem an, und Michael Röder schnappte sich sein rostrotes Dienstfahrrad und machte sich auf den Weg zu seiner Sandra.

Birgit und Henning räumten noch auf und versuchten ebenfalls, eine Mütze voll Schlaf zu bekommen, was allerdings kein leichtes Unterfangen war. Immer wieder kamen Gedanken hoch, die sie nicht in Ruhe lassen wollten.

Sie taten ihr Bestes und holten alle Entspannungsübungen hervor, die sie mal bei einem Selbstverwirklichungskurs gelernt hatten, bis sie feststellten, dass nur eines half: Ablenkung.

»Dafür haben wir nun das viele Geld bezahlt«, dachte Henning noch, als er begann, Birgit langsam ihr Pyjamaoberteil auszuziehen.

*

Am nächsten Morgen fanden sich alle wieder in der Gaststube ein. Sie hatten eine ruhige Nacht verbracht und waren gespannt, was der Tag bringen würde. Besonders Freerk Harms und Hanno Mennenga wären liebend gern im Hotel geblieben, um den Fall weiter zu verfolgen, aber dann hätten sie schwer Ärger mit ihrem Chef bekommen, das wussten sie. Schließlich warteten noch ein paar Heizkörper darauf, in dem Neubau angeschlossen zu werden. Immerhin hatten sie was zu erzählen bei ihren Kollegen. Die würden Augen machen, was hier so alles passiert war. Und sie mittendrin. Als wichtigste Zeugen in Sachen Reisetasche. Das würde der Knaller des heutigen Morgens!

»Es wäre schön, wenn Sie über die Details des gestrigen

Abends vorerst Stillschweigen bewahren würden, es sei denn, Sie hören etwas über den Verbleib des Poliers«, sagte Heino Deters. »Dann geben Sie uns doch bitte sofort Bescheid. Wir kommen nachher selbst noch zur Baustelle.«

Die beiden Handwerker schauten sich an. Das abgrundtiefe Bedauern sprach aus ihren Augen. Das war denn wohl nichts mit ihrer Heldengeschichte …

Die beiden Ermittler, zu denen sich auch Michael Röder gesellt hatte, saßen zusammen und besprachen den Ablauf des Tages.

»Erst einmal versuchen wir, über das Büro der Reederei Baltrum-Linie Kontakt mit der Besatzung der *Baltrum III* zu bekommen«, sagte Kleemann.

»Wäre schön, wenn die hier auf dem Schiff übernachtet hätten. Manchmal fahren die ja auch abends noch wieder nach Neßmersiel und verbringen dann die Nacht bei ihren Familien«, erklärte der Inselpolizist.

»Fragen wir einfach mal nach«, sagte Deters, »sonst müssen uns die Kollegen vom Festland helfen. Als Zweites müssen wir wohl mit den Verantwortlichen für den Flugplatz sprechen. Normalerweise starten im Winter keine Flugzeuge, aber man weiß ja nie.«

»Würdest du das übernehmen, Michael?«, bat Kleemann. »Und dann kannst du auch gleich mit Familie Gerdes und der Familie von Jantje Kontakt aufnehmen. Die Kinder werden gleich in der Schule sein, aber eventuell könntest du sie ja aus dem Unterricht holen.« Nachdenklich rieb sich Arndt Kleemann die Hände. »Wenn er natürlich durchs Watt gelaufen ist, wird die Sache richtig schwierig, dann kann er längst wer weiß wo sein. Geld und Papiere hat er dabei. Zumindest war nichts in seiner Reisetasche zu finden.«

»Achtet doch mal besonders auf herrenlose Fahrräder«, schlug Deters vor. »Seins ist nämlich auch verschwunden.«

»Genau«, bestätigte Kleemann. »Ich würde vorschlagen, jeder geht an seine Arbeit. Ich werde kurz zur Baustelle fahren und du, Heino, inspizierst die Ferienwohnung, in der die anderen Mitarbeiter der Firma Rahlmann wohnen. In einer Stunde treffen wir uns wieder hier zum Kriegsrat.«

Die Männer schwärmten aus.

Henning räumte die Frühstückstische ab. Nur das Gedeck für Peter ließ er liegen, da der noch nicht zum Frühstück erschienen war.

Als er in die Küche kam, telefonierte Birgit immer noch mit Eke, die wissen wollte, worum es bei dieser ominösen Reisetasche eigentlich ging. Birgit verriet natürlich nichts. Zumindest nicht mehr als das, was man als Frau seiner besten Freundin bei aller Verschwiegenheit trotzdem nicht verheimlichen konnte. Deswegen dauerte das Gespräch auch schon zwanzig Minuten.

In der Küche hatte sich wohlige Wärme breitgemacht. Henning räumte die Spülmaschine ein und nahm dann die Wanne mit den eingefrorenen Schollen aus dem Gefrierschrank. Die durften jetzt langsam auftauen und sollten abends mit Kartoffeln, Buttersoße und grünem Salat seine Gäste erfreuen, als Scholle Finkenwerder Art mit Krabben und Speckwürfeln.

Die Spülmaschine verlangte blinkend nach Klarspüler. Henning lief zur Vorratskammer und hoffte, dort noch Nachschub zu finden. Als er die Tür öffnete, fiel sein Blick auf den immer noch verrußten *Röhrenden Hirsch*, den er bereits aus dem Heizraum geholt und zur weiteren Bearbeitung mit in den Vorratsraum genommen hatte. Dort hatte er Tante Gretes Bild dann inzwischen fast vergessen. Henning betrachtete es von allen Seiten und überlegte, wie er es wohl am besten säubern konnte. Er griff nach einem Lappen aus Microfaser. Tatsächlich, der Ruß ließ sich gut abwischen. Vorsichtig behandelte er jeden Quadratzentimeter. Dann säuberte er den Rahmen. Die Goldpatinierung trat wieder in Erscheinung.

Ist das Ding hässlich, dachte er, als er es auf den Tisch

legte und nach weiterem Schmutz absuchte. Er drehte das Bild herum, um die Rückseite zu säubern. Zwei goldfarbene Metallspangen hielten das Rückenblatt im Rahmen fest. Als er mit dem Tuch darüberging, löste sich eine der Spangen mit einem leisen »Pling«, und sofort sprang auch die andere ab. Sie schnellten wie zwei blinkende Heuschrecken durch den kleinen Vorratsraum.

Henning hätte vor Schreck den *Hirsch* beinahe mit einem Ruck vom Tisch gestoßen, konnte sich aber gerade noch zurückhalten. Allerdings war das rückwärtige Schutzblatt verrutscht. Er hob es hoch und sah ein weiteres Blatt zwischen Rücken und Bild liegen. Neugierig nahm er es aus dem Rahmen. Es war zweimal gefaltet und machte einen alten Eindruck. Das Papier war völlig ausgetrocknet, und Henning hatte Angst, es könnte brechen, als er es vorsichtig auseinanderbog. Er wollte schon nach Birgit rufen, aber was er sah, verschlug ihm glatt die Sprache. Es war eine Geburtsurkunde. *Martin Doden …* Gebannt las Henning weiter. *Geboren am 3. März 1953 zu Norden.* Als Vater war schlicht *unbekannt* eingetragen, der Name der Mutter war *Grete Habkea Doden.*

War Grete Peters eine geborene Doden?

Vielleicht wusste Birgit das noch, sonst konnte er Tante Frieda fragen. Die würde das sicherlich wissen. Und Martin Doden? Hatte Peter einen Bruder? War es der Mann, der jetzt Martin Janssen hieß? Das würde so einiges erklären.

Vorsichtig faltete Henning das Dokument zusammen und suchte Birgit. Er folgte dem leisen Gemurmel, das aus dem Wohnzimmer drang. Sie telefonierte immer noch. Normalerweise traute er sich nicht, ihre Gespräche zu unterbrechen, aber jetzt machte er ihr mit Handzeichen unmissverständlich deutlich, dass er sofort mit ihr reden musste. Sie verstand und beendete mit einem »Bis später« ihren Anruf.

»Was ist los? Du siehst ja aus, als hättest du eine Leiche gesehen …« Birgit schlug sich mit der Hand auf den Mund. »Das war jetzt kein passender Kommentar, oder?«

»Schau dir an, was ich bei der Säuberung des *Hirsches* gefunden habe«, sagte Henning aufgeregt. Vorsichtig faltete er den Zettel wieder auseinander und reichte ihn Birgit.

Lange betrachtete sie das vergilbte Blatt und schüttelte dann fassungslos den Kopf. »Das kann doch nicht wahr sein. Unsere Tante Grete, das Muster an Moral und Ehrbarkeit, und ein vorehelicher Sohn …? Ich weiß nicht, wie sie mit ihrem Geburtsnamen geheißen hat, aber das wird uns doch sicher Peter sagen können. Wo steckt denn der überhaupt?«

In diesem Moment klopfte es, und Peter steckte seinen Kopf durch die Tür. »Hallo, seid ihr da? Kann ich noch Frühstück haben? Ich habe endlich wieder einmal ein paar Stunden durchgeschlafen. Was guckt ihr mich denn so komisch an? Ist schon wieder etwas passiert?«

Wortlos reichte Birgit ihm die Urkunde.

Peter starrte auf das Papier. Bewegungslos las er ein ums andere Mal den Text. Dann gaben seine Knie nach. Henning sah es gerade noch rechtzeitig und umfasste ihn, als er einzuknicken drohte.

»Mensch, Peter, mach keinen Scheiß, setzt dich erst mal hin.« Vorsichtig führte er ihn zum Sofa, wo der Mann völlig apathisch in sich zusammensank.

»Peter, was ist los? Kann ich dir helfen?« Birgit setzte sich neben ihn und nahm ihn in den Arm. Peter rührte sich nicht, nur eine Tränenbahn begann, sich lautlos über sein Gesicht zu ziehen. Hilflos blickten sich Henning und Birgit an.

»Soll ich der Ärztin Bescheid sagen?«, flüsterte Henning.

Birgit schüttelte den Kopf. »Nein, lass nur, warte erst mal ab.«

»Ich gehe mal raus, bleibst du bei ihm sitzen?«

Sie nickte und Henning machte sich auf den Weg, die Polizei von seinem Fund zu benachrichtigen.

*

Minutenlang rührte Peter sich kaum.

»Ich habe einen Bruder«, sagte er schließlich leise.

Birgit wagte nicht zu antworten, so versunken schien er.

»Schon immer einen Bruder«, murmelte Peter. »Und weiß nichts von ihm.« Seine Stimme war lauter geworden. Birgit zuckte fast zusammen, als er plötzlich zu ihr aufsah. »Warum hat sie das getan? Das ist das Schlimmste, was man Geschwistern antun kann, hat sie das nicht gewusst?«

Hilflos schaute sie ihn an.

Dann senkte er den Kopf. »Aber vielleicht lebt er gar nicht mehr.«

Birgit schüttelte unwillkürlich den Kopf. Warum hätte Tante Grete Peter dann die Broschüre über das Erbrecht in die Hand drücken sollen?

»Vielleicht ist er bald nach der Geburt gestorben«, sagte Peter, noch ehe sie antworten konnte. »Sicher mochte sie nicht darüber reden, weil es ihr zu wehtat. Ja, das wird es sein. Es gibt gar nichts zu erzählen. Er lebt nicht mehr. Fertig.« Zustimmung erwartend blickte er zu ihr auf.

Doch Birgit konnte ihm nicht recht geben. »Schau dir mal den Vornamen an. Mir scheint, es ist kein Zufall, dass der mit dem Namen des Poliers übereinstimmt, der verschwunden ist.«

»Der Handwerker? Mein Bruder?« Peter wurde noch blasser. Er legte den Kopf in die Hände. »Aber dann hätte sein Verschwinden womöglich etwas mit Mutters Sturz und dem Brand zu tun, das wäre unerträglich. So viel auf einmal kann in einem Leben so schnell hintereinander nicht passieren. – Bitte«, flüsterte er. »Birgit, mach, dass das nicht wahr ist.«

»Hundertprozentige Gewissheit haben wir noch nicht, aber es sieht aus, als sei gestern Nacht seine Reisetasche aufgetaucht«, berichtete Birgit und erzählte ihm kurz, was sich zugetragen hatte.

Peter schüttelte den Kopf. »Aber warum sollte er die denn zurückgelassen haben?«, fragte er verzweifelt.

»Vielleicht war es ihm zu auffällig, sie mit sich herumzutragen«, sagte Birgit. »Ich meine, wenn ...« Sie zuckte verunsichert die Schultern. »Wenn er mit der Sache mit Tante Grete was zu tun hätte ...«

»Und wenn ihm einfach nur was passiert wäre?«, sagte Peter böse. »Was hat denn die Polizei unternommen?«

»Die Beamten ermitteln weiter«, sagte Birgit. »Sie haben gestern Nacht noch vorsorglich die Bereitschaftspolizei in Alarmbereitschaft gesetzt. Sie versuchen jetzt herauszufinden, ob der Mann die Insel verlassen haben könnte. Bisher gab es ja auch keinen Anhaltspunkt, dass er mit der Geschichte etwas zu tun haben könnte, sondern nur einen vagen Verdacht. Der hat sich mit dem Fund der Geburtsurkunde natürlich schlagartig verhärtet. So sehe ich das zumindest. Henning versucht gerade, einen der Kripomänner zu erreichen. Wir müssen ihnen unbedingt das Dokument zeigen. Willst du mitkommen in die Gaststube? Du hast auch noch gar nicht gefrühstückt.«

»Eine Tasse Tee höchstens ...«, sagte er geistesabwesend, fügte dann aber hinzu: »Eventuell ein Brötchen, vielleicht hört dann das Flattern in meinem Magen auf.« Er biss sich auf die Lippen, und für sie sah es aus, als müsse er Tränen unterdrücken.

Als er sah, dass sie es gemerkt hatte, zuckte er hilflos die Schultern. »Mensch, Birgit«, sagte er, und seine Stimme war leise und rau. »Ich wusste doch nichts von ihm. Ich hätte doch ... Aber wenigstens jetzt will ich doch ...« Er schluckte. »Ich wünsche mir so sehr, dass ich für den Rest meines Lebens einen Bruder habe. Einen Bruder, der nichts, aber auch gar nichts mit den Ereignissen hier zu tun hat.«

»Das wünsche ich dir von Herzen«, sagte Birgit ernst. Wohl wissend, dass dieser Wunsch voraussichtlich nicht in Erfüllung gehen würde.

*

Vorsichtig klopfte Oberkommissar Röder an und steckte seinen Kopf durch die Tür des Klassenzimmers. Wendt Redenius war gerade dabei, eine Matheklassenarbeit zurückzugeben und mit den Schülern der sechsten Klasse die Fehler zu besprechen. Die Kinder aus der fünften, die im gleichen Raum saßen, beschäftigten sich derweil mit Übungsaufgaben. Die Inselschulklassen waren übersichtlich: In der fünften waren vier, in der sechsten sechs Kinder.

»Michael, was führt dich hierher?«, erkundigte sich der Lehrer. »Hast du den Verkehrskasper mitgebracht?« Die Schüler brachen in lautes Johlen aus.

Michael lachte. »Nein, der kommt ein anderes Mal mit. Ich müsste mal dringend mit Sven und Jantje sprechen. Könntest du sie für einen Moment entbehren? Dauert nicht lange. Die Eltern wissen Bescheid.«

Noch ehe er zu Ende gesprochen hatte, waren die beiden aus dem Klassenraum geflitzt. So eine willkommene Abwechslung vom Schulunterricht konnten sie sich einfach nicht entgehen lassen.

Langsam und ausführlich erzählten sie ihm, wie sie die Tasche entdeckt und auf dem Rückweg mit nach Hause genommen hatten. Von der Enttäuschung, als sie darin nur alte, dreckige Männerklamotten gefunden hatten und von dem entsetzten Gesicht von Svens Mutter. Beide grinsten bei dieser Erinnerung.

Mehrmals boten sie an, dem Polizisten die Fundstelle zu zeigen, aber der wehrte ab. »Jetzt nicht, geht ihr man wieder zum Unterricht. Wenn es nötig sein sollte, gehen wir heute Nachmittag hin. Ich melde mich bei euch. Erst mal vielen Dank und viel Spaß beim Lernen.« Die zwei verzogen ihre Gesichter, als er für sie die Klassentür öffnete.

Der Polizist machte sich daran, den nächsten Punkt auf seiner Liste abzuarbeiten. Das Telefonat mit den Flugplatzverantwortlichen konnte er von der Dienststelle aus führen.

Auf dem Weg dorthin sah er in der Ferne Tante Frieda geradewegs auf sich zukommen. Er bog sofort scharf links ab und fuhr sein Haus in einem größeren Umweg an. Man muss sich ja nicht mit aller Gewalt erschwerte Arbeitsbedingungen an den Hals holen, dachte er, als er sein Fahrrad im Ständer vor der Wache abstellte.

Der Anruf in Harlesiel gab ihm die Gewissheit, dass in den letzten Tagen kein Flugzeug auf dem kleinen Flugplatz gestartet oder gelandet war.

Er wollte gerade hinübergehen und seiner heiß geliebten Sandra einen schnellen Knutscher auf die Wange drücken, als sein Telefon klingelte. »Polizeidienststelle Baltrum, Röder am Apparat.«

»Hier ist Henning, ich glaube, du solltest schnell kommen. Ich habe etwas Wichtiges gefunden. Kannst du deine Kollegen auch benachrichtigen? Beeil dich!« Es knackte kurz, dann hatte Henning aufgelegt.

Michael Röder zögerte nicht. Kurz darauf hatte er seine Kollegen erreicht, und auch die wollten sofort ins Hotel *Sonnenstrand* zurückkehren. Eigentlich hatte er noch bei der Reederei anrufen wollen, aber er beschloss, das Telefonat vom Hotel aus zu führen. Hennings Notruf war jetzt erst einmal wichtiger.

Michael Röder lehnte das Fahrrad gegen den Hotelzaun und eilte hinein. Als er in die Gaststube trat, sah er Peter Peters, vor sich eine Tasse Tee und ein angefangenes Brötchen.

»Wo ist Henning?«, fragte er verblüfft und fügte dann hinzu: »Entschuldigen Sie. Erst mal guten Morgen.«

»Ich glaube, im Wohnzimmer.« Peters Stimme war kaum zu hören.

Rasch wandte Röder sich um und prallte fast mit dem Hotelier zusammen, der ihm mit einem Blatt Papier in der Hand entgegenkam.

»Setz dich und lies«, forderte Henning ihn auf.

Röder tat, wie ihm geheißen, und nach kurzer Zeit schaute er Henning ratlos an. »Wo kommt das her?«

Henning erzählte es ihm.

»Das ist ja ein Ding. Ich bin gespannt, was meine Kollegen dazu zu sagen haben. In der Zwischenzeit werde ich Kontakt mit der Reederei aufnehmen und hören, ob da der Mann aufgefallen ist. Dann müssten wir alle Informationen zusammenhaben. Kann ich euer Telefon benutzen?«

Henning nickte. »Nur zu, das ist hier ja sowieso schon die Kommandozentrale.«

Wenig später erschienen Röders Festlandskollegen Kleemann und Deters. Auch sie waren von dem Fund überrascht.

»Sollten wir hier den Schlüssel für all die Vorfälle in der Hand haben?«, sagte Kleemann nachdenklich. »Möglich wäre es ja. – Auf der Baustelle bin ich nicht weitergekommen. Die Handwerker dort konnten nichts Neues berichten.«

»In der Ferienwohnung war auch keine Spur von ihm«, ergänzte Heino Deters. »Und keiner, den ich gefragt habe, auf der Straße und so, hat ihn gesehen. Ich möchte wirklich wissen, wo der Kerl steckt.«

Michael Röder erzählte von dem Gespräch mit den Kindern und dass Martin Janssen weder mit dem Flieger noch mit dem Schiff die Insel verlassen hätte. »Die Schiffsbesatzung ist sich zu neunzig Prozent sicher. Sie kennen ihn schließlich von den wöchentlichen Überfahrten, und so viele Passagiere sind im Moment nicht auf dem Schiff, dass man da den Überblick verlieren könnte. Aber immerhin, ganz sicher sind sie sich nicht. Was sollen wir in dieser Situation tun? Die Kollegen alarmieren?«

»Genau das«, entschied Kleemann. »Es ist jetzt halb zehn. Das Schiff fährt um ein Uhr, das können unsere Leute schaffen. Sie sind ja schon vorgewarnt.«

»Der Mann kann letztendlich überall stecken, da kommen wir ohne eine Hundertschaft Bereitschaftspolizei und die Hundestaffel wohl nicht aus«, bestätigte Deters. »Das Gebiet ist doch sehr weitläufig. Besonders, falls wir noch das Naturschutzgebiet zum Osten ablaufen müssen. Wie sieht es mit dem Hubschrauber aus? Wär auch nicht schlecht zur Unterstützung.«

Arndt Kleemann hatte bereits die Nummer der Kollegen auf dem Festland gewählt. Er schilderte die Situation, hörte eine Weile zu und sagte dann: »Okay, dann müssen wir das eben abwarten. Ich rufe auf jeden Fall bei der Reederei an und warne sie vor, dass das Schiff etwas voller wird heute Mittag. Ich würde aber auch dazu tendieren, dass ihr am Festland eine Fahndung rausgebt. Wer weiß, vielleicht ist er uns ja doch entwischt.« Er legte auf.

Henning, der dem Gespräch aufmerksam gefolgt war, meinte: »Wenn Sie hier noch Leute benötigen, können wir auch die Feuerwehr alarmieren. Dann haben wir in kürzester Zeit mindestens zwanzig Mann zusätzlich auf der Matte.«

»Auf keinen Fall«, lehnte Heino Deters ab. »Herr Ahlers, wir können doch keine Zivilpersonen zur Jagd auf einen möglichen Straftäter einsetzen. Stellen Sie sich vor, der Mann ist wirklich verantwortlich für alles, was sich hier in den letzten Tagen ereignet hat. Der schreckt doch vor nichts zurück. Nein, das können wir nicht riskieren. – Aber da fällt mir gerade ein, es gibt doch sicherlich einen Zöllner hier auf Baltrum. Der könnte Amtshilfe leisten und uns bei der Koordination der Einsatzkräfte helfen.«

»Ich kümmere mich gleich darum«, sagte Michael Röder. »Aber wir sollten unser Lager jetzt in der Dienststelle aufschlagen, dort haben wir die erforderlichen Unterlagen, Messtischblätter, Koordinaten und so weiter, die wir zur Planung des Einsatzes brauchen.« Er wandte sich an Henning. »Ich habe da noch eine Idee. Wenn unsere Einsatzkräfte kommen ... Wir wissen ja nicht, wie lange die auf der Insel bleiben – könnte dann nicht die Feuerwehr für die Verpflegung sorgen? Ihr habt doch die Gulaschkanone. Was meinst du, hätten du und deine Gastronomenkollegen genug Vorrat in den Gefrierhäusern, um die Einsatzkräfte satt zu kriegen? Oder ist es besser, Verpflegung vom Festland mitzubringen?«

»Gib mir eine halbe Stunde, dann weiß ich Bescheid«, sagte Henning. »Wir werden unser Möglichstes tun. Zum Essen und Aufwärmen steht unser großer Saal zur Verfügung, da passen alle rein. Ich mache gleich die Heizung an. Kochen können wir auch bei mir in der Küche. Nur die Scholle müssen wir uns wohl aus dem Kopf schlagen. So viele habe ich nicht da.« Henning schaute ernst in die Runde. »Ansonsten keine Sorge, das kriegen wir schon hin.«

»Was ist mit der Bevölkerung?«, warf Kleemann ein. »Es ist besser, wenn wir sie frühzeitig über den Einsatz informieren. Es wäre auch sinnvoll, wenn die Leute am Nachmittag ihre Häuser nicht unbedingt verließen. Wer könnte das übernehmen?«

»Wir nehmen den Jeep von der Feuerwehr, fahren langsam durch den Ort und verkünden die Neuigkeit per Megaphon. Sollen wir auch noch sagen, die Einwohner sollen keine Anhalter mitnehmen?«, fragte Henning verschmitzt. Die Männer schauten ihn sprachlos an. »Na, ja, war nur ein Scherz. Ich rufe gleich den Gemeindebrandmeister an. Ich sage ihm, er soll zur Dienststelle kommen und den Ablauf mit euch besprechen.«

»Wie Sie sehen, scheint sich die Lage hier zuzuspitzen«, wandte sich Kleemann beim Aufstehen an den völlig geistesabwesenden Peter Peters. »Ich möchte jedoch sichergehen, dass wir uns nach dieser Aktion noch ausgiebig miteinander unterhalten können. Habe ich Ihr Wort, dass Sie die Insel nicht verlassen werden? – Herr Peters, haben Sie mich verstanden?« Erst jetzt schaute Peter hoch und nickte.

Die drei Polizeibeamten brachen auf. Die Geburtsurkunde und Martin Janssens Reisetasche nahmen sie mit.

In einer Ecke der Gaststube blieb Peter alleine zurück. Wieder versank er tief in Gedanken. War seine Mutter wirklich, jetzt im hohen Alter, von ihrer Vergangenheit eingeholt worden? Hatte sie wohl oft an ihren erstgeborenen Sohn gedacht? Sie musste doch Sehnsucht nach ihm gehabt haben.

Hatte sie denn nie, auch nicht nach dem Tod ihres Mannes, den Wunsch verspürt, ihren Sohn zu finden? Bedeutete er ihr denn gar nichts? Und als Folge: Bedeutete er, Peter, seiner Mutter auch gar nichts? Hätte sie ihn genauso zurückgelassen, wenn die Zeiten anders gewesen wären? Er konnte es nicht glauben. Zu gern hätte er ihr all diese Fragen gestellt.

Aber er saß hier fest, und im Moment hätte es sowieso nichts genutzt, bei ihr zu sein. Sie konnte keine Fragen beantworten.

Ihm blieben nur Ratlosigkeit und Traurigkeit.

Er beschloss, einen Spaziergang zu machen. Die frische Seeluft würde hoffentlich ihre heilende Wirkung entfalten.

Von seinen Wirtsleuten war weit und breit nichts zu sehen. Henning telefonierte und organisierte wohl noch, und auch Birgit war nicht in der Nähe. Als Peter jedoch mit seiner Jacke unter dem Arm die Treppe herunterkam, klopfte es unten laut an der Küchentür.

»Birgit, Henning, seid ihr da?«, erscholl Tante Friedas Stimme.

Nicht das auch noch! Peter hätte sich am liebsten still und heimlich verdrückt, aber Frieda Albers hatte seine Schritte gehört und wandte ihre ganze Aufmerksamkeit dem Sohn ihrer kranken Freundin zu.

»Peter, mien Jung, ach nee, was musstest du auch allns mitmachen. Erst beinah deine Mutter verloren und denn auch noch dein Erbe. Harrjasses, was ist der Mensch doch von Schicksal geschlagen mennigmal. Man gut, dass du deine Sabine hast. Ich sach ja, jeder Topf braucht nen Deckel. Und, stimmt's etwa nich? Verloren wärst du ohne sie, das kannst mir ruhig glauben. Ik weet, wovon ik sprechen tu. Na, ja, nun man Kopf hoch, wird sich allns hinbiegen, sallst man sehen. Hest du wat neues van dien Moder gehört? Is ja meine beste Freundin, und ich würde sie so gern noch einmal wieder sehen, nich wegen dem Geld, was ich ihr geliehen habe, nee, deswegen nich, nur wegen, weil sie doch mien Fründin ist.«

»Tante Frieda, halt deinen Sabbel!« Birgit stand mit zornrotem Kopf in der Küchentür. »Was soll das dumme Gerede von wegen ›Geld geliehen‹? Würdest du uns das jetzt bitte sofort erklären? Aber dalli!«

»Erst soll ich meinen Sabbel ...«

»Tante Frieda, los jetzt, erzähl oder verlass sofort diese Küche.« Birgit war außer sich.

Die alte Frau merkte, wie ernst es ihr war, und erzählte, dass Peters Mutter sie vor drei Wochen um fünfhundert Euro gebeten hatte. So kurz vor der Rentenzahlung wäre sie etwas knapp, hatte sie als Erklärung vorgebracht. Tante Frieda hatte das zwar nicht geglaubt, ihr aber trotzdem dreihundert Euro gegeben. »Mehr hatte ich nicht im Haus, und die Bank war geschlossen. Was Grete wirklich mit dem Geld vorhatte, hat sie mir nicht verraten. Die Sache mit dem Geld und das mit dem Rechtsanwalt, das war schon komisch. Man kommt ja direkt ins Überlegen, ob sie wohl erpresst worden ist. Aber wer sollte einen Grund haben, eine alte Insulanerin so in die Mangel zu nehmen?«

Birgit konnte zusehen, wie Peter mehr und mehr in sich zusammensackte. Sie nahm seinen Arm, doch er schüttelte sie ab. »Ich muss hier raus. Ich gehe jetzt an die frische Luft. Bis später.« Beinahe fluchtartig verließ er das Hotel.

Birgit schaute ihm nach, wandte sich dann aber Tante Frieda zu. »Setz dich erst mal hin, ich mache eine Tasse Tee, und dann müssen wir dir eine Geschichte erzählen. Sie ist nicht schön, aber du als beste Freundin von Tant' Grete solltest erfahren, was vermutlich hinter all diesen seltsamen Dingen steckt.«

Tante Frieda hörte zu. Je mehr Birgit erzählte, desto blasser wurde sie. Langsam rollten ihr die Tränen über die Wangen. »Warum hat sie mir nichts erzählt, warum hat sie nur nichts erzählt ...? Ich hätte ihr doch geholfen. Der Polizei hätte ich alles gesagt, ob sie das nun gewollt hätte oder nicht«, murmelte sie, als sie das Ausmaß der Tragödie zu begreifen begann.

»Siehst du, und davor hatte sie große Angst«, erklärte Birgit. »Sie hätte nie verwunden, wenn ihr Geheimnis bekannt geworden wäre. Sie, die ihr ganzes Leben lang auf Moral und Ordnung bedacht war.«

»Ich geb ja zu, dass ich ihr fleißig dabei geholfen habe, wenn es darum ging, über andere herzuziehen«, sagte Frieda unglücklich. »So ein bisschen lästern hebt die Stimmung, habe ich jümmers gesagt. Aber Grete hat das alles denn wohl richtig für ernst genommen, das mit der Moral und so. Da kennt man einen Menschen seit so vielen Jahren und kennt ihn doch nicht. Warum konnte sie nur nicht mit ihrem Schicksal Frieden schließen? Für Peter ist das ja man auch tüchtig schwer, nich wahr?«

*

Peter war gerade am Spielteich angelangt, als sein Handy klingelte. Er schaute auf das Display und wurde blass. »Das Krankenhaus!«

Wortlos hörte er eine Weile der Stimme im Hörer zu und sagte dann: »Ich bin noch auf Baltrum, komme aber, so bald ich kann. Ich werde sofort meine Lebensgefährtin benachrichtigen. Sie wird in Kürze bei Ihnen sein. Danke für die Nachricht.«

Er lief sofort zum Hotel zurück. Seine Mutter war aufgewacht. Wenn auch nur kurz. Aber jetzt hielt ihn nichts mehr auf dieser Insel. Er wollte unbedingt zu ihr. Peter steckte seine Siebensachen in die Reisetasche, hinterließ telefonisch eine Nachricht für Sabine im Sekretariat ihrer Schule und machte sich auf den Weg zur Polizei.

Im kleinen Büro des Inselpolizisten herrschte gespannte Aufmerksamkeit. Peter hörte, wie Michael Röder mit dem Reedereichef Meint Küppers telefonierte und ihn auf den Ansturm vorbereitete, der über die Mittagsfähre hereinbrechen würde. »Es sind mindestens sechs Hundeführer mit ihren Tieren dabei«, erklärte er, »und fünfzig bis achtzig

Mann Bereitschaftspolizei. Wie viele es genau werden, sehen wir dann ja. Okay, alles klar. Danke schön.« Er legte auf und wandte sich Peter zu. »Was kann ich für Sie tun, Herr Peters?«

Peter erzählte ihm von dem Anruf und erklärte den Beamten, dass er die Insel mit dem Mittagsschiff verlassen müsse.

»Ich verstehe Ihren Wunsch, muss aber darauf bestehen, dass Sie hier bleiben. Ich möchte nicht so weit gehen, Sie bis dahin vorläufig festzunehmen, obwohl ich mich eines gewissen Tatverdachtes gegen Sie nicht erwehren kann.«

Ein Blick in Michael Röders Gesicht machte Peter unmissverständlich klar, dass der Polizist diese Aussage ernst meinte. Fassungslos schaute er den Beamten an. »*Ich* bin doch hier wohl das arme Schwein, das alles verloren hat. Seid ihr denn ganz meschugge geworden?«

Es wurde still in der Dienststelle. Drei Augenpaare schauten ihn durchdringend an.

Michael Röder sagte ruhig: »War sicher nicht so gemeint, nicht wahr? Jetzt gehen Sie erst einmal nach draußen und beruhigen Sie sich.«

Peter schleuderte seine Reisetasche in eine Ecke des Raumes und verließ wutentbrannt die Dienststelle.

*

Röder drehte sich zu seinen Kollegen um. »Mann, der ist aber geladen. Ich habe doch wohl nicht zu dick aufgetragen mit der Androhung der Festnahme?«

»Schon in Ordnung«, erwiderte Arndt Kleemann. »Peters wird uns bestimmt eine Menge Fragen beantworten müssen, wenn wir hiermit durch sind. Ich bin mir durchaus noch nicht sicher, ob wir es hier mit Opfer oder Täter zu tun haben.«

Gemeindebrandmeister Axel Meinders hatte sich inzwischen auch auf der Dienststelle eingefunden und besprach mit Heino Deters den Text der Durchsage. »Kurz, knapp und präzise sollte sie sein«, sagte Deters. »Und bei Bedarf können wir die Insulaner auch noch persönlich informieren.

So groß ist das Feld ja nicht, das wir abgrasen müssen. Haben Sie genug Leute, vor allen Dingen einen mit einer, sagen wir mal: Mikrofonstimme?«

»Kein Problem, da nehmen wir Maik Bernhardt, der ist im Shantychor. Zur Not kann er den Text sogar singen.« Der Gemeindebrandmeister grinste.

»Dann man los, je eher, desto besser. Fahren Sie auch bei der Schule vorbei und geben dort Bescheid? Jetzt haben wir die Kinder noch alle zusammen auf einem Haufen.«

»Wird gemacht, und tschüß. Sie können mich immer über Funk erreichen.«

»Moment noch«, schaltete sich Michael Röder ein. »Können wir die Räume der Feuerwehr nicht als Sammelstelle nutzen? Ihr könnt die Fahrzeuge aus der Halle fahren, und im Unterrichtsraum ist doch auch 'ne ganze Menge Platz.«

»Natürlich, ich werde gleich für alles sorgen. Ich lasse auch ein paar Sitzgarnituren aufbauen. Für alle Fälle. Ich werde vor Ort sein, wenn die Leute kommen. Bis dann.« Axel Meinders machte sich auf den Weg.

»Sag mal, wie spät ist es eigentlich?« Mit einem Blick auf die schmucklose Wanduhr vergewisserte sich Arndt Kleemann, dass er noch etwas Zeit hatte. Er hatte mit dem Einsatzleiter vom Festland abgesprochen, dass er mit dem Schiff nach Neßmersiel fahren würde, um dann auf der Rücktour nach Baltrum alles mit ihm abklären zu können. So würden die Leute keine Zeit verlieren.

»Was ist eigentlich mit dem Hubschrauber, der hätte doch schon längst hier sein können?«, erkundigte sich Michael Röder.

»Der ist noch anderweitig eingesetzt«, erklärte Deters, »wird aber voraussichtlich so in etwa zwei Stunden zusammen mit den Einsatzkräften auf Baltrum ankommen. Das war zumindest die letzte Aussage, die ich vom Festland bekommen habe. Mann, das Warten kann einen ganz schön nervös machen. Wir sitzen hier rum und können ohne die

Hilfe der anderen kaum was anfangen. Sag mal, hast du deine Zelle eigentlich belegbereit?«

»Natürlich, da die Zeit für Weihnachtsgeschenke vorbei ist, ist Platz für lichtscheues Gesindel, oder wie hat man solche Leute früher genannt?«

»Na, da wollen wir mal hoffen, dass wir heute bei dem lichtscheuen Gesindel fündig werden, damit sich der ganze Aufwand auch lohnt.« Deters kratzte sich am Hinterkopf. »Wenn der man nicht in einem Anflug von Wahnsinn wirklich durchs Wattenmeer ans Festland gelaufen ist. Dann wäre unsere Aktion hier für die Katz.«

»Was ist eigentlich mit Hundefutter?«, fiel Michael ein. »Sollen wir im *Frischemarkt* und im *Inselmarkt* schon mal vorsorglich die Regale räumen?«

»Ich denke, die werden Futter für ihre schnüffelnden Lieblinge schon mitbringen. Wenn nicht, können wir ja immer noch den örtlichen Einzelhandel aus Steuermitteln fördern. Allerdings müssen wir über Unterbringungsmöglichkeiten für die Hunde nachdenken, falls die Kräfte über Nacht bleiben.«

Zu dritt gingen sie noch einmal das Kartenmaterial durch und besprachen das Suchschema und die Mannschaftsaufteilung. Dann machte sich Arndt Kleemann auf den Weg und seine Kollegen freuten sich über Sandra, die mit einer Thermoskanne voll Kaffee in der Tür stand.

*

Peter Peters war wie vor den Kopf geschlagen. Wie konnten die es wagen … Hatten die überhaupt eine Handhabe, ihn hier festzuhalten? Er wusste es nicht, war sich weder über die rechtliche Seite im Klaren, noch darüber, wie tief er in den Augen der Polizei in die Sache verwickelt war. Warum um alles in der Welt durfte er nicht zu seiner Mutter? Er lief und lief, ließ das Westdorf hinter sich, tauchte in das Kiefernwäldchen ein, ließ den Kinderspielplatz mit den verrotteten Kletterstangen links liegen, bemerkte nichts, auch nicht die wenigen Insulaner, die ihm begegneten und ihn grüßten, lief und lief, bis er sich plötzlich auf der Kuppe der hinteren Aussichtsdüne wiederfand. Dort ließ ihn eine Bank innehalten. Schwer atmend setzte er sich und schloss die Augen. Was, wenn seine Mutter jetzt aufgewacht war und dann doch noch starb, bevor er sie wiedergesehen hatte? Würde wenigstens Sabine rechtzeitig im Krankenhaus sein?

Und dann, langsam, fingen seine Gedanken an, um den Bruder zu kreisen. Den Bruder, den er nie gehabt hatte, der jetzt angeblich in seinem Leben aufgetaucht und wieder daraus verschwunden war. Der jetzt von der Polizei gesucht wurde. Ihm stieg es bitter auf. Bis jetzt waren sie eine stinknormale Familie gewesen. Mit Ecken und Kanten, ja, aber nun bestand diese Familie aus einer fast umgebrachten Mutter mit einem beinahe abgebrannten Insulanerhaus und zwei des versuchten Totschlags verdächtigten Brüdern. Nichts wünschte er sich in diesem Moment mehr als Klarheit. Wo war der Mann, den sie seinen Bruder nannten? Was konnte der ihm erzählen? Was konnte ihm seine Mutter noch erzählen?

Er stand auf und schaute auf die wellige Landschaft, die am äußersten Ende von den weißen Randdünen gesäumt wurde. Dahinter lag nur noch der Strand, an dessen Saum sich die aufkommende Flut Zutritt verschaffte. Das versteht man wohl unter Ewigkeit, dachte er. Aber er war hier und jetzt. Er wollte wissen, was Sache ist. »Ich will meinen Bruder finden, bevor die Polizei ihn zu fassen kriegt«, sagte er laut.

Ihm war klar, dass das ein fast aussichtsloses Unterfangen war, und dennoch: Versuchen musste er es.

*

Henning lief zur Hochform auf. Er bedauerte zutiefst, dass an zwei Ohren nur zwei Telefone passten. Drei Kollegen hatte er auf der Insel erreicht, und sie waren gerne bereit mitzuhelfen. Er hatte sie zur Nachmittagszeit ins Hotel bestellt. Kartoffeln gab es genug im *Inselmarkt*, Kotelettstränge und

Rotkohlköpfe ließ er sich kurzerhand von seinem Biobauern kommen. Der hatte versprochen, die Ware zum Mittagsschiff zu bringen.

Als alles geregelt war, stellte er fest, wie ruhig es inzwischen im Hotel geworden war. Peter war nicht zu sehen, Polizei und Handwerker an ihren Arbeitsstellen und Birgit … die war auch irgendwie verschwunden. Er hatte sie schon seit mindestens einer halben Stunde nicht mehr gesehen. Ein Unding ist das, einfach wegzugehen, ohne sich bei seinem Meister abzumelden, dachte er.

Das Telefon klingelte und Henning meldete sich.

»Firma Meier, Stark am Apparat. Hallo, Herr Ahlers, ich wollte nur sagen, dass ich das Wäschepaket an Sie abgeschickt habe. Und im Mai komme ich noch einmal wieder. Bitte grüßen Sie ihre liebreizende Gattin von mir. Tschüüß.«

Henning schüttelte den Kopf. Wenn er man wüsste, wo seine liebreizende Gattin wäre …

Er inspizierte seine Milchvorräte, da er einen Vanillepudding als Nachtisch für die Einsatzkräfte kochen wollte. Bei manchen seiner Kollegen hieß das jetzt *Mousse*, er aber kochte immer noch Pudding. Doch er musste feststellen, dass sich in seinem Kühlschrank gerade noch genug Milch für Waldmeisterwackelpudding befand. Ohne Soße.

»Henning, Henning, ich habe gerade im großen Saal Tischdecken aufgelegt. Ist das denn nun sicher, dass die Polizei bei uns isst?« Birgit stand wie aus dem Nichts in der Küchentür und wartete auf Antwort.

Henning legte die Hand aufs Herz. »Mein Gott, hast du mich erschreckt. Ich hatte dich schon geraume Zeit auf der Vermisstenliste. Zu deiner Frage: Ich gehe mal davon aus, dass es dabei bleibt. Mit dem Aufdecken würde ich aber warten, bis wir nähere Informationen haben.«

Er horchte auf. In der Ferne meinte er eine verzerrte Lautsprecherdurchsage zu hören. Er öffnete das Küchenfenster. »Aha, sie sind unterwegs«, stellte er fest. Langsam wurde die Stimme lauter und er konnte deutlich die Durchsage verstehen, die Maik Bernhardt durch das Megaphon schickte.

»Hoffentlich halten sich die Leute daran, bleiben drinnen und lassen sich nicht von falsch verstandenem Heldentum verleiten, durch die Gegend zu stromern«, meinte Birgit nachdenklich. »Sie sollten es wirklich nicht auf die leichte Schulter nehmen.«

»Vielleicht kriegen sie den Kerl ja schneller als gedacht«, sagte Henning. »Dann ist der ganze Spuk frühzeitig vorbei. Wenn er sich denn wirklich noch auf der Insel aufhält.«

*

Markus Engelhardt, der Kapitän der *Baltrum III*, war von seinem Chef unterrichtet worden, was in Neßmersiel auf ihn zukommen würde. Trotzdem traute er seinen Augen nicht, als er sein Schiff langsam durch die Fahrrinne in den Hafen manövrierte. Die Farben Grün und Blau beherrschten die Fläche, die sonst in dieser Jahreszeit öde und verlassen dalag. Mannschaftstransporter, Einsatzwagen, Menschen in Uniformen, bellende Hunde, all das bildete eine quirlige Kulisse für die Leute, die sich auf dem Schiff befanden und gleich wieder festen Boden unter den Füßen haben würden. Was für ein Empfangskomitee! Kapitän Engelhardt hatte die Passagiere in einer knappen Durchsage über die Situation unterrichtet und sie gebeten, möglichst zügig ihre Fahrzeuge zu besteigen.

Wäre ja schöner, wenn es sich nur um eine Übung handeln würde, dachte der Kapitän. Aber aufregend ist es schon, so viel Polizei an Bord zu haben.

Er nickte Arndt Kleemann zu, der sich auf der Hinfahrt bei ihm vorgestellt hatte. »Gleich können Sie Ihre Leute auf den Inseleinsatz vorbereiten. Ich wünsche Ihnen viel Erfolg.«

Nachdem das Schiff seine Gäste von der Hintour entlassen hatte, füllte es sich mit Menschen in Uniform, Hunden und Gepäck. Ein paar Handwerker und tatsächlich auch drei

Gäste, die nach Baltrum wollten, wussten gar nicht, wie ihnen geschah, angesichts der Überzahl der Ordnungshüter. Sie setzten sich unter Deck auf die letzte Bank und bildeten so eine kleine zivile Insel im Meer der Uniformen.

Arndt Kleemann berichtete dem Einsatzleiter ausführlich, was sich auf Baltrum in den letzten vier Tagen abgespielt hatte. Sie berieten, wie am besten vorzugehen sei, und merkten kaum, wie die Zeit verging, bis das Schiff wieder die Insel erreicht hatte.

»Natürlich gibt es gerade zu dieser Jahreszeit eine Menge leerstehende Häuser auf Baltrum«, sagte Kleemann, als sie von Bord gingen. »Eigentumswohnungen und Ferienwohnungen, deren Besitzer am Festland wohnen, oder von Insulanern, die mehr als ein Haus bewirtschaften. Es bleibt uns wohl nichts anderes übrig, als zumindest diese Gebäude auf Einbruchsspuren zu untersuchen. Sollten wir nicht fündig werden, müssen wir unser Suchgebiet in die Dünen ausweiten, obwohl ich mir nicht denken kann, dass er bei dieser Kälte Unterschlupf in der freien Natur sucht. Wir sammeln uns jetzt erst mal in der Feuerwehr, dann geht es los.« Arndt Kleemann setzte sich an die Spitze der Karawane und gab den Weg vor.

Bald waren überall auf der Insel Suchtrupps unterwegs. Die Insulaner hatten sich an die Bitte der Polizei gehalten, kaum einer war auf der Straße zu sehen. Nicht einmal Tante Frieda steckte ihre sonst so neugierige Nase zur Tür heraus.

Die Zeit verging und Michael Röder schaute besorgt auf seine Uhr. »Wir haben nicht mehr viel Zeit, bis die Dunkelheit einsetzt«, bemerkte er mit einem Stirnrunzeln.

»Noch sind es gut anderthalb Stunden. Wenn nur der Hubschrauber endlich kommen wollte. Das wäre eine echte Hilfe.« Arndt Kleemann horchte. »Ich höre etwas, das könnte er sein.«

Und tatsächlich zeichnete sich am Himmel die Silhouette des Polizeihubschraubers ab.

»Ich fahre zum Flugplatz und spreche direkt mit dem Piloten. Das ist sinnvoller, als alles über Funk abzuhandeln. Der Tower ist besetzt. Wenn ich da bin, wird der Heli auch schon gelandet sein.« Kleemann machte sich auf den Weg.

Es dauerte nicht lange, bis die ersten Trupps zum Feuerwehrhaus zurückkamen. Sie hatten keine Spur von dem gesuchten Mann gefunden. Kein Fenster war eingeschlagen, keine Kellertür aufgebrochen, nichts, was den Polizisten hätte einen Hinweis geben können.

Michael Röder gab Arndt Kleemann telefonisch einen Lagebericht zum Flugplatz durch. »Die meisten Einsatzkräfte, die für das Westdorf eingeteilt waren, sind inzwischen wieder hier. Wir sollten jetzt den Leuten, die im Ostdorf unterwegs sind, mitteilen, dass sie ihre Suche im östlichen Teil der Dünen aufnehmen müssen. Der Hubschrauber sollte zur Unterstützung dabei sein. Die hier anwesenden Kollegen machen sich ebenfalls bereit. Sie werden sich wie besprochen den Strandbereich und die Randdünen vornehmen.«

*

Für den Hundeführer Johann Toben und seinen deutschen Schäferhund Aska war es der erste Inseleinsatz, und Toben merkte, dass die Dünen eine besondere Herausforderung für den Hund waren. Zwar war er zur Suche nach Leichen und Verletzten ausgebildet, aber hier stellten Hunderte von Kaninchen, Hasen und Fasane Askas Konzentration auf eine harte Probe. Sicher würde der Hund tun, wozu er ausgebildet war, aber einmal frei durch die Dünen laufen, aus lauter Spaß hinter all den anderen Tieren herjagen, das müsste für ihn das Größte sein. Sogar zwei Rehe waren aus dem Gebüsch gesprungen, als Toben und seine Kollegen das Terrain erkundet hatten. Die Aussichtsdüne neben dem Fischgeschäft hatten sie schon hinter sich gelassen, jetzt waren sie auf dem Weg zur Schutzhütte, die am Weg vom BK-Heim zum Strand stand. Über ihnen kreiste der Hubschrauber, und eine Schar

Möwen, vom unerwarteten Krach des viel größeren Vogels gestört, flog laut kreischend über ihre Köpfe hinweg.

Der Hundeführer hörte sein Funkgerät piepsen. Die Leitstelle. Er gab seinen Standort durch und bestätigte, dass sie ihren Weg noch bis zur Jagdhütte fortsetzen wollten. »Noch ist es hell genug. Es wäre blöd, jetzt umzukehren.«

Auf einer kleinen Anhöhe saß eine Kaninchenfamilie. Der Schäferhund vergaß ganz kurz seine Aufgabe, aber ein knapper Zuruf genügte und er konzentrierte sich wieder auf seine Suche. Weiter ging es durch die Dünen und langsam kam die Jagdhütte in Sicht.

Toben blieb plötzlich stehen und horchte gespannt in sein Funkgerät. Dann gab er seinen Kollegen Handzeichen. »Die Wärmebildkamera im Heli sagt uns, dass wir uns unbedingt in der Jagdhütte umsehen sollten.«

*

Bald würde es dunkel werden, und Peter hatte noch nicht die geringste Idee, wo er den Mann suchen sollte, der sein Leben so nachhaltig auf den Kopf gestellt hatte. Wenn er das denn gewesen war. Peter lief an Meyers Grasstää vorbei immer tiefer in das Dünengelände. Als er die Deichkuppe beim NTB-Heim erreicht hatte, sah er in der Ferne das Dach der Jagdhütte auftauchen.

Zeit, den Rückweg anzutreten, dachte er. So weit wird der Mann nicht gekommen sein.

Aber als er rechts abbiegen wollte, hatte er das Gefühl, dass sich die alte Holztür in dem roten Jägerunterstand bewegt hatte. Er hielt beide Hände über die Augen und starrte reglos auf das kleine Gebäude.

Nichts! Hinter seinem Rücken hörte er aus der Ferne einige Hunde bellen. Jetzt kam auch noch der Hubschrauber, der seit einiger Zeit über der Insel kreiste, mit lautem Schlagen der Rotoren näher.

War da nicht doch was in der Hütte zu sehen, hinter der

Fensterscheibe? Er rannte los. Wahrscheinlich irrte er sich, spielten seine Sinne ihm einen Streich. War der Wunsch der Vater des Gedankens. Aber er wollte nichts unversucht lassen.

Völlig ausgepumpt erreichte er die Jagdhütte und versuchte, die Tür zu öffnen. Noch hatte er nicht genügend Luft, um nach dem Mann zu rufen. Die Tür war abgeschlossen. Er stemmte sich mit der Schulter dagegen, aber nichts tat sich. Er lief zum Fenster, konnte aber keine Bewegung im Inneren des Hauses ausmachen.

Hatte er sich getäuscht? Er versuchte, sich zu beruhigen. Langsam floss auch wieder eine ausreichende Menge Atemluft in seine Lungenflügel. Noch einen Versuch wollte er wagen.

Doch mitten im Anlauf drang eine befehlsgewohnte Stimme an sein Ohr: »Halt, Herr Peters, was machen Sie da? Bleiben Sie stehen.«

Ruckartig hielt er inne, drehte sich um und sah sich Michael Röder gegenüber, flankiert von einer geschlossenen Reihe Polizisten. Einige von ihnen führten ihre Hunde an der Leine.

»Ich suche meinen Bruder, wie Sie ja wohl auch, und ich dachte, ich hätte hier Bewegung in der Jagdhütte gesehen. Aber die Tür lässt sich nicht öffnen.«

»Machen Sie sofort den Weg frei«, forderte Röder. »Der Mann kann gefährlich sein, Herrgott noch mal.«

*

Zwei Männer traten auf Peter zu, nahmen ihn unmissverständlich in ihre Mitte und brachten ihn in Sicherheit. Michael Röder nickte zwei weiteren Kollegen zu, ihm Deckung zu geben. Dann trat er die Tür ein.

Fast wären sie gegen Martin Janssen geprallt. Er hing an einem kurzen Strick, der über einen freiliegenden Dachbalken geschlungen war. Ein umgekippter Hocker lag wie achtlos hingeworfen auf dem Fußboden, die Füße des Mannes schwangen leicht im Luftzug, der durch die geöffnete Tür drang.

Michael Röder ging auf Martin Janssen zu und berührte ihn. »Er ist tot, daran gibt es keinen Zweifel. Aber es kann noch nicht lange her sein, seine Hand fühlt sich ganz warm an. Wären wir doch bloß eine halbe Stunde eher hier gewesen ...«

Das waren so Momente, in denen er mit sich und seinem Beruf haderte. Er ließ seinen Blick im Inneren der Hütte kreisen, um sich einen Eindruck von der Atmosphäre zu verschaffen. Immerhin war es möglich, dass der Mann nicht freiwillig oben an diesem Balken hing.

Allerdings widersprach dieser Theorie der Umstand, dass die Haustür von innen abgeschlossen gewesen war und sich kein weiterer Ausgang im hinteren Bereich befand.

»Holt ihn da runter, aber vorsichtig ...« Er nickte seinen Kollegen zu, die nach ihm die Hütte betreten hatten. »Und holt einen Arzt, der die Leichenschau machen kann. Und ruft die Feuerwehr, damit die ihn abholen. Sie sollen den Zinksarg mitbringen.«

Auf und unter dem Tisch lagen einige Papiere. Michael Röder sah neben einer Bahnfahrkarte, dem Personalausweis und dem Sozialversicherungsausweis von Martin Janssen ein in roten Kunststoff eingebundenes Büchlein. Daneben lag ein zerknülltes Blatt Papier. Er entfaltete es und las.

Martin Janssen hatte eine Erklärung hinterlassen, und jetzt erfuhr Michael Röder endlich die Wahrheit.

Erst dann fiel ihm Peter Peters wieder ein. Röder verließ die Jagdhütte und sah ihn abseits in einer Senke am Boden sitzen. Peters hatte den Kopf auf die Knie gestützt und schaukelte vor und zurück. Fast hätte man den Eindruck gewinnen können, als ginge ihn die ganze Szene gar nichts an, aber Michael Röder wusste es besser. Es gab Momente, da konnte das menschliche Gehirn einfach nicht mehr aufnehmen, weigerte sich, Realitäten zu akzeptieren.

Er ging in die Knie und sprach Peters leise, aber energisch an. »Herr Peters, hören Sie mich? Herr Peters, bitte schauen Sie mich an. Herr Peters!!!«

»Was ist? Ist er's? Ist er tot? Sagen Sie es mir, los, sagen Sie es mir, Sie können mir das ruhig sagen!«

Der Polizist nahm den völlig verzweifelten Mann in den Arm. »Ja, es ist Ihr Bruder. Ja, er ist tot. Die Gründe, warum es so weit kam, hat er als Nachricht an Sie hinterlassen. Ich werde Ihnen den Brief und weitere Aufzeichnungen zeigen, wenn Sie möchten. Aber erst werden wir Sie hier wegbringen. Die Feuerwehr wird gleich hier sein und Ihren Bruder in die Leichenhalle bringen. Sie können dann mit dem zweiten Auto fahren. Birgit und Henning werden auf Sie warten und sich um Sie kümmern.«

*

Es war schon dunkel, als die Einsatzkräfte völlig durchgefroren im Hotel *Sonnenstrand* ankamen. Nur die Hundeführer hatte der Hubschrauber mit ihren Tieren jeweils zu zweit wieder ans Festland geflogen, damit den Hunden eine Nacht ohne ihre gewohnte Umgebung erspart blieb.

Henning und seine Kollegen hatten für die Männer und Frauen der Bereitschaftspolizei reichlich aufgetischt. Sie mussten warten, bis das Wasser gestiegen war, ehe sie mit einem nächtlichen Sonderschiff wieder nach Neßmersiel gebracht werden konnten.

Birgit saß mit Peter im Wohnzimmer. Er hatte ihr den Abschiedsbrief gezeigt, den er nun wohl schon zwanzigmal gelesen hatte. Das Tagebuch seines Bruders lag vor ihnen auf dem Tisch. »Warum hat er nur nichts gesagt? Es hätte doch alles so einfach sein können. Auch wenn meine Mutter ihn nicht akzeptiert hätte, wäre ich doch froh gewesen, ihn kennen zu lernen. Warum hat er diesen schrecklichen Weg gewählt? Diesen unnützen, schrecklichen Weg …« Nicht zum ersten Mal stellte Peter an diesem Abend diese Frage. Zu Anfang hatte Birgit noch versucht, eine Antwort darauf zu formulieren. Inzwischen hielt sie einfach nur noch Peters Hand.

»Morgen fahre ich ins Krankenhaus, und wenn meine Mutter dann wach ist, wird sie mir einiges erklären müssen. Das ist sicher.« Seine Stimmung schwankte zwischen tiefer Trauer, Verzweiflung und Wut. »Schau, was hier steht.« Wieder griff er nach dem Brief. *»Kein Ausweg – Hoffnung, dass meine Mutter mich akzeptieren würde – alles sinnlos – wollte ihr nicht wehtun.* Mensch, Birgit, das kann ein Mensch gar nicht alleine tragen. Warum hat er sich mir nur nicht anvertraut?«

»Vergiss nicht, dass du für ihn – so hart es klingt – auch nur ein Fremder warst. Ihr hattet keine Gelegenheit, euch kennen zu lernen.«

»Und werden sie auch nie mehr haben«, sagte er verbittert. »Da, nimm das Erinnerungsbuch und lies es, dann wirst du sehen, wie sein Leben verlaufen ist. Schöne Erinnerungen! Du kannst es mir morgen wiedergeben, bevor ich fahre. Ich gehe jetzt auf mein Zimmer und versuche, etwas Ruhe in meine Gedanken zu kriegen. Danke dir für alles.«

»Versuche zu schlafen. Und du weißt ja, du kannst jederzeit wieder zu uns kommen, wenn du nicht alleine sein möchtest.«

Birgit saß gedankenverloren auf dem Sofa. Eigentlich hätte sie sich jetzt um ihre Gäste kümmern müssen, aber sie konnte sich nicht aufraffen. Stattdessen griff sie zu dem Buch mit dem roten Einband und begann zu lesen.

Zu Anfang war es die Schrift eines Kindes, mit vielen kindlichen Rechtschreibfehlern darin, aber lesen konnte man es gut.

Erinnerungsbuch

Januar 1962

Ich heiße Martin und bin neun Jahre alt. Mama, Papa, Klaus, das ist mein Bruder, Jecko, das ist unser Schäferhund, und ich wohnen in einem kleinen Haus bei Norden. Mama sagt, unser Haus nennt man Bummert. Ich weiß nur, dass mein Zimmer im Winter ziemlich kalt ist. Wenn es ganz tüchtig friert, sind morgens sogar Eisblumen am Fenster.

Mama ist lieb. Sie hat blaue Augen mit Lachfältchen drum herum. Sie lacht nicht viel, aber wenn, dann sieht es wunderschön aus. Sie nimmt mich auch oft in den Arm. Papa macht das nicht so häufig, der nimmt meistens nur Klaus in den Arm. Er hat nämlich so viel zu tun mit seiner Nachtschicht, sagt Mama. Ich gehe dann raus und spiele. Ganz bei uns in der Nähe ist ein Teich. Papa hat mir verboten, da zu spielen, aber manchmal schleiche ich mich da hin und schaue den Libellen zu. Wenn ich dann lange zugeschaut habe, bin ich fast gar nicht mehr traurig, dass Papa immer nur Klaus in den Arm nimmt.

Tjarko ist mein bester Freund. Mit dem gehe ich auch zusammen in die Schule Manchmal machen wir auch Blödsinn. Besonders, als wir den Kaninchenstall von Bauer Habben geöffnet haben. Wir sind dann schnell abgehauen, aber die Bäuerin hat uns aus dem Wohnzimmerfenster heraus beobachtet und kam gerade noch rechtzeitig, um die Karnickel wieder einzufangen. Der Bauer hat hinterher zu meinem Papa gesagt, Gott sei Dank ist mein Deutscher Riese nicht weggelaufen, der hat schon Preise auf 'ner Ausstellung gewonnen.

Ich hab das dann versucht mit dem Weglaufen, als Papa mit dem Teppichklopfer kam, aber das hat nicht funktioniert, genau wie bei dem Deutschen Riesen. Warum der so hieß, weiß ich nicht, so groß war der nämlich gar nicht.

Mehrere Nächte musste ich auf dem Bauch schlafen, und mein Bruder hat sich kaputtgelacht. Wie kann man nur so dämlich sein und sich dabei erwischen lassen, hat er gegrölt, nur weil er zwei Jahre älter ist und von Papa öfter in den Arm genommen wird.

Ich habe eine Freundin. Das ist ganz geheim. Nicht mal Tjarko weiß das. Sie heißt Wiebke.

Ich treffe mich immer mit ihr bei dem alten Jägerunterstand am Waldrand, wenn Tjarko mit seiner Mutter nach Norden zum Turnen fährt. Er hat einen krummen Rücken.

Ich mache gerade Schularbeiten. Klaus muss das auch, er hat nur nie Lust dazu.

Mama sitzt nachmittags oft mit ihm über den Schulheften, und Papa sagt: Lern du nur tüchtig, mein Junge, dass was Ordentliches aus dir wird. Klaus meint, dass etwas weniger Lernen auch ausreicht. Er will später auch nur auf Schicht zu den Nordseewerken gehen wie Papa. Wenn Papa das mitkriegt, wird er sogar mit Klaus böse. Ich glaube, Klaus soll mal studieren, aber was, das weiß ich nicht. Klaus auch nicht.

*

2. Juni 1966

Mein Deutschlehrer hält mich für einen hoffnungslosen Fall, wahrscheinlich hat er recht damit. Gestern habe ich einen Liebesbrief an Britta fünfzehnmal angefangen, zerknüllt und weggeschmissen, mit dem Ergebnis, dass ich heute immer noch ohne schriftlichen Liebesbeweis für sie dastehe.

Es ist natürlich total unter der Würde eines dreizehnjährigen Realschülers, Liebesbriefe zu schreiben. Stellt euch mal vor, sie zeigt den Brief überall herum, ihre Freundinnen lachen sich kaputt und zeigen auf mich. Nee, geht nicht! Also lade ich sie zum Eis ein. In Norden gibt es jetzt eine Eisdiele. Leider sind da die anderen auch alle, besonders mein Bruder, der Doofmann. Letzte Klasse Volksschule, zu mehr hat's nicht gelangt. Aber den dicken Macker machen bei den Mädels, das kann er. Und Papa steckt ihm immer noch 'ne Mark zu, wenn das Taschengeld wieder mal nicht reicht.

Damit brauche ich gar nicht anzufangen, Papa nach Geld zu fragen. »Spare in der Zeit, dann haste in der Not«. Den Spruch kann ich mir auch sparen.

»Na, Kleiner?« Klaus steckt den Kopf zur Zimmertür herein, wie immer ohne anzuklopfen. »Schon fertig mit den Hausaufgaben, wieder bei den Lehrern einschleimen?«

Ich frage mich, warum mein Bruder nicht einmal freundlich zu mir ist. Immer nur Druck, Druck und noch mal Druck!

Mathe, das macht mir Spaß. Da bin ich auch der Beste in der Klasse. Leider liegt das auf der Sympathieskala der anderen nicht sehr weit oben, darum habe ich jetzt mit Fußballspielen angefangen. Im Verein.

Meine Mutter findet das gut. Solange die Schule nicht darunter leidet, mach was du willst, und frische Luft tut immer gut, hat sie gesagt.

Wenn der Verein man nur jetzt nicht absteigt, war der Kommentar meines Vaters. Das hat der nicht mal lustig gemeint, sondern ganz im Ernst.

Irgendwann schlage ich zu. Irgendwann.

Ich gebe es auf mit dem Liebesbrief. Entweder merkt Britta so, was Sache ist, oder das Experiment muss noch etwas warten. Wenn alles nichts hilft, habe ich auch noch Wiebke, der kann ich alles erzählen. Wir sitzen immer noch manchmal unter dem Jägerunterstand. Ich bin mir nur nicht sicher, ob ich ihr erzählen kann, dass ich Britta einen Liebesbrief schreiben wollte. Vielleicht ist das zu intim. (Das Wort kenne ich, weil ich neulich mal in der *Bravo* von 'nem Kumpel geblättert habe.)

Tjarko wohnt nicht mehr in Norden. Er ist mit seinen Eltern nach Bayern gezogen. Nach Bad Reichenhall, dort haben sie die *Friesenstube* eröffnet. So'n Blödsinn, hätten sie auch in Norden oder Norddeich machen können. Und ich bin meinen besten Kumpel los. Wir wollten uns immer schreiben, aber ich habe seit zwei Monaten nichts mehr von Tjarko gehört. Er hat wohl neue Freunde gefunden. Ich nicht.

*

15. August 1969

Heute habe ich mir das erste Mal gewünscht, dass mein Bruder noch bei uns wohnen würde. Vater hat Mama eine gelangt. Ich war nicht zu Hause. Sie wollte es mir auch nicht verraten, aber ich habe es ihr angesehen. Er lag im Bett, und das mittags. Er stank nach Alkohol und sie sagte: Er hat es ja auch nicht leicht. Das machte mich rasend. Sie sah meine Augen: Mach es nicht, das ist es nicht wert. Morgen ist es besser. Ich habe mich umgedreht und bin ins Kino gegangen.

Die Realschule habe ich abgeschlossen, eine Lehre jedoch noch nicht angefangen. Bei den Nordseewerken hätte ich unterkommen können. Vater will, dass ich arbeite, aber komischerweise verlangt er nicht, dass ich dort arbeite. Ich glaube, er schämt sich für mich. Ich möchte zu gern mal wissen, warum, obwohl es mir langsam egal ist. Von so einem Menschen muss man nicht geliebt werden, auch wenn es der Vater ist.

Es ist ein komisches Gefühl, man hasst einen Menschen und ist gleichzeitig enttäuscht, wenn derselbe Mensch einen nicht ernst nimmt.

Vielleicht gehe ich nachher noch zu Tjarko. Er ist zu Besuch bei seinen Großeltern. In Bayern gefällt es ihm sehr gut, sagt er, und dass er Ski fahren gelernt hat. Eine Sportart, die in Ostfriesland nicht unbedingt Chancen hat, sich durchzusetzen. Im Gegensatz zum Boßeln, das mit den Gegebenheiten des platten Landes wahrscheinlich besser harmoniert. Ich kann auch nicht boßeln.

*

7. März 1970

Mama ist tot. Mama ist tot. Mama ist tot.

Dieser Satz sitzt in meinem Gehirn, rotiert, immer wieder, immer wieder.

Gestern haben wir sie beerdigt. Sie, die die Einzige war, die mich verstanden hat. Mein Halt, meine Zuflucht, mein Lächeln, mein Schutz.

Es war eine schwere Grippe, hat der Arzt gesagt. Ich hätte nie gedacht, dass sie mal an so was sterben würde. Schon gar nicht so jung. Eher hätte ich gedacht, dass Vater sie totschlagen würde. Aber da ist ihm die Grippe zuvorgekommen.

Natürlich war mein Alter angeschickert, als die Beerdigung anfing. Sowieso musste ich mich um alles kümmern. Pastor, Blumen, Anzeige, Sarg, alles ich. Er war ja nicht zu gebrauchen.

Mein Bruder kam auch erst kurz vor der Beerdigung. Saß da, als ginge ihn das alles nicht an.

Er hatte seine Tussi mitgebracht. Habe sie zum ersten Mal gesehen. Blond, dicker Bauch, ich glaube, so sechster Monat, geschminkt wie auf dem Straßenstrich und eine sehr laute Stimme. Mit der versprühte sie jede Menge überflüssiges Zeug in die Welt.

Warum bin ich so negativ? Kann ich nicht meine Familie lieb haben, den Rest Familie, der mir noch bleibt? Jetzt, wo Mama tot ist.

Kurz bevor meine Mama starb, bin ich noch zum Einkaufen gegangen. Ich wusste ja nicht, dass sie so schnell sterben würde. Ich habe ganz schnell gemacht, aber als ich wiederkam, war sie tot. Ganz allein. Auf dem Nachttisch lag ihr Lieblingsbuch: Die wunderbare Reise des Däumlings Nils Holgersson mit den Wildgänsen. Ich weiß, viele Leute sagen, das sei ein Kinderbuch, aber ihr hat es am meisten von allen Büchern gefallen. Vielleicht ist sie in Gedanken immer mitgeflogen, bloß weit weg aus der Enge dieser Wohnung mit dem saufenden, schlagenden Mann.

Klaus ist arbeitslos. Darum hat er auch so viel Zeit, Kinder zu machen.

Ich gehe jetzt auch weg.

*

10. April 1971

Meine Welt ist gerade innerhalb kurzer Zeit zum zweiten Mal in sich zusammengefallen.

Ich habe aufgeräumt. Mein Alter ist weg, die Gelegenheit günstig. Er wird bestimmt auch nicht vor heute Nacht wiederkommen.

Ich habe all das alte Zeugs aus Schränken und Regalen genommen, abgestaubt, aussortiert und wieder eingeräumt. Auch den Bücherschrank habe ich mir vorgenommen, Viele Bücher sind es ja nicht. Da fällt mir Mamas Lieblingsbuch in die Hände. Die Reise mit den Wildgänsen ... Mama ist jetzt ein Jahr tot, und ich wohne immer noch bei dem Arsch. Kann mich einfach nicht aufraffen. Wo soll ich denn auch hin?

Als ich so da sitze und blättere, es ist eine sehr dicke alte Ausgabe mit Leineneinband, rutscht ein Umschlag heraus, vergilbt, der Kleberand dunkelbraun, die Adresse meiner Mutter vorne drauf mit krakeliger Frauenhandschrift.

Ein Absender steht da auch: Grete Habkea Doden, Baltrum.

Ich weiß nicht, ob ich den Brief lesen soll, wäre ja mal spannend, aber er hat meiner Mutter gehört. Wenn sie gewollt hätte, dass ich ihn lese, hätte sie ihn mir bestimmt mal gezeigt. Ich lege ihn wieder zurück zu den Wildgänsen.

Vielleicht hat sie ihn aber auch nur vergessen. Ich wäge ab, Für und Wider, und mache ihn auf:

Liebe Annegret, *Baltrum, den 17. Juni 1953*

jetzt bin ich seit drei Wochen auf Baltrum in Stellung.
Es geht mir sehr schlecht, die Arbeit ist hart und wir haben noch nicht einmal Saison.
Ich vermisse meinen kleinen Sohn sehr, aber ich darf und will ihn nicht wiedersehen.
Ich danke Gott, dass Ihr ihn aufgenommen habt, nachdem Euer zweites Kind so plötzlich gestorben ist. Er soll bei Euch wie ein leiblicher Sohn aufwachsen, das habt Ihr mir versprochen, darum darf ich mich nicht zwischen Euch drängen.
Ich weiß, es war unrecht, als ledige Mutter ein Kind in die Welt zu setzen. Dafür bin ich bestraft worden.
Ihr habt auch versprochen, niemals darüber ein Wort zu verlieren, auch ich werde das Geheimnis mit ins Grab nehmen.

In ewiger Dankbarkeit
Grete

Nach etwa zwei Stunden bin ich aus so einer Art Totenstarre aufgewacht und habe eine Reisetasche gepackt, sorgsam, akribisch beinahe, mit allem, was mir zum Überleben wichtig erscheint. Ich bin bei der Sparkasse vorbei und habe Geld vom Konto geholt.

Es ist nicht viel, aber es reicht für eine Fahrkarte nach Bad Reichenhall. Zu Tjarko. Bloß weg hier.

Das Buch von den Wildgänsen liegt zuoberst in meiner Reisetasche.

*

Jetzt wohne ich schon lange in Bayern. Ich habe echt Glück gehabt. Tjarko hat mich damals am Bahnhof abgeholt, und seine Eltern haben mich aufgenommen. Ich habe ein eigenes Zimmer und helfe in der Küche von der *Friesenstube*, bis ich was anderes gefunden habe.

Am liebsten würde ich ein Handwerk lernen, und die Chancen, hier etwas zu bekommen, sind ganz gut. Ich bin zweiundzwanzig, da muss ich auch meinen sogenannten Vater nicht mehr um Erlaubnis fragen. Der weiß nicht, wo ich bin, ich habe ihn jedenfalls nicht benachrichtigt. Interessiert ihn bestimmt auch nicht in seinem Suff.

Jetzt ist mir auch klar, warum der immer so abweisend zu mir war. Gesagt hat er nie etwas, aber verwinden konnte er auch nicht, dass ich nicht sein Sohn war. Warum hat er der ganzen Geschichte damals wohl überhaupt zugestimmt? Das sind die Dinge, die mir nachts so durch den Kopf gehen.

Mit Klaus will ich auch nichts mehr zu tun haben. Ob der von meiner richtigen Mutter gewusst hat? Sicher nicht. Sonst hätte er mir meine Herkunft ganz sicher jeden Tag aufs Butterbrot geschmiert. Er ist einfach von Natur aus missgünstig, blöd und nachtragend, ganz wie sein Vater. Aber der hat wenigstens einen, und ich …

Tjarko sagt, ich soll aufhören zu grübeln und nach vorne blicken. Das Leben kann so schön sein, sagt er. Tjarko hat die Hotelfachschule besucht hier in Reichenhall und arbeitet im *Steigenberger*. Später will er das Restaurant seiner Eltern übernehmen. Wenn er Zeit hat, geht er zum Skifahren und im Sommer macht er Bergwanderungen. Ganz schön durchtrainiert ist er. Mit seinen blonden Haaren und den blauen Augen ist er der Held jeder Party.

Er fragt jedes Mal, ob ich mit will, wenn er ausgeht. Bisher hatte ich keine Lust, aber heute kann ich echt nicht mehr nein sagen, er hat recht, das Leben geht weiter.

17. Juni 1976

Ich habe eine Lehrstelle bekommen. Der Meister sagt zwar, so einen alten Lehrling hat er noch nie gehabt, aber das macht mir nichts aus. Ich wohne weiter bei Tjarkos Eltern, und an den Wochenenden helfe ich in der Küche mit. Ich hätte auch Koch lernen können, aber die Arbeit auf dem Bau macht mir großen Spaß. Es wird viel gebaut in Bayern, es kommen immer mehr Urlaubsgäste nach, in Reichenhall sind besonders viele ältere Gäste, die dort eine Kur machen.

Manchmal gehe ich zum Bahnhof und schaue mir die Zugabfahrtszeiten Richtung Nordsee an.

Das ist wohl das Heimweh nach dem Wasser, dem platten Land und den weiten Feldern. Aber dann überkommt mich wieder diese unbezähmbare Wut. Keiner hat mir die Wahrheit gesagt, nicht einmal meine Mutter. Nicht einmal sie hat es für nötig gehalten, mir zu erzählen, wer ich wirklich bin. Geheimnis hin oder her, dann hätte ich selbst entscheiden können, wie ich damit umgehe. Ich hätte sie doch nicht verlassen, ich habe sie doch geliebt.

Nur meinem Stiefvater, dem hätte ich vielleicht wirklich mal eine geknallt. Nie im Leben wäre ich nach Mamas Tod noch bei ihm geblieben. Nein, ich will nie wieder zurück. Hier finde ich langsam Freunde. Ich bin jetzt auch im Schützenverein und möchte Böllerschütze werden. Meine Kumpels vom Bau haben mich mitgenommen, auch wenn ich die manchmal nur schlecht verstehe. Es ist jedoch schon viel besser geworden. Auch dass die mich verstehen. Ich darf nur kein Plattdeutsch sprechen. Dann werden die sauer.

Will ich auch gar nicht, das macht mich nur wieder stinkwütend!

*

Dezember 1995

Mensch, wie lange habe ich dieses Buch nicht mehr in der Hand gehabt. Hab's irgendwie vergessen. So wie die ganze Geschichte. Hat lange gedauert. Ich bin hier jetzt zu Hause.

In meiner Firma arbeite ich schon fünfzehn Jahre als Polier. Mein Chef fragt mich manchmal, ob ich nicht wieder mal zurück in den Norden möchte. Er will, glaube ich, nicht begreifen, dass mich da nichts mehr hinzieht. Selbst wenn ich Urlaub habe, verbringe ich meine Zeit in den Bergen. Einmal war ich in Italien. Mit Verena. Das war richtig schön. Sie hat mir nur zu viel von ihrer Familie erzählt. Vater, Mutter, drei Geschwister und jede Menge Erzählstoff drum herum.

Da kann ich nun mal nicht mithalten. Keine Mutter, keinen Vater, demnach auch keine Geschwister. Was soll ich erzählen? Dass meine Mutter auf Baltrum wohnt? Mich zurückgelassen hat wie eine Episode aus einem anderen Leben? Dass ich mein ganzes Leben mit einer großen Lüge verbringen musste? Ich hasse dieses Buch. Ich hatte gedacht, es sei vorbei.

*

1.August 1999

Mit den Frauen haut das nicht hin. Erst ist alles toll, und wenn wir dann eine Weile zusammen sind, merken die einfach nicht, dass ein Mann auch mal alleine sein muss.

Immer die gleichen Fragen. Willst du mal Kinder? Nein, ich will keine Kinder!

Warum nicht? Darum nicht! Gehört aber doch dazu. Bei mir aber nicht! Ich will auch nicht heiraten, damit du das gleich weißt. Schon waren sie weg. Bin irgendwie für eine normale Beziehung nicht zu gebrauchen.

Tjarko ist in den ganzen Jahren groß ins Geschäft gekommen. Zwei Hotels gehören ihm.

Verheiratet ist er mit einer Einheimischen, und wenn er redet, klingt das sogar ein bisschen bayerisch. Kinder hat er auch. Einmal im Jahr fährt die ganze Familie nach Norden.

Als sie das erste Mal wiederkamen, wollte mir Tjarko von meinem sogenannten Bruder berichten. Er hatte ihn getroffen, ich habe aber nicht zugehört. Was interessieren mich fremde Menschen.

*

29. November 2005

Mein Chef hat mich verkauft! Ich soll doch tatsächlich bei der Firma Rahlmann in Norden aushelfen. Als ob es keinen gottverdammten anderen Polier auf der ganzen Welt gäbe, der die Stelle besetzen könnte.

In Wirklichkeit glaube ich, dass er meint, es würde mir gut tun, noch einmal in meine sogenannte Heimat zu fahren. Obgleich ich ihm nie erzählt habe, warum ich da weggegangen bin. Vielleicht hat er mich öfter mal am Bahnhof stehen sehen.

Gestern hat er mich einen komischen Vogel genannt. Weiß auch nicht, warum.

Die sollen mich doch alle in Ruhe lassen.

Gestern Nacht habe ich wieder geträumt. Von früher. Unendlich viele Jahre hatten mich die Träume in Ruhe gelassen, aber jetzt sind sie wieder da. Klaus und der Schäferhund, der alte Bummert, alles feiert Auferstehung.

Mein Chef hat gesagt, er wolle seinem Freund Rahlmann einen Gefallen tun, und hier wäre im Moment nicht so viel Arbeit. Stempeln gehen sollte ich ja schließlich auch nicht. Mir wäre stempeln tausendmal lieber gewesen, als nach Norden zu fahren, aber ich habe nichts gesagt, weil er bestimmt wieder so überheblich über den Rand seiner Brille geschaut hätte. Das kann ich, auch wenn ich schon so lange bei ihm beschäftigt bin, nicht ausstehen. Man fühlt sich so klein, dass man einfach allem zustimmt. Ich jedenfalls.

Am 2. Januar soll ich bei Rahlmanns anfangen.

*

7. Januar 2006

Herr Rahlmann hat für mich eine kleine Ferienwohnung in Norden gemietet.

Ein Kollege nimmt mich jeden Morgen mit nach Norddeich, wo ein Hotel gebaut wird.

Ich glaube, die Handwerker mögen mich nicht besonders. Ich habe gehört, wie einer hinter meinem Rücken sagte: Was der hier wohl will? Da hat der Alte einen Superbock geschossen, den aus Bayern zu holen. Der weiß doch gar nicht, was hier Sache ist. Als wenn es nicht genug arbeitslose Poliere gibt. So'n Schwachsinn.

Ich sage wenig und tue meine Arbeit. Am dritten Tag passierte diese Sache mit dem Hammer.

Er fiel plötzlich durch den Treppenschacht in die darunterliegende Etage. Nur gut, dass wir Helme trugen. Aber wehgetan hat es trotzdem.

Zwei Tage später konnte der Kollege mich nicht mehr in seinem Auto mitnehmen. Es sei voll, sagte er. Ich habe mir ein Fahrrad geliehen, weil ich nicht wollte, dass der neue Chef auch diesen überheblichen Blick aufsetzt.

Um den alten Bummert mache ich einen großen Bogen. Liegt sowieso nicht in meiner Richtung. Klaus habe ich noch nicht gesehen, er soll aber hier in der Gegend wohnen.

Ich werde die nächsten drei Monate super rumkriegen, da bin ich mir ganz sicher.

Mich kennt ja keiner, und wenn ich nicht arbeite, bleibe ich einfach in meiner Wohnung.

*

10. Januar 2006

Jetzt ist das passiert, was ich nie erwartet hatte: Herr Rahlmann schickt mich nach Baltrum.

Er muss irgendwie gemerkt haben, dass das auf der Baustelle nicht klappt.

Ich will nicht! Ich will nicht auf diese Insel gehen, wo die Frau wohnt, die ich am meisten hasse. Am meisten auf der Welt.

Gleichzeitig weiß ich, dass ich jetzt gehen muss. Es liegt dann in meiner Hand, ob ich mich zu erkennen gebe oder nicht.

Ich habe große Angst davor, es zu tun, aber was passiert, wenn ich es nicht tue? Werde ich mir dann weiterhin die Augen aus dem Kopf gucken, wenn ich eine fröhlich lachende Familie vorbeiziehen sehe? Mal abwarten.

*

17. Januar 2006

Ich wohne mit den anderen in einer Ferienwohnung. Dass die mich nicht in Ruhe lassen können. Draußen ist es zu kalt, sonst würde ich mich an den Strand setzen. In der Ferne, an der Hochseelinie, sieht man die Lichter der Schiffe, die vorbeiziehen. Das wäre das Beste. Einfach auswandern.

Ich habe sie gesehen. Eine alte Frau. Wie hat sie es nur geschafft, das ganze Leben ohne mich zu verbringen? Immer habe ich einen großen Bogen um ihr Haus und die Straße gemacht, aber heute bin ich ganz in Gedanken gewesen, habe nicht auf den Weg geachtet, und sie stand am Zaun. Habe sie gegrüßt, wie man das so macht, automatisch. Es war ganz komisch, einerseits wusste ich: Das ist meine Mutter, die Frau, in der ich mein Leben begonnen habe, und die mein Leben zerstört hat, andererseits, wie sie da so am Zaun stand, erschien sie mir gleichzeitig als völlig fremde Frau. War sie ja auch.

Plötzlich habe ich sie rufen gehört. »He, junger Mann, können Sie mir helfen?« Das waren die ersten Worte, die meine Mutter zu mir sagte. Ich habe gebremst, bin vom Fahrrad gestiegen und zu ihr zurückgegangen.

Der Ast eines Baumes war beim letzten Sturm abgebrochen und ein Stück vom Zaun war dadurch kaputt gegangen. Ich habe alles wieder hergerichtet und sie bot mir eine Tasse Tee an. Das war ein Fehler!

*

15. Februar 2006

Sie hat mir von Peter erzählt. Ich habe ihr schweigend zugehört, aber als sie sagte, dass es ihr einziges Kind wäre, bin ich sehr wütend geworden. Ich gebe zu, es war nicht nett, aber was sollte ich denn machen. Ich habe ihr alles gesagt, wer ich bin, wo ich gelebt habe, ja und dann habe ich ihr alles an den Kopf geworfen, meine ganzen Empfindungen und dass mein Leben versaut ist und alles. Sie war auch ganz schön fertig, das muss ich zugeben. Sie hat gesagt, das wäre damals nicht anders gegangen.

Irgendwie habe ich das Gefühl, sie ist total kalt innerlich. Ihre größte Sorge ist, dass ich auf der Insel herumerzähle, dass ich ihr Sohn bin. Dabei kann es ihr doch schnurzpiepegal sein, wo ihr Alter nicht mehr lebt. Der andere Sohn hätte das schon verkraftet.

Ich habe ein bisschen Druck gemacht. Habe gesagt, ich würde es allen erzählen. Da hat sie mir dreihundert Euro gegeben und später hat sie eingewilligt, dass ich die Hälfte vom Grundstück erbe. Ich habe ihr extra ein Buch gekauft, wo alles drin steht, mit Erben und so. Leider hatte sie gerade Besuch von so einer Frau aus dem *Inselmarkt*. Ich habe es ihr auf den Küchentisch gelegt.

Sie hat auch einen Termin mit einem Rechtsanwalt in Norden gemacht. Zumindest hat sie mir das erzählt. Ich gehe jetzt öfter hin, damit sie mich nicht wieder vergisst.

Irgendwie habe ich es mir immer anders vorgestellt, das Wiedersehen mit meiner Mutter. Nicht so unpersönlich.

*

Sie hat gesagt, das könne sie ihm nun doch nicht antun. Das mit dem Grundstück. Den Termin mit dem Rechtsanwalt will sie absagen. Ich will eine Geburtsurkunde von ihr, aber sie sagt, sie hat keine. Gestern war Peter da, nachmittags und abends, der hat bestimmt auf netten Sohn gemacht und jetzt habe ich die Arschkarte. Wieder alles umsonst. Ich bin nichts, gar nichts, ein namenloses Kind ohne Eltern, aber sie sagt, ich soll mich nicht so anstellen. Ich wäre doch bei einer netten Pflegefamilie aufgewachsen. Wenn die wüsste!

Dann bin ich ausgerastet und plötzlich lag sie in der Küche. Jetzt nichts wie weg. Was soll ich bloß machen? Alles aus. Sie ist tot. Und wenn die mich kriegen, lande ich sowieso für den Rest meines Lebens im Knast. Dann kann ich besser gleich Schluss machen.

*

Gestern Nacht habe ich ihr Haus angezündet. Mit dem Grillanzünder aus Ahlers' Stall. Warum habe ich die verdammte Geburtsurkunde nicht gefunden? Alles habe ich durchsucht. Alles.

Sie hat es kaputt gemacht. Ich wollte ja gar nicht zuschlagen. Ich wollte auch das Haus nicht anzünden. Sie hat mich erst allein gelassen und dann, als sie mich kannte, so wütend gemacht.

Da musste ich das doch machen, oder?

Damit endeten die Eintragungen in Martin Janssens Buch. Birgit legte es aus der Hand und spürte den dringenden

Wunsch nach einem Grappa. Jetzt machte sie sich doch auf in die Küche. Dort fand sie Henning und Michael. Der erzählte gerade ausführlich von dem Einsatz.

Birgit schüttelte den Kopf. »Was für eine tragische Geschichte. Und niemand von uns hat etwas davon geahnt. Wenn sie uns doch bloß was gesagt hätte. Dann wäre alles anders verlaufen. Ihr verdammter Stolz!«

Noch eine ganze Weile saßen die drei zusammen, bevor sie sich wieder zu den anderen in den großen Saal gesellten.

*

»Ich kann das nicht. Ich kann ihr nicht gegenübertreten. Gestern ist mein Bruder gestorben und sie hat an allem Schuld. Mit welch einer Arroganz hat sie es gewagt, Schicksal zu spielen!« Peter schlug mit der Faust gegen das Armaturenbrett. Er war mit Sabine auf dem Weg ins Krankenhaus.

»Du musst ja nicht. Wir können so wieder nach Hause fahren.« Sabine schaute ihn bittend an. »Aber meinst du nicht, sie könnte dir eine ganze Menge erklären? Mach doch zumindest den Versuch. Vielleicht ist sie klar genug. Gehen kannst du immer noch.« Sie hielt diesen Besuch für sehr wichtig, aber sie war sich durchaus nicht sicher, wie die Begegnung zwischen den beiden ausfallen würde.

Peter versank in dumpfes Schweigen, das auch anhielt, bis sie die Glastür der Intensivstation erreicht hatten.

Die Schwester empfing sie mit einem Lächeln. »Sie ist wach und Sie können zu ihr, aber bitte nicht zu lange, das kennen Sie ja bereits.«

»Keine Sorge, ich bleibe bestimmt nicht lange«, murmelte Peter, und die Schwester schaute ihn verwundert an. Sabine legte den Arm um ihn und drückte ihn Richtung Gretes Zimmer.

Die Stimme der Kranken war leise, aber erstaunlich fest, als sie anfing zu reden, ohne abzuwarten, dass sich die beiden setzten.

Sie sprach von den alten Zeiten. Wie schwierig ihr Leben damals gewesen war, alleingelassen von den Eltern und dem Vater des Kindes. Über die Versuche, sich einen sicheren Platz zu verschaffen in ihrer Umwelt. Über das Wissen, dass sie mit ihren festgefahrenen, kompromisslosen Ansichten oft über das Ziel hinausgeschossen war. Über den Wunsch, die harte Schale, die sie sich im Laufe der Jahrzehnte zugelegt hatte, abzustreifen. Und über das Unvermögen, sich zu ändern.

Auch als die Schwester ihren Kopf durch die Tür steckte, um das Besuchsende anzukündigen, redete sie weiter. Peter und Sabine hatten das Gefühl, dass mit jedem Satz eine zentnerschwere Last von ihren Schultern fallen würde. Sie hörten ihr wortlos zu und nach und nach schien Peters Wut sich zu legen.

Ganz allmählich fiel seiner Mutter der Kopf zur Seite und sie schlief ein.

»Willst du ihr den Brief und das Erinnerungsbuch noch geben?« Sabine nahm die Unterlagen aus ihrer Handtasche, doch Peter schüttelte den Kopf. »Ein andermal. Ich denke, wir werden noch genug Zeit miteinander haben, um über all diese Dinge zu sprechen. Morgen werde ich wieder hier sein. Am liebsten natürlich mit dir. Und dann werden wir sehen, ob sie was gelernt hat, wenn ich ihr sage, dass ich dich heiraten will.«

*

Birgit und Henning gingen mit Margit durchs Hotel und schrieben auf, was noch alles zu erledigen war, bevor der Gästeansturm eintraf. Nebenbei mussten sie ihrer Angestellten immer wieder von den aufregenden Erlebnissen der letzten Tage berichten. Birgit konnte kaum ein Ende finden, aber Henning schaffte es doch, sie in einem redefreien Moment zu unterbrechen: »Peter hat übrigens vorhin angerufen. Tante Grete geht es erstaunlich gut, und sie hat ihm viel erzählt. Die Ärzte meinen, dass sie gute Chancen hat, am Leben zu bleiben.

Ach, ja, und unser Inselsheriff hat sich auch noch gemeldet. Weißt du eigentlich, was Carsten Spohle neulich zur Anzeige bringen wollte?«

»Nee, erzähl, keine Ahnung.« Birgit schaute ihn auffordernd an.

»Stellt euch vor, irgendjemand hatte zum dritten Mal sein Fahrrad nächtens über den Laternenmast vor seinem Haus gehängt, und er vermutete Täter in den eigenen Reihen. Das war eigentlich alles.«

Die drei konnten sich ein Grinsen nicht verkneifen.

ENDE

Ulrike Barow

1953 in Gütersloh geboren, lebt mit ihrer Familie im schönen Leer (Ostfriesland) und auf der Nordseeinsel Baltrum.
Sie ist gelernte Buchhändlerin.
Der erste Kurzkrimi *Baltrumer Wintermärchen* wurde in der Anthologie *Inselkrimis* (Leda-Verlag, 2006, TB 2010) veröffentlicht. Dort erschienen auch ihre Kriminalromane, die alle auf Baltrum spielen.
Endstation Baltrum (2008)
Dornröschen muss sterben (2009)
Baltrumer Bärlauch (2010)
Baltrumer Dünengrab (2011)
Baltrumer Bitter (2012)
Baltrumer Bescherung (2013)
Baltrumer Maskerade (2014)
Baltrumer Kaninchenkrieg (2015)
Baltrumer Eiszeit (2016)
Baltrumer Badezeit (2017)
Baltrumer Krimitage (2018)

Außerdem ist sie in vielen Anthologien mit Kurzgeschichten vertreten, unter anderem in *Tee mit Blattschuss* (Leda-Verlag).
Sie ist Mitglied bei den *Mörderischen Schwestern e.V.* und im *Syndikat*
Weitere Informationen unter www.barow-baltrum.de.

Ulrike Barow
Endstation
Baltrum
Inselkrimi
978-939689-09-6

Ulrike Barow
Dornröschen
muss sterben
Inselkrimi – Baltrum
978-939689-14-0

Ulrike Barow
Baltrumer
Bärlauch
Inselkrimi
978-939689-31-7

Ulrike Barow
Baltrumer
Dünengrab
Inselkrimi
978-3-939689-62-1

Ulrike Barow
Baltrumer
Bitter
Inselkrimi
978-3-86412-000-8

Ulrike Barow
Baltrumer
Bescherung
Inselkrimi
978-3-86412-014-5

Ulrike Barow
Baltrumer
Maskerade
Inselkrimi
978-3-86412-070-1

Ulrike Barow
Baltrumer
Kaninchenkrieg
Inselkrimi
978-3-86412-083-1

Ulrike Barow
Baltrumer
Eiszeit
Inselkrimi
978-3-86412-096-1

Ulrike Barow
Baltrumer
Badezeit
Inselkrimi
978-3-86412-202-6

Ulrike Barow
Baltrumer
Krimitage
Inselkrimi
978-3-86412-212-5

H. & P. Gerdes (Hrsg.)
Tee mit
Blattschuss
Krimis und Rezepte
978-3-86412-087-9

Peter Gerdes
Solo für Sopran
Inselkrimi Langeoog
978-3-939689-63-8

Peter Gerdes
Sand und Asche
Inselkrimi Langeoog
978-3-939689-11-9

Peter Gerdes
Wut und Wellen
Inselkrimi Langeoog
978-3-939689-34-8

Peter Gerdes
Der Fluch der goldenen Möwe
Inselkrimi Langeoog
978-3-86412-013-8

Peter Gerdes
Langeooger Lügen
Inselkrimi Langeoog
978-3-86412-067-1

Peter Gerdes
Langeooger Serientester
Inselkrimi Langeoog
978-3-86412-092-3

Monika Detering
Langeooger Liebestöter
Inselkrimi
978-3-86412-002-2

Monika Detering
Witwenlust auf Spiekeroog
Inselkrimi
978-3-86412-015-2

Ingrid Schmitz
Spiekerooger
Utkieker
Inselkrimi
978-3-86412-097-8

Regula Venske
Juist married
oder Wohin mit der Schwiegermutter?
Inselkrimi
978-934927-85-8

Regula Venske
Bankraub mit Möwenschiss
Inselkrimi – Juist
978-939689-18-8

Tatjana Kruse
Pizza, Pasta, Sanddorngrog
Inselkrimi – Juist
978-3-86412-001-5

Barbara Wendelken
Tod an der
Blauen Balje
Inselkrimi
978-3-939689-78-2

Sandra Lüpkes
Die Sanddornkönigin
Der Brombeerpirat
Juist, Norderney
978-3-939689-06-5

Tatjana Kruse
Wie klaut man
eine Insel?
Inselkrimi – Borkum
978-3-934927-96-4

Birgit Rutenberg
Vier Pfoten im
Dünensand
Inselkrimi Borkum
978-3-86412-213-2

Dietrich Petersen
Strandraub
Inselkrimi
Fehmarn
978-3-934927-96-4

Dietrich Petersen
Todesbelt
Inselkrimi
Fehmarn
978-3-86412-069-5

Thomas Breuer
Leander und der tiefe Frieden
Inselkrimi Föhr
978-3-86412-006-0

Thomas Breuer
Leander und die Stille der Koje
Inselkrimi Föhr
978-3-939689-82-9

Thomas Breuer
Leander und die alten Meister
Inselkrimi Föhr
978-3-86412-071-8

Thomas Breuer
Leander und der Lummensprung
Inselkrimi Helgoland
978-3-86412-084-8

Thomas Breuer
Leander und der lange Schatten
Inselkrimi Föhr
978-3-86412-099-2

Thomas Breuer
Der letzte Prozess
Thriller
978-3-86412-214-9